中学西渐丛书

庞德与中国文化

POUND AND CHINESE CULTURE

乐黛云/主编◎陶乃侃/著

首都师范大学出版社
CAPITAL NORMAL UNIVERSITY PRESS

图书在版编目(CIP)数据

庞德与中国文化/陶乃侃著. —2版. —北京：首都师范大学出版社，2019.12

(中学西渐丛书 / 乐黛云主编)

ISBN 978-7-5656-4154-1

Ⅰ.①庞… Ⅱ.①陶… Ⅲ.①庞德(Pound，Ezra1885—1972)—诗学—影响—中华文化—研究 Ⅳ.①I712.072②K203

中国版本图书馆CIP数据核字(2018)第028402号

中学西渐丛书

PANGDE YU ZHONGGUO WENHUA

庞德与中国文化

陶乃侃 著

项目统筹 杨林玉 责任编辑 王 维 钱 浩

责任设计 王征发

首都师范大学出版社出版发行

地 址 北京西三环北路105号

邮 编 100048

电 话 68418523(总编室) 68982468(发行部)

网 址 http://cnupn.cnu.edu.cn

印 刷 中煤(北京)印务有限公司

经 销 全国新华书店

版 次 2019年12月第2版

印 次 2019年12月第1次印刷

开 本 710mm×1000mm 1/16

印 张 15 插页 2

字 数 213千

定 价 55.00元

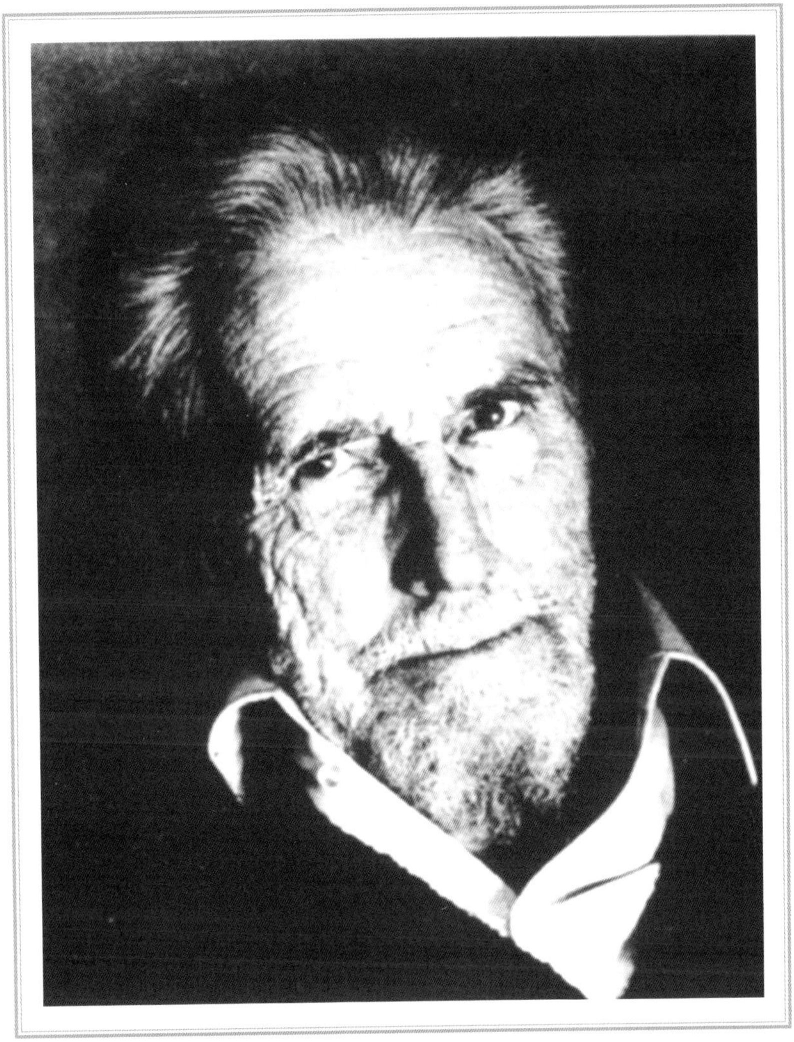

庞德（Ezra Pound）

（1885–1972）

总 序

乐黛云

经历了20世纪的两次世界大战，经历了原子弹轰炸广岛，经历了“古拉格群岛”“文化大革命”等无可言状的精神苦难，人类曾梦想21世纪将是一个和平发展的美好的世纪；然而没有想到头一年就发生了“9·11”这样的恐怖袭击。战乱、暴动、屠杀仍然随处可见。为什么会如此？原因当然多种多样，然而，深刻的文化冲突不能不说是众多原因中很重要的一个方面。目前，“文化霸权主义”和“文化割据主义”的冲突无疑已给世界带来了严重的灾难。前者企图以强大军事力量为后盾，强行推广他们的意识形态，以图覆盖甚至泯没其他民族文化；后者则采取文化隔绝封闭的孤立政策，不惜以恐怖灭绝手段，维护其停滞与不变，并与一切和他们的看法相悖的力量拼死抗争。随着高科技发展所带来的日益增强的武器杀伤力及其对自然生态无可挽回的破坏，这种冲突所带来的灾难还会越来越严重。

目前，全世界的有识者都在考虑如何才能化解这一场有可能将人类引向毁灭的冲突。法国前总理米歇尔·罗卡尔(Michel Rocard)曾指出：策划和平要比策划战争困难得多。同样，实行引向战争的“对抗”，也比实行引向和平的“对话”困难得多！事实告诉我们：“文化霸权主义”和“文化割据主义”的“死硬派”，恐怕是很难对话，也不大可能“化干戈为玉帛”的。但是，希望仍在于两者之间的、极其广大的、不同层次的反对战争、要求和平的人民。他们对文化冲突的遏制和对文化共存的自觉将决定世界的前程。

西方已有学者提出必须在经济全球化和科技全球化之外，寻求另一种全球化，即文化多元共生的全球化。“共生”不是“融合”，也不是简单的和平共处，而是各自保持并发扬自身的特点，相互依存，互相得益。多元文化共生的全球化，反对以一种文化打压或覆盖另一种文化，主张多种文化保持“共生”互利的状态，以收和平共处、相得益彰之效。多元文化共生的前提就是各民族对自身的文化有充分的自觉。

近世以来，西方文化始终处于强势文化的地位，西方的文化自觉首先表现在审视自己文化发展中的弱点和危机方面。早在20世纪初奥斯瓦尔德·斯宾格勒在《西方的没落——世界历史的透视》一书中已相当全面地开始了对西方文化的反思和批判，到了21世纪，这种反思和批判达到了更加深刻的程度。例如，法国著名思想家、高等社会科学院研究员埃德加·莫兰(Edgar Morin)指出，西方文明的福祉正好包藏了它的祸根：它的个人主义包含了自我中心的闭锁与孤独；它的盲目的经济发展给人类带来了道德和心理的迟钝，造成各领域的隔绝，限制了人们的智慧，使人们在复杂问题面前束手无策，对根本的和全局的问题视而不见；科学技术促进了社会进步，同时也带来了对环境、文化的破坏，造成了新的不平等，以新式奴役取代了老式奴役，特别是城市的污染和科学的盲目，给人们带来了紧张与危害，将人们引向核灭亡与生态死亡。[①] 波兰社会学家齐格蒙特·鲍曼在《现代性与大屠杀》一书中更是强调，在西方，高度文明与高度野蛮其实是相通的和难以区分的……现代性是现代文明的结果，而现代文明的高度发展超越了人所能调控的范围，导向高度的野蛮！

有的学者不仅对上述以贪欲和聚敛为核心的文明进行了深入的反思，还进一步指出以物质为基础的现代发展观本身即将受到修正。可持续性的全球经济之目标应该是：通过将人类的生产和消费与自然界的能力联系在一起，通过废品利用和资源的重新补充，不断再生产出高质量的生活。在这样的生活中，重要的并非个人的物质积累，而是自我修养；并非聚敛财富，而是精神的提升；并非拓宽疆土，而是拓宽人类的同情(empathy)。[②] 可以说这是西方更深入、更触及精神方面的文化自觉。

---

① 参见《超越全球化发展：社会世界还是帝国世界?》见乐黛云：《迎接新的文化转型时期》，202页，上海，上海文化出版社，2005。

② ［美］J. 里夫金：《欧洲梦：欧洲梦是如何悄悄地使美国梦黯然失色》，杨治宜译，重庆，重庆人民出版社，2006。

如果说西方文化数百年来处于强势地位，其文化自觉在文化多元发展的大趋势下更多地倾向于审视自己文化的危机和弱点；那么，中国文化近百年来，作为一种弱势文化，不断受到西方文化的轻视和压抑，当代中国的文化自觉，首先就是与本民族文化复兴的强烈愿望结合在一起。正如我国著名的社会学家、人类学家、民族学家费孝通所说：中国的文化自觉首先是要了解自身文化的种子(基因)，也就是民族繁衍生息的最基本的特点；其次，必须创造条件，对这些基本特点加以现代解读，这种解读融会古今中外，让原有的文化基因继续发展，使其在今天的土壤上，向未来展开一个新的起点；另外，还要将中国文化置于全球化的语境之中，研究它与其他文化的关系，使其成为正在进行的全球文化多元建构的一个组成部分。这是我们过去从未遭遇，也全无经验的一个崭新的领域。

近年来，西方文化显示了对他种文化的强烈兴趣，特别是对中国文化的兴趣。他们首先把中国文化作为一个新的参照系，即新的“他者”，以之作为参照，重新反观自己的文化，找到新的认识角度和新的诠释。法国学者弗朗索瓦·于连(Francois Jullien)写了一篇题为《为什么我们西方人研究哲学不能绕过中国?》[①]的著名文章！他认为，要全面认识自己，必须离开封闭的自我，从外在的不同角度来考察。在他看来，“穿越中国也是为了更好地阅读希腊”，他认为，“我们对希腊思想已有某种与生俱来的熟悉，为了了解它，也为了发现它，我们不得不暂时割断这种熟悉，构成一种外在的观点”，而中国正是构成这种“外在观点”的最好参照系，因为“中国的语言外在于庞大的印欧语言体系，这种语言开拓的是书写的另一种可能性；中国文明是在与欧洲没有实际的借鉴或影响关系之下独自发展的、时间最长的文明……中国是从外部正视我们的思想——由此使之脱离传统成见——的理想形象”[②]。他强调指出：“我选择从一个如此遥远的视点出发，并不是为异国情调所驱使，也不是为所谓比较之乐所诱惑，而只是想寻回一点儿理论迂回的余地，借一个新的起点，把自己从种种因为身在其中而无从辨析的理论纷争之中解放出来。”[③]

① 参见乐黛云：《迎接新的文化转型时期》，566页，上海，上海文化出版社，2005。

② 参见[法]于连：《迂回与进入》前言，杜小真译，3页，北京，生活·读书·新知三联书店，1998。

③ 参见[法]于连：《道德奠基：孟子与启蒙哲人的对话》，宋刚译，北京，北京大学出版社，2002。

其次，不但是作为参照，还要从非西方文化中吸收新的内容。2004年里查·罗蒂访问复旦大学哲学系时说："我隔了20年再次来到上海，中国的变化简直可以用奇迹来形容。这个奇迹不是改变了我的思考，而是进一步印证和强化了我已有的看法，那就是中国是未来世界的希望。"①在北京大学比较文学与比较文化研究所举办的"多元之美"国际学术讨论会上，法国比较文学大师巴柔(Daniel-Henri Pageaux)教授特别提出："弗郎索瓦·于连对于希腊文化与中国文化的研究是一个很好的例子，它正好印证了我已经讲过的经由他者的'迂回'所体现出来的好处。"他还强调说："从这次研讨会的提纲中，我看到'和谐'('和实生物，同则不继')概念的重要性……中国的'和而不同'原则定将成为重要的伦理资源，使我们能在第三个千年实现差别共存与相互尊重。"②一些美国汉学家的著作也体现了这种认识论的改变，如安乐哲(Roger Ames)和大卫·霍尔(David Hall)合作的《通过孔子而思》(*Thinking Through Confucius*)、斯蒂芬·显克曼编撰的《早期中国与古代希腊——通过比较而思》等。类似观点的著作还很多。

另外，改变殖民心态，自省过去的西方中心论，理顺自己对非西方文化排斥、轻视的心理，这一点也很重要。意大利罗马大学的尼兹教授认为克服西方中心论的过程是一种困难的"苦修"过程。他把比较文学这一学科称为"非殖民化学科"。在《作为非殖民化学科的比较文学》一文中，他说："如果对于摆脱了西方殖民的国家来说，比较文学学科代表一种理解、研究和实现非殖民化的方式；那么，对于我们所有欧洲学者来说，它却代表着一种思考、一种自我批评及学习的形式，或者说是从我们自身的殖民意识中解脱的方式。……它关系到一种自我批评以及对自己和他人的教育、改造。这是一种苦修(askesis)!"③没有这种自省的"苦修"，总是以殖民心态傲视他人，多元文化的共存也是不可能的。

总之，许多先进的西方知识分子提出人类需要的不是一个单极统治的帝国世界，而是一个多极均势的"社会世界"，一个文明开化、多元发展的联盟。要达到这个目的，人类精神需要发生一次"人类心灵内在性的巨大

---

① 载《文汇周报》2004年7月27日。

② [法]巴柔(Daniel-Henri Pageaux)：《文化还是文化间性：从形象学到媒介》，载2001年4月"多元之美"大会文献。

③ [意]阿尔蒙多·尼兹：《作为非殖民化学科的比较文学》，载《中国比较文学通讯》，1996(1)，5页。

提升”，它表达的是对另一个全球化的期待，这就是全球的多极均衡，多元共存，也就是一个“基于生活质量而非个人无限财富积累的可持续性的文明”。从这种认识出发，他们一方面回归自身文化的源头，寻求重新再出发的途径；另一方面广泛吸收非西方文化的积极因素，并以之作为“他者”，通过反思，从不同视角更新对自己的认识。这些新发展构成了与过去的汉学(中国学)很不相同的“新汉学”。

反观中国，有关中西文化关系研究的著作日益增多，特别是汉学(中国学)研究更是蓬勃发展。新世纪以来，出现了《20世纪西方哲学东渐史》14卷(首都师范大学出版社)《跨文化沟通个案研究丛书》15卷(文津出版社)等系统总结性的大型综合丛书，引起了广泛关注，前者还获得了国家图书大奖。但总的说来，显然研究西方对中国的影响的著作较多，从反方向研究中国文化对西方文化影响的专著却相对较少，尤其缺少这方面的综合性系统研究。特别是对于西方主流文化中的中国文化因素，更是几乎付诸阙如！事实上，中国文化正是通过伏尔泰、莱布尼茨、荣格、白壁德、庞德、奥尼尔、色加楞、米肖等主流文化的哲学家、思想家、文学家的融会贯通，包括误读和改写，才真正进入西方文化的。这些西方主流文化的大家并不全面熟悉中国文化，也并不精通汉语，但却从中国文化汲取了至关重要的灵感和启迪。这是一个十分复杂的过程，包括误读、改写、吸收和重建，这种研究不是一般通行的汉学研究所能代替的。这个过程的目的首先都是为了寻找一个外在的视角，以便更好地审视和更深刻地了解自己。但要真正“外在于自己”却并不容易。人，几乎不可能脱离自身的处境和文化框架，他们对“异文化”的研究和吸取也就往往决定于其自身的处境和条件。当他们感到自身比较强大而自满自足的时候，他们在异文化中寻求的往往是与自身相似的东西，以证实自己所认同的事物或原则的正确性和普适性，也就不免将异文化纳入本文化的意识形态而忽略异文化的真正特色；反之，当他们感到本文化暴露出诸多矛盾，而对现状不满时，他们又往往将自己的理想寄托于异文化，将异文化构建为自己的乌托邦。从意识形态到乌托邦构成一道光谱，显示着西方文化主流学者对中国文化理解和吸收的不同层面。

本丛书意在对这个充满着误读、盲点和过度诠释，同时又闪耀着创意、灵性和发展的非常复杂的过程进行饶有兴味的探索，比较全面、系统地梳理中国文化进入世界文化主流的历史现象，对在这方面有重大贡献的代表性历史人物，进行系统研究。首先是对相关资料进行全面收集，其次是对于误读、吸收和重建等文化现象进行分析，最后上升到对两种文化相遇时所产生的种种理论问题进行探讨和总结。

本丛书现包括以下5种：《莱布尼茨与中国文化》《白璧德与中国文化》《卡夫卡与中国文化》《史耐德与中国文化》《庞德与中国文化》。如有可能，我们将在此基础上，继续推出相关学术著作，以期更加完善、充实。

2006年10月6日于北京大学朗润园

2006年起我们推出了中学西渐丛书第一辑5种，第一辑出版后在海内外产生了广泛影响。在此基础上，我们又着手推动丛书的后续著作出版事宜，策划了《中国禅与美国文学》《黑塞与中国文化》《伏尔泰与中国文化》《荣格与中国文化》《布莱希特与中国文化》，并根据读者的反馈对第一辑予以修订。此次一共推出10种，欢迎广大读者批评指正。

2019年9月4日

目　录

第一章　庞德的思想观念与诗学建构：国际主义　历史主义　比较诗学 …… 1
小　引　庞德形象 …… 1
第一节　庞德的国际主义与历史主义 …… 4
第二节　庞德的比较文学与比较诗学 …… 22

第二章　仿中国诗：探索中国文化的肇端 …… 40
第一节　中国文化考古的开始 …… 41
第二节　“中国颜色”：中国文化的刺激 …… 61

第三章　庞德的《中国诗集》(*Cathay*)　中国古典诗与英美现代主义诗歌 …… 74
第一节　《诗经》与英美现代自由诗 …… 75
第二节　李白诗歌的现代性 …… 90
第三节　中国传统诗学与庞德现代主义诗学的诗学原理共场与表现形式区别 …… 103

第四章　长诗开头：《诗章三首》与《诗章四》　中国传统诗学与《诗章》结构建构 …… 125
第一节　《诗章三首》：长诗创作的挑战与中国文化的渗透 …… 126
第二节　《诗章四》：集合模式与中国传统诗学 …… 139

第五章 《诗章十三》与《诗章四十九》 儒家伦理母题的建构与显隐表现 …… 165
第一节 《诗章十三》：儒家思想与《诗章》"主干伦理"母题的建构 …… 166
第二节 《诗章四十九》："潇湘八景"与"七湖诗章"山水诗审美与儒家伦理 …… 180

附录 …… 207
附录一 文中常用引文缩写 …… 207
附录二 《诗章三首》中译 …… 208

参考文献 …… 218
后 记 …… 227

CONTENTS

Chapter Ⅰ Pound's Concepts and Poetics: Cosmopolitanism, Historicism and Comparative Poetics

Foreword: The Image of Ezra Pound

1. Cosmopolitanism and Historicism

2. Comparative Literature and Comparative Poetics

Chapter Ⅱ The *Chinoiserie*: Toward Chinese Culture

1. The Start of a Chinese Cultural Archaeology

2. "Chinese Colours": The Stimulus of Chinese Culture

Chapter Ⅲ Pound's *Cathay*: Classical Chinese Poetry and Modernist Poetry

1. *Shi jing* and Modern *Vers Libre*

2. Modernity in Li Bo's Poetry

3. Traditional Chinese Poetics and Pound's Modernism The Common Ground of Poetic Principles and the Difference of Forms

Chapter Ⅳ The Embankment on a Long Poem: Three Cantos (Ⅰ—Ⅲ) and Canto Ⅳ Traditional Chinese Poetics and the Formal Construction of *The Cantos*

1. Three Cantos: The Challenge to Writing a Long Poem and the Per-

meation of Chinese Culture

2. Canto Ⅳ: Synthetic Model and Traditional Chinese Poetics

Chapter Ⅴ Canto XIII and Canto XLIX The Establishment of Confucian Ethical Theme and Its Overt and Covert Presentations

1. Canto XIII: Confucian Thought and the Establishment of Confucianism as a Major Ethic Theme in *The Cantos*
2. Canto XLIX: The "Eight *Xiaoxiang* Scenes" and the "Seven Lakes Canto" The Aesthetics of Chinese Landscape Poetry and Confucian Ethics

Appendix

Appendix 1 Abbreviations

Appendix 2 Translation of Three Cantos

Bibliography

Epilogue

第一章
庞德的思想观念与诗学建构：国际主义　历史主义　比较诗学

我们文明的认知拥抱了世界，我们已经掌握其中的因素。

——戈蒂尔

文艺复兴或者醒觉的第一步，在于绘画、雕塑和写作范例的启迪作用。我们经历了许多“运动”，由“比较”激发的运动……浪漫主义作家的醒觉始发于《奥西恩》作品的发表。上个世纪重新发现了中世纪。这个世纪有可能在中国发现一个新希腊。

——庞德

小引　庞德形象

1914年漩涡派艺术家戈蒂尔(Gaudier)为他的诗人朋友雕琢了一座胸像，命名为“埃兹拉·庞德圣僧头像”。随着时光的流逝，这个圣僧头像逐渐形成读者心目中的庞德形象。这一形象不但没有被时间销蚀，反而随现代西方的庞德研究变得越来越突出，尤其是在美国庞德研究的发起人Hugh Kenner教授1971年出版了他的专著《庞德时代》(*The Pound Era*)之后。虽然这两个指涉庞德的字眼“圣僧”、“时代”听起来相当夸张，庞德批评家对其隐喻却保持缄默。庞德主导了英美现代派高峰时期(1912～1922)的诗歌，并且是诸多现代派和后现代派诗人的导师。San Juan Jr. 这样评道："英语现代诗歌主要是庞德的创造，这其实已经成为学术界的共识。"[①]庞德为叶芝修改他晚期的诗歌，为艾略特修改《荒原》，为乔伊斯推荐他的创作，筹资出版他的小说。对当时淹没人世的天才作家艾略特和乔伊斯，庞德可以说是英美批评界独具慧眼的伯乐。此外，庞德不断支持新思潮，发掘新诗人，曾为杜莉特尔(H. D.)、奥尔丁顿、弗洛斯特、马斯特斯、威廉斯、莫尔等作家撰文传名。许多当年默默无闻的新手如海明威，庞德都给予支持，热心帮他们在文坛扬名。在现代派文学的高峰时期，庞德扮演了示范作家、评论家、编辑、青年作家的联络人和宣传家的角色。庞德为英美文学现代主义的兴起摇旗呐喊，并在短期内将美国和英国的作家联结在一起，故被称为"伦敦和格林威治的桥梁"[②]。所以说，就庞德时代而言，即英美现代派文学的鼎盛时期，20 世纪 10 年代至 50 年代，庞德是执其牛耳之人。

庞德是个多产作家。他的论文、诗集、译作，对许多无缘与他交往的人有深刻影响。艾略特曾说："我们这一代和下一代中写诗的人(如果写得还算好)，学了庞德而没有提高，这样的人我还想不出来。"[③]帕金斯(D. Perkins)在他的《现代诗歌史》中评道："庞德是英国和美国影响最大，一定意义上也是最好的诗歌批评家。"[④]尽管如此，经庞德用心修改的现代长诗《荒原》，自 1922 年发表以后，艾略特的影响却远远超过庞德："《荒原》的阴影可以从任何一种语言中辨认出来。"庞德继续埋头写作自 1915 年开始的长诗《诗章》，一直写到 1969 年，以此证明自己诗歌的生命力和诗学的持久力。事实证明，庞德诗歌同威廉斯的一样，为反对象征派另辟蹊径的作家提供了更为有助的指导。庞德不仅影响了现代派的第一代和第二代诗人，还影响了很多第三代诗人，诸如：R. Creeley，R. Duncan，G. Oppen，G. Snyder。从这一个意义看，庞德的影响又超过艾略特。为此 M. Kayman 在其著作《庞德的现代主义：诗歌的科学》中评道："说庞德是

---

① Juan(编)：*Criticson Ezra Pound*，"Introduction"，p. 9，Florida：University of Miami Press，1972.

② Dyson(编)：*Poetry Criticism and Practice*：*Developments since the Symbolism*，p. 111，London：MacMillan Press，1986.

③ 转引自 Goodwin：*The Influence of Ezra Pound*，p. xv，London：Oxford University Press，1966.

④ Perkins：*A History of Modern Poetry*：*From the 1890s to the High Modernist Mode*，p. 451，Cambridge and London：Harvard University Press，1976.

英美现代派的奠基人和首要代表，这并不夸张。”[①]他这样说，意在对庞德在英美现代文学中的地位做一结论。

庞德于1972年11月去世。他的生命力主要存活于他已出版的70多部著作：诗集、论文集、友人通讯集、翻译诗文集。自1951年Kenner出版《庞德诗歌》而发起庞德批评研究，仅出版的英文专著已过百部，还有数以万计的论文和专题文章。庞德是20世纪最有影响的文学现象之一。20世纪，庞德研究经历了50年代和60年代的阐释、传播阶段，自70年代中期起，开始超越早期评介的局限，偏重于选择具体问题，联系当前理论进行更为专门的问题研究。庞德对于20世纪的文化意义可从A. Gibson的评论看出。他这样评道：“当我们转向20世纪的文化时，庞德是如此一个形象，既强加于你，又拒绝于你，既难以研究又不容忽视。这个形象无处不在，继续在呼唤不同的见解，不同的研究方法。”因此庞德仍然在“多维视角”中被“重新研究，重新评论”[②]。这种多维视角既包含了具有挑战性的不同观察角度，又集中于某些共同的学术兴趣范围。例如，Kenner提出的《诗章》结构的“统一性”问题所引出的统一性与非统一性的问题实际已成为划分庞德学派的一个区分点，也说明了共同的学术兴趣存在。

与众多世界著名作家不同，庞德的特殊魅力在于他的著作是多种语言和多元文化关系的一个集合点，将英美现代诗歌和英语文学话语与其他民族和国家的文化传统紧密联系在一起。这一显著特征早已引起各国学者的注意，做出许多专题研究，如《庞德与荷马》《庞德与奥维德》《庞德与勃朗宁》《庞德与叶芝》《庞德与惠特曼》《庞德与李白》等等。庞德著作层面殊多，关系复杂，选择某一具体层面进行专门研究已经成为庞德研究的主要倾向。庞德著作明显包含比较学的维度。从比较学的视野进入庞德诗学，进入庞德思想和想象世界的一个具体维度以探索庞德与中国文化的关系，是我在这里的尝试。

---

① Kayman: *The Modernism of Ezra Pound: The Science of Poetry*, p. 5, London: MacMillan Press, 1986.

② Gibson(编): *Pound in Multiple Perspective: A Collection of Critical Essays*, p. 2, p. 6, London: MacMillan Press, 1993.

第一节 庞德的国际主义与历史主义

一、庞德的国际主义气质

假如我们把庞德的诗歌看作一个整体，并用一个词来概括他最突出的特征，我们或许可以用“国际主义”(cosmopolitanism)一词。我用这个词是指歌德倡导的“世界文学”精神，用 S. Prawer 的话解释就是：“对你国家以外的他民族传统有所意识，对其他国家和其他语言的著作持开放态度，将不同民族的文学输入和交换视为商品输入和交换的平行与补充。”[①]就庞德而言，这种世界文学的精神就体现在他始终向往具有国际性的文学批评标准，追求具有普遍意义的诗学，实践“相关多元文化而非单一文化”的文学话语和风格，重视跨学科方法，擅长多种风格兼容的写作方法，擅长多种语言的糅合使用。

庞德的这一特色，与他同时代的著名诗人稍作比较可以看得更清楚。弗罗斯特写诗完全以他的美国故乡新英格兰为背景，因此他的诗总显现浓郁的地域意味。威廉斯写的诗也突出类似的乡土色彩。他主张创作的“当下性和即兴性”，强调“本土环境”，重视个人日常生活经验，不超越个人世界，不体现整体宏大。史迪文斯则追求“纯诗”，表现一种超越世俗的高度智性想象和精巧的表现艺术。虽然他也强调现实与想象的内在联系，但他的“现实”一般寄予自然景象和物质，缺少文化标志和历史感，而呈现一种文化中立性。艾略特与庞德最近似，强调诗歌的历史性和文化蕴意。以《荒原》为例，将历史和文化因素糅进现代大都市生活，在广阔深远的历史与当下、神话与现实的背景上显示现代西方的精神面貌。庞德则比艾略特走得更远，他的历史感超越欧洲文化的疆界而进入远东与近东的文化领域，涉及中国、日本、埃及等文化传统。因此，艾略特以西方文化和大都市为他的创造空间，庞德则以东西方文化和世界为自己的创造空间。

除个人禀性外，庞德对20世纪初美国商业化的社会极其反感，对当时美国流行的矫造浮华的后维多利亚文风深恶痛绝，这都是促成他的国际主义倾向的重要因素。青年时代的庞德热情奔放，雄心勃勃，崇拜世界文学

---

① Prawer：*Comparative Literary Studies：An Introduction*，p.4，London：Duckworth Press，1973.

大师，视荷马、奥维德、但丁、乔塞为偶像，一心想写出一部名著而跻身世界大师行列，或者至少也要像他的朋友叶芝成为英美文学界的著名人物。因此，庞德从写作生涯开始，就模仿西方传统中的“世界文学”的典范。这一心志在他 1909 年出版的《人物》(*Personea*)和 1912 年的《反驳》(*Ripostes*)这两部诗集中都可以看出。因为有这样的抱负，20 世纪初的美国社会在庞德眼中简直就是文明上的“沉闷和贫血”，根本就没有文化，只能滋生平庸作品、庸俗品位，滋长狭隘的本土主义，压制窒息有个性、有创见的作家与艺术家。庞德曾说“美国连一个首都也没有”，他其实是在批评美国当时缺乏一个“召集伟大艺术家”的文化艺术首都(LE[①]:p.220)。于是，庞德离开祖国自行流亡，1908 年先到意大利逗留，然后到当时的国际文化首都伦敦只身闯荡，就是为了能够接近具有真正文学鉴赏力的批评家，建立自己的作家身份，同时也是为了能够亲近高雅艺术和深厚的欧洲文学传统，接触杰出的作家、艺术家，开阔自己的视野。庞德 1921 年至 1924 年又在巴黎逗留，在欧洲旅游，此后定居意大利。庞德自 1908 年离开美国就一直在欧洲流连，他早期的文学活动完全以伦敦为自己的基地。这些都与他反感美国庸俗的商业化社会有关，与他崇拜伟大的世界文学有关，与他渴望接近欧洲文化传统的思想有关。

然而，从更深的层面看，与庞德国际主义气质相关的还有两大内在因素：一是他的历史观，一是他的比较学(comparatism)视野。这两种思想意识与庞德的国际主义观念密切关联，始终贯穿他的国际主义表现的活动，与之形成互动关系。其主要表现就体现在庞德致力于发展“基于世界诗歌的一种诗歌批评标准”(LE:p.225)，致力于创作国际性的诗歌《诗章》。庞德既是诗人又是批评家、理论家，他的创作是以自己的诗学观念为主导的。因此，考察庞德的历史观可以揭示他的诗学核心理论的形成；考察他的比较学意识可以说明他的认识方法和创作模式的建构。以下讨论将以这两个方面为中心。

二、庞德的历史观与诗学核心：“明亮具体”

庞德的漩涡派伙伴，画家路易士(W. Lewis)，曾把庞德叫作“一个热

① 此为著作名称的缩写，其著作名称见“附录一”，下同。

爱过去的人”。用艾略特的话来说，“过去”对庞德不仅意味着“过去的过去意义”，而且意味着“过去的现在意义”[①]。这种历史的悖论正是庞德在他1910年出版的第一部学术著作《罗曼精神》(*The Spirit of Romance*)[②]中高扬的主要内容：

> 所有时代都是当代的。我们可以说，(现在的时代)在摩洛哥是公元前的时代；在俄罗斯则是中世纪的时代。未来只在几个人的头脑中躁动。文学尤其如此。在文学中，真正的时间独立于表面时间之外，许多亡人是我们子孙的同时代人，而我们同时代人之中有许多人已经汇集于亚伯拉罕的胸怀(天国)，或者说汇集于更为合适的集聚地。(SR：p.8)

这段话暗示着歌德式的地域共时历史观，并指向以当下视野来感悟历史的观点。同一个时代在不同的地域则表现为不同的时代，而文学以想象和抽象思维为特征，因而可以超越时代的局限，在过去与未来的时空运行，抑或相遇现代人子孙的相似亡人，抑或相遇犹太始祖亚伯拉罕或者天堂的亡灵[③]。庞德以他的文学语言和感悟方式强调了他的历史重复性和超验历史的观念。在庞德看来，历史对所有时代同时产生意义，因而我们应该从我们所处的时代和社会现实去审视历史，去发掘与现代主义文学观念相关的历史因素。当我们依赖历史获取过去的经验、历史感、集体意识、启迪等等，我们已经找到了与我们先人的相同之处，因而能感觉“所有时代都是当代的”。从这个观点来看，历史的作用存在于它的“现在意义”，或者说存在于“与现在产生共时关系之中”。这就是 J. Kronick 解释庞德历史观强调的要点：“历史作为一共时主体而存在，而非一生物过程。各种时代

---

① Eliot：*The Sacred Wood：Essays on Poetry and Criticism*，p.49，London：Mathuen Press，1932.

② *The Spirit of Romance* 有人译作“浪漫文学精神”。庞德研究的 Romance 文学主要指中世纪演自拉丁语的欧洲民族语言文学，而 Romanticism(浪漫主义)运动兴起于 18 世纪末。二者可能有传承关系，但仍属两个不同的概念。为避免混淆，译作“罗曼精神”。

③ 亚伯拉罕（Abraham）被视为犹太人的始祖，而“亚伯拉罕的胸怀”（Abraham's bosom）是《圣经》用语，意指天国或亡灵的庇佑地。庞德在此一语双关，既指过去又指未来。

在地域上同时并存而以当下现在意义界定了历史。”①

由以上观点可以看出，虽然措辞不同，但强调的都是历史服务于当代，历史的真正意义存在于历史的现在意义，而非单纯的过去。由此可见，庞德历史观，同艾略特的一样，都有可能来源于尼采的历史观：即历史服务于生命，而不服务于科学和知识。从生命目的论出发，尼采认为：“无论任何时代，人们对过去的认知都是因为要服务于现在和未来而激发的，而不是为了削弱现在，或者为了剥夺一个生机勃勃的未来的根基。”②对尼采而言，历史只对现在和将来具有意义。为了解过去而研究、学习历史是毫无意义的，而且是对当代人的背叛。基于相同的生命历史观，J. Longenbach 把庞德和艾略特的“当代历史”观念称之为一种“存在历史主义”（an existential histori-cism），他并且这样解释：“对存在历史主义者而言，历史并不存在于过去事件发生的程序中，而存在于历史学家力图理解过去的现在意义所产生的作用中。”③这种见解已经说明庞德历史观的本质所在。首先，庞德认为“真正的时间”是一种想象时间，是独立于时间顺序和“表象事件”之外的。在这种时间观念中，如果我们想象现在和未来所做的事情与过去某一模式相吻合，那么历史就是当下的。所以庞德的历史观也是一种超验历史观。他相信更高的真理存在于人们对历史的反省，而不存在于历史本身。这与克罗齐的直观历史也有所相像：“每一个真正的历史都是当代历史。”④因此反省、直观、感悟，强调当下性、共时性、超验性等构成了庞德历史观的内涵，从而表现出一种“超历史的精神”。这种历史观对庞德的认识论起着关键作用，使他认为事物的运动是重复性的，是螺旋状态的，因而现在与过去有互相重叠的部分。这就是庞德在《罗曼精神》一书中强调的宗旨。在 1938 出版的《文化导向》(*Guide to Kulchur*) 一书中，庞德再次重申：

---

① Kronick：*American Poetics of History*：*From Emerson to the Moderns*，p.174，Baton Rouge and London：Louisiana State University Press，1984.

② Nietzsche：*Untimely Meditations*，R. J. Hollingdale(英译)，p.77，Cambridge：Cambridge University Press，1997.

③ Longenbach：*Modernist Poetics of History*：*Pound*，*Eliot*，*and the Scene of the Past*，p.114，Princeton：Princeton University Press，1987.

④ 转引自 Longenbach：*Modernist Poetics of History*：*Pound*，*Eliot*，*and the Scene of the Past*，p.14，Princeton：Princeton University Press，1987.

> 我们不是从日历去认识过去。最好把那种过去留在桌子上，标上那个日期。我们所认识的过去是通过我们自己和我们的时代涌现出的涟漪和漩涡而认识的。(GK：p.60)

就庞德而言，历史存在于个人及其时代，历史意义产生于我们自己的思考，产生于我们对社会运动、文化思潮("涟漪和漩涡")做出的反应或者反思，认识历史是主动的而不是被动的，或者说历史的根本意义在于我们对我们当代中的"过去"作出解释。庞德的历史观其实已经暗示了过去与现在的辩证关系："为了理解过去，历史学家必须将他的生命呼入过去，通过他的移情和直观使过去某一时刻的'过去经验'(lived experience)重新复活。"①

这种历史观与尼采反科学理性的生命历史观一脉相承，超越了传统的"以史为鉴"。庞德的历史观关联他的认知，因而是他诗学建构形成的内驱力。或从某一当下立场反思历史，或从某一历史角度观察当代现象，便构成庞德的思维特征和模式。这一特征在他的论文和诗歌中均有反映。这种双向思维无疑开拓了他的视野，使他的眼光能超越时间和地域的局限，能从全球范围来考虑当下事件的历史意义。反之，从当下时代要求的立场反思过去又促使他观察现在与过去的潜在联系。庞德因此将历史因素区分为两大类：对当代问题有启示的是"活元素"，否则是僵化的元素。从世界范围探索活元素而用以建构具有普遍性的诗学理想实际成为庞德诗学建构的一贯动力。

庞德正是从他的共相历史观视野观察他所处的社会，才会认为20世纪初的美国"贫血"，认为它缺少欧洲那样的文化，缺乏欧洲文化传统。这种观念致使他疏离祖国，自我流放，到海外去做一个"游吟诗人"，到文化都市去建立名声。庞德在早期写作中一度沉浸于传统，模仿世界文学大师，寻找遮盖自我的面具，实验各种诗人代言人。庞德特别关心传统，又非常热衷当代新事物。在当时的伦敦，很少有人比庞德更关心当代文学活动。他力图领导一场现代诗歌的"革命"，例如，参加休姆(T. E. Hulme)的讲座，组织"意象派"沙龙，编辑联系出版第一部《意象诗集》，又与画家、雕

---

① Longenbach：*Modernist Poetics of History*：*Pound*，*Eliot*，*and the Scene of the Past*，p.16，Princeton：Princeton University Press，1987.

塑家聚会，组织俱乐部倡导“漩涡派”艺术，策划并参与发行前卫文艺杂志《狂飙》(*Blast*)。这些活动的背面都有他的历史观在发挥作用。庞德当时主要是反对浮华的后维多利亚文风，寻求更完美的文学话语取而代之，但他不是在现代中去寻找救世良方，而是去古代寻找。庞德不仅不满意当时英国的文学话语，而且对美国的学术和教育机构也深恶痛绝，以致作出这样的判断：“本世纪初，我们学习机构中的文学教育既笨拙又无用。”(LE: p.15)这种怨恨与日俱增，数年后他又评道：“对于我们学习机构的确切定义应该是‘妨碍学习的机构’。”因此他认为要改革文学教育首先必须建立完善的英语文学学术标准，而这个标准主要就是西方文学经典，应该以他专门研究过的那类古典名著为范例。年轻气盛的庞德认为“一部艺术史就是名著史，而非失败、平庸之作”。对他而言，“文学研究是一种英雄崇拜”，是一种“原始宗教”(SR:p.7)；因此，学者对待经典著作要像“万事皆通的史学家”一样，展现经典名著，说明它们的成因和相互关系(SR:p.7)。庞德再三表示，他宁愿选择、呈现有价值的名著文本而不愿发表评论。一是因为他认为大学教授的评论都是第二手资料，掩盖了文学经典价值的真相；二是因为他相信“那些拉丁语写的中世纪文学作品具有活力的因素、品质、创意在我们自己的时代仍然具有同样的活力”(SR:p.7)。由此可见，庞德强调当代历史性的历史观是促成他写作《罗曼精神》一书的内驱力。他的第一部学术著作旨在建立一种新的文学学术标准以抗衡当时盛行的归类概括、滥用抽象术语的学术文风。他坚信那种抽象概括“冲淡、修改了”有价值的文本，因而阻碍人们学习“一个时代才产生一两个天才人物头脑中的精髓”(LE:p.19)。所以庞德将发掘文学中的“活”因素视为自己的文化使命，以此抗衡由他人概括而来的学术话语。

从古典文学中发掘久经考验的价值这一使命因而成为庞德致力于“新学术方法”的第一步。1911 年至 1912 年庞德在《新世纪》(*New Age*) 周刊以连载形式发表了一系列论文以及他翻译的古英语、普罗旺斯语、托斯卡纳语的诗歌，并取《我搜集奥西里斯的残肢》(*I Gather the Limbs of Osiris*)为总标题。希腊神话中的奥西里斯被其弟恶魔塞特谋杀分肢，其妻大地女神伊西斯和儿子设法搜集了他的肢体并使奥西里斯复活并成为冥王。庞德借用这一神话不言而喻地暗示他将继续他的《罗曼精神》一书的宗旨，从世界名著中搜集、荟萃古典精华，通过他的翻译、编辑输入当下时代气息，使古典为现代复活。此外，庞德还在序言中把他的发现作为一种新学术方法介绍，称之为“明亮具体的方法”（the method of Luminous Detail[①]）。他提倡的新方法旨在反对当时的学院派陋习。他认为当时美国学院教授的全都是“情绪化的”“分类归纳”的方法；或者说是与他的新方法相反的“多歧义的具体”的方法(SP:p.21)。因此，他要回到“过去”去寻觅“新”的活力，要超越自己的时代，超越近代，返回到远古时代或者到异文化的领域去寻觅与他当代问题相关的文化因素。这一企图标志出庞德学术研究的基本倾向。由于他对古典因素的高度重视和评价，“明亮具体”这一概念对于他的诗歌理论建构和创作实践都具有核心意义。显示具有启迪意义的具体范例而不将个人学术意见强加于读者是他重建美国学术规范的初衷。正是这一意图促使他决心发展一种具有世界普遍意义的诗歌批评标准。庞德以后反复强调、解释他的“明亮具体”概念，不仅用以批评陈腐的学术风气，而且逐渐把这一概念用作建构他自己诗学理论的基石。庞德对“明亮具体”概念的理论阐释实际上为他的现代诗歌改革开辟了道路，从而使他起到现代主义文学带头人的作用。

三、作为文艺复兴的现代主义：“用词精确”和“意象”

“现代主义”（Modernism）一词内涵太广，不易界定。鉴于庞德在对现代派文学高潮时期的反思中多次用到文艺复兴这一概念，我以为依 P. Furbank 的观点，将其定义为 20 世纪的“文艺复兴”较为适宜。从这一个概念出发，有利于考察庞德与现代派文学运动的关系及其起因。庞德在 1915 年发表的《确认：二十年代析评》一文中，再次谈到文学话语与社会政治的关系，并以文艺复兴为例说明他的一贯观点：即词语与事物或思想(能指与所指)的偏离是社会腐败的根源。他这样评道：

> 在这些醒觉中，意大利像她之前的罗马帝国一样没落了。被修辞学摧毁，被悬念倒装词摧毁，被藻饰浮艳摧毁。一旦词与事物不再符合，王国衰败，帝国式微而消失。罗马帝国消失了，因为它不再有说

① 关于“Luminous Detail”，庞德将 luminous 解释为“说明”，并用这个概念指“不言自明”的具体细节，指具有显现本质的个别而非一般的细节。这是庞德研究中世纪罗曼诗人总结出来的概念，后来成为他建构诗学的核心概念。详见本章第二节。

话准确的风尚。他们热衷于雄辩。然而，令人不解的是，文艺复兴中期，修辞和浮华之风却来自将世界从中世纪思想和阿奎那神学解放出来的希腊文艺和拉丁文艺的复兴。(GB:pp.13～14)

历史在庞德看来是一种直观的存在，是流动的，但不是线性流动，而是存在于我们对自己时代的思考中"涌现的涟漪和漩涡"；因而在我们感悟历史延续性时会出现重复的模式。这就是庞德历史观中历史重复可能性的意识，致使他倾向于通过比较过去而认识现在。当庞德谈论罗马帝国和中世纪时，实际上是谈论他自己的时代："一旦词与事物不相符合"，现代世界也将"式微而消失"。不共戴天的大敌就是"修辞和浮华"的文风，它已经摧毁了罗马帝国，摧毁了中世纪和文艺复兴时代，现在正在摧毁着现代世界。庞德以此警示他的时代：通过历史反映"我们的思想从文艺复兴跳到现在"，就能看清危机所在，就能"将我们从文艺复兴时代的桎梏中解放出来，就如文艺复兴时代将它自己从中世纪解放出来"一样重要(GB:p.114)。

庞德对"历史重复"的意识极为深刻，对历史价值极为重视，以致将文艺复兴与现代主义之间的所有文化运动都看作不同形式的文艺复兴，而且将其不同的表现形式视为"古典主义"的变异。为此有的批评家称庞德的现代派主张为"新古典主义"，并视之为"英美现代文学的一关键因素"[①]。因此，庞德的共相历史观可以看作是促成他进行现代诗歌改革，实验文学艺术革新，甚至倡导整个现代文化复兴的主要内驱力。虽然他的历史主义观有所偏颇，但也受到他的现代主义意识的矫正，那就是他重视创新的心志。创新意识使庞德避免坠入历史重复机械论的谬误，使他清醒，能够认识到历史有重复也有区别。例如，庞德明确指出现代文艺并不是在20世纪简单"重复文艺复兴时期的理论和审美原则"(LE:pp.114～115)。相似运动复现中还存在着过去与现在的差异。庞德认为，在分享"庄严的人道主义"之荣耀时，文艺复兴时期的人们要求尊重整体的人，而现代人要求尊重个体的人；在对抗共同的敌人，"浮华之风"，文艺复兴时期人要推翻神学霸权，摆脱拉丁文的控制，寻求表现的真实和自由；而现代人则要寻求词语与事物之间的密切关系，要找回在二者之间丧失的真实(LE:pp.116～

① Ayers: *Modernism: A Short Introduction*, p.2, Malden and Oxford: Blackwell Press, 2004.

117)。庞德还认为"由于总以彼事物名称定义此事物"，词与物的密切关系在现代文学话语中已经丧失殆尽。现代人的首要任务就是使用准确、切适的词语描述事物。这就是他经过孜孜不倦的长期寻觅，终于从孔子那里找到"正名"二字来传达的含义(GK:p.58)。

现代主义时期的庞德改变早先的观点，不再把文学看作是"为艺术而艺术"的自律体，而是改进社会政治的手段。这就是他为何对"浮华文风"深恶痛绝的原因。在他看来，这种文风代表着后维多利亚的话语习惯，不仅使文学堕落，而且"危害着人们的思维"，如不矫正，则"整个社会秩序、个人思想的机制都将崩溃"(LE:p.21)。对庞德而言，现代诗歌中的雕琢和藻饰的弊病是"思想和文化危机"，甚至是"信仰危机"的症表[①]。正是在这样的文化背景下庞德设计了现代主义文学的目标。现代人首先要摆脱不良文学传习的约束，要致力发展普遍意义的文学标准，用他的话说，就是"一种基于世界诗歌的统一批评标准，英语诗歌中某一时代的风尚不能为准，甚至整个英语诗歌都不能算数"(LE:p.115)。根据这一国际标准的要求，庞德在现代派诗歌初期推出两个诗学建构要素："用词精确"和"意象"。

以上分析可以说明，庞德的思想观念(国际主义、历史主义)不仅关联着他的文学活动，而且与他的诗学建构有互动关系。要说明庞德诗学的显著特征就必须从普世意义、国际意义分析他的诗学建构。英美现代派诗歌的批评标准一开始就这样被庞德放在"他"文化的基石上建构。"用词精确"(le mot juste)主要指一种散文(或小说)的精确性。这是庞德经《英国文学评论》杂志的编辑福德 (M. Ford)[②]介绍，从福楼拜、斯丹达尔、屠格涅夫等优秀小说家的著作归纳而来的一个概念。庞德有感于当时欧洲小说界实绩斐然，用这个概念来敦促诗人：现代诗歌"应当写得如散文一般好"(GB:p.115)。这句简单的话却包含着庞德诗学的始创性思想，对他的诗学建构和发展至关重要。庞德后来强调诗歌的叙事性、真实性、散文化都发源于此。

---

① Breslin：*From Modernism to Postmodernism*，1945～1965，p.37，Chicago and London：The University of Chicago Press，1984.

② Ford Madox Ford，原名 Ford Madox Hueffer，是当时伦敦较活跃的文坛人物，曾与尚未出名的康拉德(Conrad)合著小说，后自创《英国文学评论》杂志，成为主编和评论家。

另一始创性概念就是众所周知的“意象”（Image）。从庞德在1912年至1913年建构意象诗学的情况来看，他的“意象”概念可以说是对印象派和象征派诗歌媒介概念的升华和综合，并得到叶芝和修姆的影响。叶芝是当时英美象征派的代表诗人。就理论而言，休姆（Thomas Hulme，1883～1917）接受了柏格森（Henri Bergsor，1859～1917）有关意象的理论，再将其运用到艺术表达形式上。柏格森认为意象可以在直觉具象与抽象概念之间充当媒介，表达思想和情感。休姆在他的讲座和文章中将这一观点从生命哲学观点阐释为一种理想的艺术表达方式。他认为艺术家要潜入生命的内流中，不是去创造，而是去发现艺术价值，并将他的发现用新的形象和隽词固定下来，就能产生真实感和新奇感①。庞德则将这一理念结合当时影响极大的两大艺术流派，印象派和象征派来考虑。前者注重表现的准确，强调景物描述准确切合，避免表达的歧义。同时为了使诗歌不限于单一的模仿再现，庞德也保留了象征派的隐喻机制，但是强调要用个人的、即兴的比喻取代传统的、约定俗成的隐意②。庞德的目的是建立一种既区别于印象派又不同于象征派的“意象”表达方式。此外，庞德一直坚持用貌似法文的Imagiste和Imagisme来指称他的意象派观念，一方面表明他的意象诗有别于艾米·罗威尔的“艾米意象诗”③；一方面暗示他的意象诗原则是一种国际诗歌批评标准。“用词精确”和“意象”强调的都是表现真实，因而与他的《罗曼精神》一书中的核心概念“准确”（precision）密切相关。这个概念则是他研究欧洲中世纪和文艺复兴时期的诗人而归纳的精髓——即语言表达与事物的准确契合关系——进而阐释为“明亮具体”，并成为他的理论核心。由此可见，庞德的这两个新概念不仅与他的诗学核心概念息息相关，而且也是他对传统诗学的重新阐释和界定。

假如我们在西方诗学传统中从柏格森开始追溯，意象概念必将联系到柏拉图模仿说的原意：复制事物形象（这一点留到本书第二章再谈）。因此庞德的意象原则也与他的共相历史观紧密相关。意象方法一定意义上遵循

① 详见Stock：*The Life of Ezra Pound*，pp.133～135，New York：Pantheon Books，1970.

② 详见Kayman：*The Modernism of Ezra Pound*：*The Science of Poetry*，pp.38～41，1986.

③ Amy Lowell，后来主导了《意象诗选》第二、三集的选辑出版，并偏向印象派的特征。详见本书第三章。

过去经验和现在观察，根据主体与客体同时关联的原则而产生效果。这种集合概念的形成也与他的国际主义视野有关，即前面提到的歌德式眼界：对他民族文学中的活元素持开放态度，重视古典或历史价值，不受语言、文化、地域限制。因此庞德追求的审美是一种普遍意义的完美，用他的话说就是“一种完整艺术”，并以此为他的批评标准。庞德在1913年发表的《严肃的艺术家》一文中宣称：“只懂英语，只知道中学教的那点古典著作的人做英语诗歌批评就像肌肉萎缩症患者，软弱无力。”(LE:p.56)他认为文学作品和艺术的鉴赏要求通晓多种伟大文学和艺术的知识。一个只懂本国艺术的人，“只懂英国、法国或者德国的音乐的人”，没有资格鉴赏艺术，否则他对艺术的鉴赏只是“本土性的判断”(provincial judgement; LE: p.57)。由此可见，庞德对世界文学的喜好，对普遍意义美学的诉求才促使他总是从国际主义的立场批评缺乏古典价值和普世特点的艺术和文学。为此庞德指责20世纪20年代的美国社会被“清教思想支配，嫉恨它不理解的一切”，并讥讽当时的美国文学是“教区主义”(Parochialism)文学(LE: p.219)。与此相反，庞德敦促现代诗人“向过去学习，学习其他民族在相似的情况下取得如此成功的艺术”，并且赞扬歌德没有滋长有害的民族怨恨，是致力于恢弘文学成就的诗人(LE:p.214)。

四、“漩涡”：关系集合点、表现的动力

如果没有庞德的意象原则，英美现代派作为表现形式改革的运动就没有实质意义。意象诗的三大原则：一是无论主观还是客观，直接处理“事物”；二是对表现无用的词，绝对不用；三是有关节奏，按音乐性片语的律序而不按节拍器的律序写作。(LE:p.3)这三点可以归纳为两点：一是表达直接、准确、精练，其实就是用简洁的词语和意象来形象化(物化)思想和情感；二是用“音乐性片语”替代人为、机械的传统节奏，即用与呼吸单位吻合的自然话语单位为诗歌节奏。这种改变，一方面以直觉感悟、以简洁的视觉形象取代藻饰浮华的、理性的或者感伤的诗风；另一方面韵律为主的写诗原则便转移到节奏为主的自由诗本质上。

虽然意象原则被批评界视为“影响极大的诗学现代化的第一步”①，意

① Korn: *Ezra Pound: Purpose/Form/Meaning*, p.69, London: Middlesex Polytechnic Press, 1983.

象诗并不符合庞德普遍意义的诗学标准。它处于一种静止状态，特别不适于写作长诗。庞德需要一种更大的表现力，一种艺术性运动，像漩涡一般能吸取多种元素和能量，产生巨大的文学创新，震撼所有艺术。于是，庞德 1914 年转向了漩涡主义。这一时期，意象派的发起人也因争执而分裂为两派：以休姆、弗林特、罗威尔为主的一派，以庞德为主更为前卫的一派[①]。再者，庞德的诗学发展与当时欧洲的艺术流派影响也有关。漩涡主义(Vorticism)一词是用来指称伦敦的前卫艺术家和作家，以表示有别于巴黎的未来派和立体派艺术家。一般而言，漩涡派旨在发展"一种兼容审美观"(an inclusive aesthetic)，力图吸取各种艺术"最大量的表现力"(GB：p.81)，并且保持个人特征，如戈蒂尔所说："我们最喜欢什么就接受什么影响，各人根据各自的个性来选择。我们综合了各式各样的形状，集中表现我们意识中的卓绝想法"(GB：p.24)。

这种前卫高调无疑符合庞德的国际主义倾向。参与漩涡派也为庞德单独界定自己的意象诗学提供了机会，使它更具发展潜力。比较他前后作的定义就能看出这种变化。1913 年庞德说：

> 呈现一瞬间的智与情的结合就是"意象"。(LE：p.4)

1914 年他又说：

> 意象不是一个概念。意象是一个辐射节或者交集束；是一个我可以称之为漩涡的东西，我非这样叫不可，思想不断从这里涌现，经过这里，又进入这里。(GB：p.92)

虽然庞德的术语屡受概念模糊难辨之责，这两个例子还是可辨别的。他 1913 年的意象概念可以说是带有印象派的倾向，强调主体与客体的瞬间认同，表现一种平衡关系和静止态度。到 1914 年，他的"意象"已变成漩涡，表现成为相关事物的集聚，多种关系的交叉集合。意象诗真正起作用的是比喻，是将事物的类似性浓缩为某一形象，因而带有雕塑艺术的意味。但

---

① Korn：*Ezra Pound*：*Purpose/Form/Meaning*，p.51，London：Middlesex Polytechnic Press，1983.

是，庞德的漩涡定义强调的是艺术中的运动，是思想情感的流动和辐射。

表现的动力这一概念显然来自未来派艺术家的影响。能量、动力、运动都是未来派的艺术特征。为此 R. Dasenbrock 评道："未来派几乎可以命名为动力派。"[①]未来派的宗旨就是要在艺术中表现出行动的过程和作用。由此可见，庞德漩涡诗学的界定表明他一方面要现代化他的诗学理论，将其置于当时先锋文艺潮流中；一方面诉求诗歌表现的动力。这种追求于是转化为一种内驱力，致使他注意到中国文字和中国古典诗。漩涡定义是庞德诗学发展的重要标志。它不仅开拓了庞德诗学的内涵，而且改变了他的诗学构建结构，将表现的重心由相关事物的平衡关系转移到集合点而构成一个有机中心，控制并反映各种因素或意象之间的关系。由于这种变化，意象概念也相应在他的诗学体系中由主导地位转变为从属地位。正是从这个意义上庞德道出了他重新定义意象的格言："意象是诗人的颜料。"(GB：p.68)

五、中国文化的刺激　费诺罗萨遗稿　汉字中的运动

庞德的漩涡观念强烈地回应着未来派的表现动力说，但是他却极力反对未来派艺术家对古代文明的敌视态度，因而重申他自己对"过去"的敬意："漩涡主义者没有这种摧毁过去荣耀的怪癖。"(GB：p.90)事实上，漩涡派人物都十分重视古代艺术。雕刻家戈蒂尔一直擅用"原始"艺术成分和风格。他的一些作品显然有复活岛石像的风格，有中国商周时代青铜雕塑的风格。庞德本人也在 1914 年开始用中国朝代名"周" 做他的评论术语(GB：p.29)。对于漩涡派崇古的特征，庞德研究者 Dasenbrock 认为，除未来派影响外，庞德的漩涡美学理论还有一个影响源，决定了它与过去的关系，那就是费诺罗萨有关中国文学和日本文学的遗稿；原始艺术风格因而成为漩涡派美学的组成部分[②]。像戈蒂尔一样，庞德对古代艺术也非常热衷。费氏发掘的东方"原始"艺术使庞德着迷，特别是他发现中国文字和古典文

---

① 详见 Dasenbrock：*The Literary Vorticism of Ezra Pound and Wyndham Lewis*：*Towards the Condition of Painting*，pp.23～29，Baltimore and London：The John Hopkins University Press，1985.

② 详见 Dasenbrock：*The Literary Vorticism of Ezra Pound and Wyndham Lewis*：*Towards the Condition of Painting*，pp.110～111，Baltimore and London：The John Hopkins University Press，1985.

学的内容可以用来强化他自己的诗学理论。费氏逐字对译中国不同朝代的150首诗，大开了庞德的眼界，使他第一次看到中国文字的运用和中国古典诗结构的真相。这些诗以具象为特点，表达含蓄、委婉，竟然与他的意象诗说有不谋而合之处。庞德不禁评道：这些中国诗人“不说教，不评论，只呈现他们的观察”(CP：p.54)。这一发现无疑给他的诗学提供了理论依据。费诺罗萨按自己的哲学、美学观点给中国文字的解读(或误读)也给庞德的诗学发展提供了有力的依据。例如，费氏将中文复合词(会意和形声字)解读为“行为的汇合点，从行动中截切或摄取的交叉点”(FP：p.10)。这种对内在联系的强调显然吻合了庞德漩涡诗学的关系与思想集合的要求。再者，庞德特别关注的表现与“运动”也在费氏的解读中有所论述：“名词与动词是同一个词：事物在运动，而运动存在于事物中，所以中国人的概念倾向于同时再现事物和运动。”(FP：p.10) 这些观点必然强化了庞德的诗学构思，坚定了他建构以具象集合为主体，以暗示、联想为表达的诗学体系。

以“漩涡”为名，庞德进而发展自己的意象诗学，同时也要发展他的兼容艺术的观念，就是建构他所说的，“能够用作所有艺术的基础的一种多元形式”(GB：p.81)。这一企图的表现就是他努力建立一个能够兼容诗歌、绘画和音乐艺术的文字表达集合体。为此庞德对费诺罗萨的发现极为感兴趣，要将这些东方艺术一并收入他的“漩涡”诗学。对庞德而言，费诺罗萨不仅发掘了中国象形文字的奥秘，而且还发现了一个文化“新大陆”。庞德认为中国的文字和古籍对于现代西方就如古希腊典籍对于文艺复兴一般重要，这是根据当时伦敦的文化氛围提出这种看法的：

> 即使费诺罗萨没有这种远见，中国的刺激作用也不亚于希腊。这种外来的刺激力量并不仅限于“我们的所作所为”，如此大量尚未探索过的艺术品和事实正涌进伦敦这个漩涡。它们非产生文艺复兴一般大的变化不可，即使我们对此装作视而不见。(GB：pp.116～117)

这里的“我们的所作所为”指漩涡派成员涉及的东方文化的活动；“伦敦这个漩涡”则指当时在世界文化中心伦敦兴起的一股中国热。伦敦博物馆在1910年至1912年间主办了中国日本绘画展，首次将中国一流的艺术珍品展现在西方人面前，使西方人认识了中国艺术的精湛卓越，并使日本艺术相形见绌。展览持续了三年，其间举办了有关中国艺术、文化的讲座，媒体发表了相关的评论、报道，在伦敦逐渐兴起了一股中国热。除崇尚谈论中国文化外，人们更加热衷收集中国古玩文物①。因此，庞德认为中国的传统文化和艺术不仅对现代派运动有影响，并且将起到更新现代西方文化的作用。再者，庞德的评论仍是从他的共相历史观立场提出的，即古典价值包含的历时性和永恒性；古代有活力的因素在现代仍然有活力，因而可以用来更新现代写作和艺术；而这种永恒性则取决于作家、艺术家的当代思考。为此庞德再次按他的“漩涡”艺术概念区分了两类“历时”因素：一是“有动力的种子”，一是“死去、将死、呆滞”的古董(GB：p.117)。在庞德的文化鉴定中，中国传统文化属于前者，因为它与庞德对现代性的思考的吻合处如此之多。不仅在诗学方面，在伦理、哲学和政治方面亦如此。所以中国传统文化成为庞德最大的“外来刺激”之一。

庞德于1917年编辑了费氏《作为诗歌媒介的中国文字》的遗稿，于1919年发表。费氏从美学角度对中国文字的解读对庞德的诗学建构具有特殊意义。L. Gefin认为：“费诺罗萨遗稿是庞德诗学发展中最为重要的因素。”②其他评论家，如Korn、Kearns、Alexander和Dasenbrock等，也高度评价了这篇论文对庞德的影响。费氏对汉字的解释完全符合庞德的“活”古代因素的标准和期待。例如，费氏认为“原始的汉字……是行动和过程的简化”；表意汉字(ideogram)是一个“思想和图画”的统一单元(FP：p.9)。仅此二说就已经给出了庞德的漩涡诗学的基本思想。更为重要的是，费氏将汉字解读为“行动与过程的画面”，涉及庞德当时最为关注的问题：事物中的能量与表现中的运动。随着现代科技的发展与普及，庞德像其他前卫艺术家一样力图表现“现代化”的风貌，醉心于表现的动力感，尝试将“蕴藏”在事物和语言中的“力”(power，或能量）释放出来，实现一种有动感的审美和表现方法。诗歌如何实现表现的“力”是他当时最为关心的问题。费氏论文却告诉他，用汉字重现现实不仅能有动感而且能展现自然(客观世

---

① 参见Qian Zhaoming：“Pound and Chinese Art in the‘British Museum Era’”in Helen Dennis(编)*Ezra Pound and Poetic Influence*，p.100，Amsterdam and Atlanta：Rodopi Press，2000.

② Gefin：*Ideogram：Modern American Poetry*，p.xii，Milton Keynes：The Open University Press，1982.

界）的行动过程。例如，若要启发人们“明亮”的概念，只要把“日”和“月”的图形并置即可合成。明亮的概念是靠这两个图形暗示的关系相连而生成的。于是，“实物像”指向“无物关系”而证实一种隐喻效果的存在，诱导读者将潜含在指定因素中的意思想象出来。这样，会意汉字既能为作者提供再现现实的“自然”方法，又能为读者提供主动接受的方法。读者必须通过“已见”物（或像）才能领悟“非见”的概念。抽象概念乃是直接从具体自然存在物归纳出来，故而可以避免人为语言强加于人。整个表达和接受过程，既以联想释放蕴藏的“力”（或能量，即思想、情感、意义等所指），又是遵循“自然”的过程。表现因此而产生动力感和运动感。庞德执迷于汉字，锲而不舍，穷尽毕生，原因于斯也。

费诺罗萨对中国语言的见解为庞德的理论建构，尤其是对他的“会意”概念和模式，具有始创性的启迪作用。庞德一贯认为逻辑思辨、陈述一类的表达会模糊、歪曲表现真实，因而偏爱呈现具体、具象、细节以表现真实世界。正是费氏对汉字的演绎启发他使用“会意”（ideogrammic）概念[①]作为并置具体物（意象、片语等）的结构模式，以暗示联想为表达方法，实现“自然”表达和主动接受的话语交流（ABCR：p.23）。尽管庞德不愿将“会意”作为结构模式的功劳完全归功于费氏，但还是承认费氏为他的理论构思建立了基础：费诺罗萨是“首次确定文学批评科学方法可行性的人”（ABCR：p.18）；他区分了思维的有效和无效，因此表现出超越时代的远见（FP：p.3）。此外，庞德还指出费氏遗稿与他并非纯属幸运邂逅，而是一种研究巧合，因为他俩都关怀传统，热衷跨越民族疆界去寻求艺术的共同基点。1913年庞德回顾道：

> 费诺罗萨手稿到我手上时，我已经有所准备。这节省了我大量时间。假如有的作家注意到它，但并没有像我那样在生活中密切关注过，那不会节省多少时间。费诺罗萨死于1908年。我于1901年左右就开始欧洲文学的比较研究，带着一个明确的意图，要查明以前究竟写了什么，是怎样写的。（LE：p.77）

① “ideogrammic”派生于ideo（意）和gram（图）；一般指表意文字。庞德使用此词的上下文大多指会意汉字，故用“会意”指称，以切合实情。

据此而论，费氏论文强化了庞德持之以恒的求索，寻求兼容的美学原理，用他的话说，即“系统论”原理或者“整体形式”(LE: p.26)。庞德从学习拉丁语、法语、西班牙语、意大利语、德语等转向对这些欧洲文学的比较研究就是为了寻求文学的普遍规律。费诺罗萨在哈佛学院主修过哲学，后又修过艺术，一出道就成为东京帝国大学的首任哲学讲师。他并没有把中国文字作为一种语言学研究。指责或纠正他对汉文的误读对我们谈论的问题并无多大意义。问题的关键不是他对汉字知道什么，而是他从汉字中看到了什么。值得注意的是，费诺罗萨是将中国文字的结构和句法当成一种美学研究的对象，旨在以汉字的个性揭示一种适于所有艺术的普遍原理。例如，他在文章中做了这样的解释：象形汉字并非与其他文字绝对不相容，将其转化为一种“象形方法”，就可以成为“理想的世界语言”(FP: p.31)。由此可见，费氏也是从国际主义观点来研究汉字的，而且主要取美学视野研究文字。费氏在总结中提出：由复合汉字演化的具象并置模式可以导向一种“具有普遍意义的，精巧而透明的和谐”，故而“所有艺术都遵循这个法则”(FP: p.32)。从他的论文，我们可以看出，费诺罗萨怀着与庞德一样的雄心，他对中国文字的探索是为了寻求普遍法则，渴求普适的卓越性，评论家 Kronick 把这种主张定义为“整体主义”(Unitarianism)，并认为这与爱默森崇尚自然神性的超验论关系密切①。费氏论文总体上表达了对朴素感官的自然运动律的追求，并且认为中国汉字蕴含着这种自然运动的普遍法则，获取这种兼容和谐就是取得美学之至上认识。正是据于这些观点，庞德不无夸张地称这篇论文是“一切美学的基础研究”，并“远远超越了(费氏)时代”(FP: p.3; ABCR: p.19)。

庞德和费诺罗萨在思想境界、动机、历史感等方面都相近，他们都有歌德式胸怀，追求崇高远大的普遍美学法则，因而把历时因素看作久经时代检验的品质，看作建构自己理论的有效成分。费氏将自己的美学建构在会意汉字上。庞德在此之前，一直把他的理论建构在“准确”概念上：即以“明亮具体”体现的模式概念，用以指概念真实和表达真实的一致关系。这一概念一直是庞德有关表现理论的核心，是他阐发所有诗学言说的基础。

① 参见 Kronick: *American Poetics of History: From Emerson to the Moderns*, p.6, p.174, Baton Rouge and London: Louisiana State University Press, 1984. Unitarianism 也指理智心性论，从政治意义又译作极权主义。

明亮具体、意象、漩涡、会意汉字都以暗示联想为表达手段，引导读者接受概念的真实。因而庞德诗学的总体发展呈现为漩涡或螺旋形态，其中心是“明亮具体”，处于静止恒态；整个体系不断旋转、扩大、上升、吸取有效因素以加强表现力。明亮具体是避免推理陈述插足而直接把握事物本质的表达方法。通过意象，这个方法便由比喻机制控制，力图实现主体客体的和谐与交融。进入庞德的漩涡概念，其结构机制点便是集合，控制调节各个具体事物之间的关系。用会意汉字概念，庞德进而将自己的诗学建构为更有弹性的机制，并将表现的重心通过暗示联想作用由作者转移到读者。作者的作用是选择与主题有关的意象、具体事件，将其并置，刻意剥离话语的逻辑关联，将关系组合的任务留给读者。一旦完成了关系组合便领悟了意思。读者是否与作者意图吻合则取决于二者的期待视域。这就是表现中的动力，它产生于作者与读者的互动之中。这种方法迫使读者“重读”(解读)作品，用想象和理性来填充文本中无连接的空白，根据作者选择预置的“具体”来获取抽象概念。这就是某些评论家称之为“ideogrammic”(会意字或形声字)的原则，也是《诗章》创作的基本模式方法之一。

从以上分析，我们可以看出庞德诗学发展中的一致性。庞德不断发展自己的理论，由于西方摹仿说传统的影响，他从未偏离表现真实这一元初概念。他的最终目的是建构更有活力更有效的创作机制，以便表达他的国际主义题旨和普遍价值。在庞德诗学理论发展中，是费诺罗萨引导他认识了中国文化的价值。这对他的理论建构是关键的一步。正因为庞德一贯追求普遍价值，才能与费氏不谋而合地将复合(会意和形声)汉字的内在结构看作具有普遍意义的艺术法则，并用以阐述发展他们的审美思想。此外，他们都认为复合汉字蕴藏着揭示自然运动过程的方法。在他们看来，汉字不仅保留了这种过程，而且它本身的组合方式也有一种感悟的自然机制。例如，费诺罗萨把“東”字拆读为“日、木、人” 三字，并解释“東”的意思是人看见太阳从东方的树丛中升起。庞德完全接受了这样解读。费氏和庞德都认为汉字记录了客观世界的律动过程，因而是一种非人为的“自然”认识方式。据此而论，当庞德从“明亮具体”的概念模式上升到“会意汉字”概念模式时，他已将他的诗学中心由西方模仿说的概念转移到由具象到抽象的直观、感悟、归纳的中国式认识方法。

庞德从费氏遗稿获取异域文化的认识论、表现方法、审美等，使他与费诺罗萨的相遇体现出东西方文化交融的意义。费氏手稿对庞德意义深远，向他揭示了中国文字和古典诗的奥秘，为他的创新提供了范例、启示，开阔了他的眼界，极大地刺激了他对中国文化的兴趣，从而让他由中国诗歌转向儒家经典的研究。可以说庞德从费诺罗萨那里取到了打开中国文化传统宝库的钥匙，不断到那里汲取题材、技巧、主题、灵感。庞德无形中已将中国文化由“外部刺激”变为自己的内在自觉，进而用儒家伦理衡量自己的道德观和审美，用中国的感悟方式取代西方的逻辑推理方式，用汉字和儒家经典片语注释自己的诗行，用儒家思想作为《诗章》的一个主干主题线索，用中国的“兴”配合荷马的叙事方法。庞德著作逐渐充满浓郁的中国意味。庞德不仅在他的时代，甚至在今天都是东西方文化兼容最为显著的标志之一。中国文化已经浸入庞德的哲学思想、伦理、审美、表现等观念中，庞德著作(散文和诗歌)凸现出一个中国文化维度，其意义不亚于著作中的任何一个西方文化的维度。

第二节　庞德的比较文学与比较诗学

“比较文学”有时出现在大学教学大纲中，但是很少有人懂得这个术语的含义，深思熟虑而自觉研究它的人也很少。

——庞德

第一节的分析可以说明，庞德对本体存在的认知直接影响到他的方法论，故而他的国际主义观和共相历史观与诗学建构呈现互动关系。若要进一步说明庞德对中国文化感兴趣的根本动机何在，还必须探讨另一重要因素，即庞德的比较学视野和比较方法的形成。“比(较)”(comparison)用作修辞和形象转喻手法的讨论不断在庞德研究中循环，而庞德的比较(comparison)概念及其与诗学的关系讨论甚少[①]。为此，我将探讨庞德经比较研究形成的“比较”概念体现出一种认知模式，是“习得知识和传达知识”的方法，主导着他强调细节、具体、个别的表现方法，是一种引导读者依靠自

① 英文 comparison 有“比较”和“比喻”的意义，相当于古代汉语的“比”，现代汉语不能传达。庞德论文中此词出现较多，不同上下文有不同含义，因此“comparison”(比较)对于庞德是一个有着特殊意义的概念。

己、避免他人概括推理，直接认识真实的方法。因此，这一“比较”概念也是庞德诗学建构的主干基石之一。

一、庞德与比较文学

庞德对比较文学的兴趣开始于他的大学时期。1901 年至 1905 年，庞德在宾夕法尼亚大学和汉米尔顿学院主修罗曼语言，需要研读法文、意大利文、西班牙文和德文的文学著作。正是多语种的学习培养了他的国际主义气质和比较学视野。当时比较学在美国的大学还处于初创阶段，韦斯坦因(U. Weisstein) 教授对它的描述是：“理论不发达，仅限于实践。”①即使如此，庞德并没有出于功利进入这一门新学科，主要是靠自己的自觉和心志介入的。这就是 Ruthven 说的，“学院提供他的罗曼语言学课程，庞德自己尝试着改变成比较文学课程”②。上节提到，庞德声称自己 1901 年左右就开始比较研究，主要目的是“查明过去写了什么，如何写的”，庞德已经说明了他当时的主要动机：其一，查明过去写了什么，才能避重复，才能做到真正创新，这是他一贯的观点；其二，查明过去如何写，才能找到好品质和好方法，才能找到医治现代文学弊病的良方，这是他的共相历史观使然。由此可见，庞德的文学比较研究的根本动机还是要找到建构普遍价值的文学批评标准。这里还有一个问题，虽然庞德自称，“我于 1901 年左右就开始欧洲文学的比较研究”，他的比较研究性质上是否属于真正的比较学范围？若是，庞德当为比较文学的开拓者；否则就是僭称。为此，需要把这一问题放在一定的相关理论中来考察。

庞德对比较学的兴趣可以说是随同这个学科在 20 世纪一起发展的。庞德在获得费氏遗稿之前，尽管倾心于世界文学而非他自己的母语文学，他的眼界并没有越过欧洲。他早期的比较研究范围限于欧洲的语言文学，以及所谓“世界文学”的范畴，其实是在西方传统文学以内。但是比较文学是由世界文学发展而成的，二者的界线从前模糊不清，现在也依然。对此关系略加分析有助于说明庞德的比较研究的性质和观念。依据比较文学学者

---

① Weisstein：*Comparative Literature and Literary Theory*，(W. Riggan 译)p.209，Bloomington：Indiana University Press，1973.

② Ruthven：*Ezra Pound as Literary Critic*，p.6，London and New York：Routledge Press，1990.

Harry Levin 的“批评词汇学”观点，Prawer 认为“比较文学的词汇范围包含了‘总体文学’和‘世界文学’的范畴”，并对三者界线加以区分。总体文学，是“对语言界线不加区分的文学研究”；比较文学，则是“针对国别文学之间的相互关系”的文学研究；世界文学，虽然倡导歌德的国际主义精神(即对他国文化传统有所意识，对他族语言、文学开放，促进与他族的文化、文学的交流和互补)，但是传统实践中只是用来指“伟大的著作”，指“著名经典”和“世界写作之最”①。由此可见，无论以什么命名，庞德都倾心于这类重视普遍价值、经典意义的文学研究，特别是当时流行的一种看法，大多数人认为比较学暗示着“以比较为主要手段的文学研究”②。庞德无意去阐述比较研究理论，而是企图通过多民族文学研究探寻他的“活元素”，找到经历古代和中世纪的时间长河的冲刷仍保持活力的文学因素和品质，用来服务他的时代。

随着时代变化，比较文学的范围越来越大。例如，Clements 教授在其著作中综合 Wellek、Aldridge 等学者的观点提出，比较文学到 20 世纪 70 年代已在三个可辨认的范围中运作：西方文学传统、东西方文学、世界文学。但是他个人认为比较文学最大的范畴应该是“世界文学”，因为比较文学不仅已消化了总体文学的原则，而且包括了世界文学的范围③。以此观点来看，我们更有理由将庞德对欧洲多种语言的文学研究看作开拓性的比较文学活动。20 世纪后期，比较文学与总体文学合一，已是不争的事实，并朝文化语境中的文学研究和跨学科研究的方向发展④。中外学者，如乐黛云和 Totosy，都在各自的著作中谈到这两个方向。乐黛云教授强调了翻译学随比较学和文化研究的兴起⑤。美国的 Totosy 教授试图重新定义比较文学，在他的“新比较文学”宣言中提出 10 点具体建议：1. 比较学研究以“如

---

① Prawer：*Comparative Literary Studies*：*An Introduction*，pp.3～4，London and New York：Routledge Press，1990.

② Prawer：*Comparative Literary Studies*：*An Introduction*，p.2，London and New York：Routledge Press，1990.

③ Clements：*Comparative Literature as Academic Discipline*，pp.14～15，pp.26～27，New York：The Modern Language Association of American，1978.

④ 参见乐黛云等：《比较文学原理新编》，25～34 页，北京，北京大学出版社，2000；Totosy：*Comparative Literature*：*Theory*，*Method*，*Application*，pp.15～18，Amsterdam and Atlanta：Rodopi Press，1998.

⑤ 参见乐黛云等：《比较文学原理新编》，27～32 页，北京，北京大学出版社，2000。

何"（方法）的问题为主；2. 理论和方法应导向不同文化、不同语言、不同文学、不同学科之间的"对话"；3. 基于多种语言、多国别文学和多学科的研究以获取具有深度的理论；4. 联系其他艺术表现形式和其他人文、社科学科进行文学研究；5. 以英语作学术交流语言；6. 在文化语境中进行文学研究；7. 研究注重理论、方法、意识形态、政治等的兼容；8. 注重跨学科研究（个人跨学科和团队跨学科）；9. 在全球化与本土化的悖论中研究；10. 以职业为目的研究①。以这 10 点建议观照庞德，他在 1910 年至 1950 年的学术情形竟然可以包括以上 1 至 8 点的相关内容，难怪庞德要怀疑当年美国大学的比较文学课程的可靠性②。

当代比较学的学术语境毕竟离庞德的时代太远。若要准确把握他的比较文学意识，还是以早期的状态为宜。为此，我选择较为传统的定义作为讨论庞德比较研究性质的理论前提："考察一种语言以上的文本（包括文学理论和批评），运用对比、类比、渊源或影响的研究方法；研究论证两个或更多操说不同语言的族群之间的交流与相互关系。"③从这个定义看，比较文学主要学科特点是：1. 研究对象不是文本自身而是文本之间的关系；2. 研究以类比（analogy）和对比（contrast）进行，既作手段又作目的，即考察孟尔康（E. Miner）和刘若愚所主张的事理之间的"同"和"异"，以说明文学类型、模式渊源和文学影响等为目的④；3. 研究以多种语言和跨文化为基础。这个前提虽然简单，但是有助我们考察庞德的"比较研究"观念，以及"比较"对他的理论和方法建构有什么意义，进而说明庞德研究中常被忽略的一个重要方面。如 Alexander 教授所说："庞德七年的大学课程人所皆知，但是对他在比较文学方面的训练和本质，我们的了解还差强人意。"⑤

庞德的第一部学术著作《罗曼精神》出版于 1910 年。以这部书观照以上

---

① 参见 Totosy：*Comparative Literature：Theory，Method，Application*，pp.16～18，Amsterdam and Atlanta：Rodopi Press，1998.

② 见本章第二节标题下引文。

③ Prawer：*Comparative Literary Studies：An Introduction*，p.8，London and New York：Routledge Press，1990.

④ 参见 Miner：*Comparative Poetics：An Intercultural Essay on Theories of Literature*，pp.3～11，Princeton：Princeton University Press，1990；Liu，James J. Y：*The Interlingual Critic：Interpreting Chinese Poetry*，"Introduction"，Bloomington：Indiana University Press，1982.

⑤ Alexander：*The Poetic Achievement of Ezra Pound*，p.45，London and Boston：Faber and Faber，1979.

定义，庞德的确无师自通，对比较学颇得要领。但他自己却说得颇为谦虚："只有出于礼貌的缘故，才可以把这本书叫做比较研究。"(SR：p.7)然而，书的章节能够说明，多数情况下庞德是以比较学的方法，或者以歌德式的世界文学视野来研究中世纪诗人。欧洲比较学的兴起首先是在文艺复兴的文化转型中兴起的。欧洲比较文学的先行者是"在拉丁语丧失其'通用'语言地位的情况下，为恢复(欧洲文化和文学的)统一性与普遍性"而开始比较研究①。庞德像比较文学先驱一样重视"普遍性"，他在序言中说，他企图为现代找到一个普遍标准的诗学原则。庞德在此的研究是建立在他的国际主义的立场上，并且也为他的"超历史"的观念左右，重视历史的当代意义。他的比较研究不是追随当时历时性比较的流行风尚，而主要是共时性的。庞德虽然也有追溯先驱对后人的影响比较，但大多情况是在中世纪诗人之间或者非时限性的横向比较中进行的，按照他自己的审美标准，那是为鉴定诗歌品质的优劣。例如，庞德在书中抬高游吟诗人 Arnaut Daniel 和 F. Villon 的地位，赞赏乔塞、莎士比亚，而诋毁具有剑桥硕士学位的诗人米尔顿。他特别赞赏的诗人是但丁，崇拜其著作宏大完整，集神学、哲学、人道主义于一体，而且"尤其擅长比喻"——庞德当时较为欣赏的表现方法。他因此在书中将但丁用作一个参照核心，用但丁反复观照、比较不同的诗人以说明不同的问题。例如，但丁比较米尔顿，以但丁的卓杰反衬米尔顿的笨拙(此为庞德偏见)；但丁比较莎士比亚，以说明这两位文艺复兴大师的细微区别；但丁比较雪莱，以说明前者对后者的艺术影响。其中一个较为明显的共时比较是将但丁(1265～1321)、维农(Villon；1431～?)、惠特曼(1819～1892)三人放在一起比较，以说明不同时代的优秀诗歌品质。为何比较？庞德在书中谈道，原因之一是他察觉不同时代的诗人各有千秋，但一些诗法、品味却难以命名言说，通过比较才能"显示不可言说的细微区别"(SR：p.87)。由此可见，在庞德的最初的批评意识中就将比较用作一种方法，利用"他者"为参照把问题说得更清楚。

然而庞德的主要目的是为发现有效的表现因素，用以医治现代诗歌的弊病。他在整个比较过程中强调最多的是"细节"、"确切"、"个别"、"真"

① 参见乐黛云等：《比较文学原理新编》，37～45页，北京，北京大学出版社，2000。Prawer：*Comparative Literary Studies*：*An Introduction*，pp.10～11，London and New York：Routledge Press，1990.

和"真实"。这些字眼经他在不同的上下文反复强调，最后概括为"准确"(precision)这一概念，意指真实、直接的个人现实经验和"诗歌表现的切合性"(SR：p.87)。为了解释这个概念，他不厌其烦地再三引用但丁做例："不说在那里，河汇流入湖中，而是说在阿尔罗纳，河汇流入湖中。"(SR：p.159)不仅如此，为了说明这种表达的经典性，他还通过比较追溯了这种具体表达的传统，并断定这是由普罗旺斯的游吟诗人承传而影响到但丁，所以代表着整个中世纪文学的优秀精神，堪为现代诗歌的最高标准。文学倡导这种品质，不仅可矫正象征派的"朦胧"、"含蓄"，而且可为现代诗歌的创新带来动力。此外，庞德从游吟诗人发掘的另一个价值则体现在"情感"、"爱情"、"真实"等方面。对于年轻的庞德，真与情，甚至是性爱的激情，都是诗歌表达不可缺少的要素，是构建狂喜与激情的要素。当然这也是他反对神权的表现，为此庞德评论道：这些游吟诗人"忘记了神的名字，只记得恋人的名字"。为论证他的观点，他将赞颂性欲看作一种欧洲文学传统，一直追溯到古代的自然崇拜、泛神信仰，并判定是古罗马诗人奥维德和维吉尔歌颂的对象和诗歌主题(SR：p.90)。由这两位大诗人经中世纪游吟诗人承传下来的传统同样代表着欧洲文学的传统精神。但是到了现代，这一文化"风尚"几乎荡然无存，因而有必要激活"亡者"以提醒现代人这一传统："指出我们知道的最美的事实，我们可以回忆起稍许上天的辉煌。"(SR：p.96)庞德不仅这样思考，也是这样实践的。他 1916 年出版的诗集《净化节》(*Lustra*)，其中一部分诗被删掉，是因为编辑认定这些诗对当时的读者而言有伤风化。虽然庞德在复兴情爱风尚有所偏激，走得过远，但他是把情爱作为一种诗力提倡的，并且与表达真实一齐倡导，以反对雕琢藻饰、矫揉造作的诗风，反对抽象推理和理性主义，作为一种矫正后维多利亚时代文学话语的力量。由于他的国际主义观念，他采取了一个现代文学改良的姿态，自觉进行比较研究以寻求普遍价值的批评标准。《罗曼精神》一书显现了庞德的这一诉求，囿于欧洲文学的比较研究以寻觅永恒、普遍价值。此后庞德开始超越这一局限，将目光投向东方。

二、庞德的比较概念以及先驱意义

以上分析可以说明庞德自觉进行的比较研究具有一定的先驱、开拓甚至超前意义，他的共时比较即为一例。为进一步证明庞德比较研究的性质及其开拓意义，我们还需从比较文学作为独立学科的前提加以考察。为简要说明问题，我在此用 Harry Levin 的“批评词汇学”的方法，即“分析关键词对建构其意义的人所具有的含义”①。先谈比较文学中的“文学”文本(texts)。一般指两种或两种以上的语言文学文本或者“相互联系的文化”(intercultural)文本②。比较方法虽然源远流长，历史悠久，可以追溯到古希腊、古罗马时代，但比较文学作为独立学科则产生于 19 世纪后期的欧洲③。研究中心也一直以欧洲为主，后来是欧洲和美国占主导，一直持续到 20 世纪 80 年代。此外，比较文学是从世界文学和总体文学派生而来。所谓的“多语言文本”主要是(欧洲)“世界”名著。在 20 世纪，70 年代开始提倡超越这种现象，80 年代始有重大突破。比较文学在其传统中心——法国、德国和美国式微，而在中国、日本、巴西、阿根廷、墨西哥、西班牙、葡萄牙、意大利、希腊迅猛发展。与此同时，研究文本也由传统的经典转向通俗文化、边缘文化、少数民族文化、女性文化等文本方面④。鉴于此，庞德的研究文本完全符合比较文学的要求，且有一定超前性。早至 20 世纪的头 10 年，庞德已有意识地发掘非经典著作的价值和意义，高度重视中世纪游吟诗人的方言文本，尤其是名不见经传的 Arnanut Daniel，而且他认为罗曼游吟诗人的通俗民谣还影响了大诗人但丁的创作。庞德对米尔顿的贬斥表现出他对“正统”诗的反叛，但对罗曼游吟诗人的高度赞扬显现了他对次要的、被忽视的文学作品持开放、欣赏的态度。其超前性亦见于此。

庞德的开拓性和先驱性还表现在他对历史和地域局限的超越：早在 20 世纪初就已经注重东方文化。1913 年年底庞德经费诺罗萨遗孀获得有关中国与日本的文学资料，但在此之前，庞德已经开始研究中国文化，阅读翟理思编著的英文《中国文学史》和 Pauthier 翻译的法文《四书》。1914 年根据翟氏的译本仿作中国式短诗，并宣称屈原、刘彻(汉武帝)、李白是“伟大

---

① 转引自 Prawer：*Comparative Literary Studies：An Introduction*，p.157，London and New York：Routledge Press，1990.

② 参见 Miner：*Comparative Poetics：An Intercultural Essay on Theories of Literature*，p.22，Princeton：Princeton University Press，1990；Prawer：*Comparative Literary Studies：An Introduction*，p. 8，London and New York：Routledge Prese，1990.

③ 参见乐黛云等：《比较文学原理新编》，39 页，北京，北京大学出版社，2000。

④ 参见 Totosy：*Comparative Literature：Theory，Method，Application*，p.15，Amsterdam and Atlanta：Rodopi Press，1998.

的自由诗作家”，称中国古籍“可能是下个世纪寻找像希腊古籍对文艺复兴一般大刺激的宝库”(LE:p.218)。从1914年起中国文化因素不断在庞德的论文、翻译、诗歌创作中增长，1915年编辑创译《中国诗集》(*Cathay*)，1917年起草长诗《诗章》，自此不断吸取中国题材，比重越来越大，一直延续到1969年。其间必然参照他自己的西方知识、西方文学传统、审美原则，并与中国文化材料进行比较、筛选、改造，然后融入他自己的诗学体系。在20世纪东西方文化的比较和兼容方面，庞德著作可以说是独一无二的。

谈及比较文学的“比较”(comparative)这一关键词，我们往往陷入一种尴尬。对于一门学科而言，这个词显得如此简单平常，常常成为其他学科学者讥讽、诘难比较学者的把柄。为了避免这样难以解释的尴尬，有的比较学者干脆免谈“比较”二字①。但是作为这门学科的关键词，又是不可避免的学理依据之一。一定意义上说，Clements教授就是有感于自1929年庞德怀疑美国大学比较文学的合理性和可靠性一直到20世纪70年代中期还不断有人质疑“比较”二字，才撰写他的《作为学科的比较文学》一书，旨在证明比较文学的合法性。此外，中国学者乐黛云、陈跃红、王宇根、张辉等著的《比较文学原理新编》已从逻辑学和词汇学两方面，联系“比较”二字的译传历史作了严谨全面的分析讨论②。在此我仅针对庞德的比较概念沿用批评词汇学的方法对“比较”略作分析以说明庞德的比较概念。

上文提到Prawer在其阐释中提出用“比较”作为文学比较研究的“主要工具”③，但是孟尔康却认为比较学者的著作中很少有实际的比较，甚至说：“比较学者并不谈比较。”孟尔康虽然在自己的著作也谈论比较，但强调比较文学的基本点不在“比较”而在可比性：“什么因素构成充分的可比性，什么过程保证这种可比性。”他为此提议：“我们必须建立事物之间的比较基础，这些事物具有共同因素，其相同程度高于貌似和相似。”④依此

---

① 参见乐黛云等：《比较文学原理新编》，60页，北京，北京大学出版社，2000。

② 详见乐黛云等：《比较文学原理新编》，45～49页；60～65页，北京，北京大学出版社，2000。

③ Prawer：*Comparative Literary Studies*：*An Introduction*，p.2，London and New York：Routledge Press，1990.

④ Miner：*Comparative Poetics*：*An Intercultural Essay on Theories of Literature*，pp.20～21，Princeton：Princeton University Press，1990.

而论，可比性应建立在高度相同事物的比较基础之上。那么，什么是这种高度相同的事物呢？孟尔康并没有直接明说。我们是否能从庞德那里找到答案？庞德在比较但丁和莎士比亚以回顾文化历史发展时，果真考虑到了比较依据这一问题。庞德这样论道：

> 他俩的生日几乎相差整300年(但丁生于1265年，莎士比亚生于1564年)。美洲已经被发现，印刷术、宗教改革、文艺复兴作为新生事物已经影响着世界。全世界已经发生很大的变化，但是艺术和人性依然如故，给予我们比较的基础。(SR：p.157)

从庞德的共相历史观来看，比较的基点之一在于保持不变的审美价值和人性价值。这是比较对象的根本相同性，改变的即是次要的，因而历史有延续性和重复性。庞德正是基于这种可比性进行比较研究。例如，但丁的精致美感和莎士比亚的委婉美感，但丁的视觉真实与维永(Villon)的自传真实(SR：pp.158～178)。在庞德看来，这类美感与真实感，除了在个别作家的再现中有特殊改变，其本质保持不变，因而是“比较的基础”，即孟尔康所说的“高于貌似和相似的共同因素”。这样的因素才能经受时代的变迁，才能超越时间和地域的局限，才能作为比较的对象以发掘普遍意义的因素，找到经历时代考验的审美价值和人性价值。

庞德的比较研究也为自己的诗学发展奠定了基础。他的诗歌理论阐释就是从比较欧洲中世纪诗人开始的，1910年出版的《罗曼精神》一书就是为阐释自己的比较研究发现。此后又以连载形式在《新时代》文学周刊以《我搜集奥西里斯残肢》为标题发表一系列文章总结、阐释他的比较研究新发现。其中最为关键的概念有两个：一是上文提到的“明亮具体”；二是“维求”(virtù，或禀性、表现特性的创造力)。庞德经比较许多诗人得出这样的结论：每个人的灵魂中有一种活力主导着他或她的气质和个性，并在创造中显现其特质，因而他把这种表现个性特征的创造力叫作“维求”。以上也进一步阐释了“明亮具体”(luminous detail)的概念，他的解释是：“明亮”就是“解释、说明”的意思，“明亮具体”就是一种“不言自明”的具体[①]。所以他将这个概念用来指一种新的认知方法以反对分类综合的逻辑思维，就是他称之为“情绪化的概括”、“模棱两可的模糊具体”的思维方法。然而，庞德所谓“不言自明”的新方法真正发挥传达意思效果的依据就是比较概念。具体说就是，作者以启发读者为目的选择呈现个别、具体的原著或者翻译文本，读者则通过阅读、比较而得出自己的总结，从而避免受他人概括、评论的影响。接受过程中通过比较个别得出一般的结论。由此可见，比较概念对于庞德具有认识论和方法论的作用，因而成为他的理论发展的一个核心模式。

庞德最大的愿望就是建立国际性的诗歌批评标准，因而不断阐释自己的批评理论和方法。他的这些批评文章后来合辑为《阅读入门》(*ABC of Reading*，1934)、《创新》(*Make It New*，1934)和《文化向导》(*Guide to Kulchur*，1938)等书。在《日线》一文中，庞德在讨论批评的作用时，就将“比较”(comparison)作为一种批评方法明确提出来。他认为比较是种“淘汰重复”的方法，具有甄别真伪，选择优劣的作用，就像“国家美术展览馆或者生物博物馆的馆长或者陈列委员会的工作”(LE：p.75)。批评家 Korn 也提出庞德的“淘汰”方法实质上有“选择与比较的性质”[②]。这种方法的主要目的是择优，但本质是以比较为基点。选择文本范例必须先在它们各自的语境中进行比较。只有通过广泛的比较才知道自己的创新不是在重复前人的做法。庞德因此把这一原则用作学习和吸取他民族文学的一贯方针。他之所以主张这样做是针对当时(乃至当今)学术界一般流行的专家分类和评论。庞德对此十分反感，认为读者很少读到原著，大多是教授、评论家的意见，而不是原作者的见解，故而读者接受相当被动而失真(遗憾的是，这种情况直到目前大多如此)。因此，庞德竭力倡导他的“比较”方法，要求学术著作像博物馆的展室一样呈现各种文化“物种”，让读者读到原著、真品，自觉去比较鉴别优劣，总结归纳出自己的见解。在他看来，只有这样的阅读才是主动的，才能保证获得真知灼见。这一观念无疑是具有预见

① 这两个概念是庞德诗学的元初概念。庞德求创新，用词多偏离常意。virtù 来自意大利语，原意指审美鉴赏力，但庞德用这个词的上下文，多指表现作家个人特征的创造力，故按音译作“维求”。参见 Cookson：*A Guide to The Cantos of Ezra Pound*，pp.19～28，1985。

② Korn：*Ezra Pound：Purpose/Form/Meaning*，p.39，London：Middlesex Polytechnic Press，1983.

性和建设意义的，促使他形成惯以实例表述的写作风格。

三、作为认识论和方法论的比较概念：会意方法

上文分析说明"比较"概念在庞德的方法中不仅具有修辞意义上的比喻作用，而且更具有认识和方法意义上的功效。庞德在1934年发表的《教师的使命》一文中，进一步将比较概念阐释为一种认识方法，并针对当时美国教育界和文学界的弊病，着重强调这一方法的实用性。他认为19世纪遗留给教育界的一个陈规陋习就是使用"一般术语"和"抽象概念"，这种做法正像"肺病一样伤害着国民的心智"(LE:p.59)。由于这种陈规，不仅教育无效，而且文学批评也受伤害。庞德认为"文学批评中同样的智力失效"就在于"用一般术语写文章"。这些术语用得如此模糊而词不达意，"最终根本毫无意义"(LE:p.60)。为此他推荐一种实证方法，并提出：如果用"基于观察和比较个别标本的类似生物研究的方法，普通教育则将受益匪浅"(LE:p.60)。他随后将问题转向文学教学："所有文学教学都应该采取呈现并列作品，而不是讨论什么其他讨论者有关某诗人、某作家一般地位的意见。"(LE:p.60) 此后他将这个方法定义为："非情绪化考察的会意方法(考察与并置个别标本，即个别著作或文学段落)，以其作为获取知识与传达知识的工具。"(LE:p.61)

庞德在此明确定义了他的"会意方法"(the ideogrammic method)[①]。这是庞德研究中极为主要的一个概念。值得注意的是，庞德是把它作为一种客观、科学的学术方法提出来的，同时包含了他的比较概念。正如他最后补充的，在任何情况下，这种方法都可以确保我们"基于考察和比较个别著作而获得的那一点真知灼见"(LE:p.63)。由此可见，他所谓的会意方法本质上属于认识方法或工具方法，其目的是为启发或教育来选择并置个别，其功效的产生则取决于比较。正是在这里我们可以准确把握庞德比较概念中的认知性和工具性的要义："获取知识与传达知识的工具。"前者关乎他研究吸取他人和他民族的优点，即他称之为"维求"的内容；后者则与表现有关，直接联系着他的诗学建构。因此，"比较"(comparison，英文既有比喻又有比较的意思）和比较性构成了庞德诗学的特征。"明亮具

① ideogram一般指以表意为特征的汉字，ideogrammic可译作"意形"。庞德使用这个词，多指汉语的会意字。据此译作"会意"。

体”实质上就是一种潜在的比较；“意象”与“漩涡”主要是通过视觉形象以比喻传达情思；“会意”则是一种更有弹性的比较方法，选择并置个别，同时集合个别之间的内在联系，因而暗含留予读者比较的用意。

那么，庞德的比较概念是否与他的《诗章》结构有关呢？《诗章》结构是庞德学中一个较复杂的问题，众说纷纭，莫衷一是（后面还会再详谈）。大致可分为两大派：一派认为有统一结构，一派认为没有。不少评论家，如 Gefin、Korn 都认为“会意”方法是《诗章》的主要结构形式。然而，传统意义的形式对《诗章》而言又难以自圆其说。特别是考虑到 Korn 那样判断，“庞德后来摈弃了亚里士多德的逻辑，实际上也摈弃了‘形式’”[①]。而 Gefin 的解释只注重在“并置个别”这一点上。如果要将这一点称为他的结构形式，那恐怕得用休姆的说法：用“非句法组合表达文学语言的繁复集合”[②]。或者我们可以说得更具体一点，用“非句法组合”形式暗示单元内在关系的集合。这类分析论理难以辨清，用老子的话说就是“大象无形”。这样论来，形式的概念就过于抽象而无根基。“会意方法”是否有比“并置个别”更深层的理论基础？

庞德并没有直接讨论“会意”的诗学问题，而是作为一般的认识方法讨论。把“会意”概念联系到他的诗学主要是一种批评假设。联系庞德有关比较的概念应能得出另一种结论。如上文所示，庞德对“比较”概念异常重视，反复从不同方面对这一概念进行阐释，比如在《阅读入门》、《创新》和《文化向导》等论文集中都谈到比较的问题。《文化向导》本身就可以说是一本以“会意方法”编辑的散文集子。庞德对此概念做过各式各样的解释，最为人知晓的就是他对中西传统认知过程的对比。西方人擅于分类归纳，而中国人擅于从具体推导抽象。庞德举例说，西方人用色谱来分辨颜色，中国人理解“红”的概念，则把“玫瑰花、樱桃、铁锈、红鹳”放在一起观察。由于当时科学至上的影响，他把这种感悟方法称为“科学”方法，而且是等同于生物学家的方法，因为二者都依靠“第一手细致观察事件，持续地比较每一个幻灯片或者标本”（ABCR：p.17）。由此

① Korn：*Ezra Pound*：*Purpose/Form/Meaning*，p.92，London：Middlesex Polytechnic Press，1983.

② Korn：*Ezra Pound*：*Purpose/Form/Meaning*，p.121，London：Middlesex Polytechnic Press，1983.

可见，庞德对“会意方法”的解释最为强调的要点仍是“比较”，并显现出对事物内在联系的高度重视。在这一点上庞德与费诺罗萨的哲学观相吻合：“关系比它们联系的事物更真实、更重要。让一棵橡树生长出枝杈的力量蕴藏在橡籽中。”(FP：p.22)庞德对事物的相互联系极为重视，因而能敏锐地察觉事物之间的潜在相似性。诗人的“玫瑰”等同于生物学家的“标本”，其作用都是第一手观察的对象和周全归纳的基本依据。在他看来，由具体事物推导“红”色的概念与分析标本总结生态规律是一样的，所以他把中国的直观感悟认识方式当作一种现代科学的实证手段。

以上分析可以说明，庞德的“会意”概念是由他综合西方实证方法和中国“复合字”的组合方法而得出的，并且把它作为一种新学术方法介绍推广。例如，庞德在《日线》一文中把他收集在《创新》(*Make It New*)文集中的文章说成是“有关书写特殊个体的报告”，并用括号注明是“(生物学家意义的报告)”，而且是“根据费诺罗萨在《中国文字》一文中认真表述的会意方法”编辑的。他还补充说，这个方法在费氏文章中只有表述，但没有形成可以运用的方法模式(LE：p.77)。这里有两个问题：1. 庞德凭什么把提倡作家创新的文章说成一种科学报告？2. 庞德凭什么把费氏的会意概念变成可运用的模式？这两个问题是相互联系的。首先，庞德称之为“新”的科学方法就是一种比较方法：即选择并呈现个别以反对评论、陈述的传统学术方法；其次，他运用的费氏概念仍然是他用作认知方法的比较概念：凡被集合的个别，相似与否，都具有一定内在联系或者潜在的类同性，读者必须通过观察与比较去发现，去归纳出一般。假如没有“比较”这一内在机制，集合起来的个别只能是一堆毫不相干的东西。因而“会意方法”产生效果的基点仍然是作者经比较选择而并置个别以传达知识，读者经观察比较而获取知识。这就是费氏解释中国会意字的组合方式对庞德的启发。会意字的组合方法对于费氏和庞德，既是认知方法又是表现形式，无论是他的论文编辑集合还是《诗章》写作，都离不开“会意”蕴含的比较意义。简言之，揣摩比较“日”(白天之光)和“月”(夜间之光)而得出“明”(光之源)也。

庞德为何对中国文化中这一古朴的感悟认知方式情有独钟？处于现代的西方，庞德思想极为矛盾，一方面追求现代的动力感、立体感、综合艺术、科学实证，一方面厌恶亚里士多德式的逻辑推理、学院派的分类、抽象、形而上的思辨。在他看来，这些方法获得的都是第二手知识，是讨论者的讨论，会模糊并遮盖事物本质和世界的真实，不足以成为传达知识的有效交流渠道，因此要回到第一手知识，回到语言与事物最贴近的表达方式上，要使读者直接经历感受认识的过程，才能确保获得真正的知识。会意字的方法提供了这种可能性，同时也蕴含他的经比较而获取和传达知识的概念。庞德将“会意”用作一种理想的知识交流方式，并且作为一种读者为主的认识方式来阐释提倡。会意概念实际已经成为他建构批评理论的一个基本点。

四、比较方法：沟通过去与现在的桥梁

比较对庞德还有另一作用，就是在他的话语中起到沟通过去与现在，实现本族文化与他族文化交流的媒介作用。我曾提到，庞德获得费氏遗稿后，他的比较研究已经扩大到东方，延伸到中国和日本文学，而且对中国文化产生了极大兴趣。中国文化成为他思想、写作、创新不可缺少的资源。庞德在自己的论文、诗歌中不断用汉字，引用儒家经典的片语、观念等以表达自己的意思。中国意味已经成为他写作的一大特点。在20世纪中国文化输入西方主流文化方面，庞德的作用是显赫的。例如：他由《大学·汤铭》摘取的“日日新”（译作“Make It New”），经他反复使用，不仅众所周知，而且成为英美现代派文学的一面旗帜。此外，庞德审美倾向于古典主义，重视历史性，偏爱过去。他对现代当下问题的思考往往从历史角度去考虑。这样在他的思维过程中必然出现过去与现在的间隔、距离。如何跨越、沟通这种间隔？庞德也常运用比较传达他的思想，因而形成他思考和写作的另一特征。我们不妨来看几个实例，进而说明比较概念对庞德思维的特殊意义。

庞德在《文化向导》中评论漩涡运动时说：“孔夫子是个漩涡派。这样的人有福了，能从自己的所处开始，并有所成就。”(GK：p.266)这样的比喻着实令人诧异。孔夫子生活在公元前5世纪，儒学奠基人，自汉代就是中国正统思想的代表，而戈蒂尔、路易斯、庞德等漩涡派都是1914年要在伦敦掀起一场文艺革命的激进分子。这二者之间距离甚远，相差很大，是否存在可比性？要回答这个问题，我们必须确定相关因素的含意。庞德在这里主要讨论对待传统与改革的不同态度。与漩涡派相关的关键词是漩涡的概念。他在以纪念戈蒂尔为名的文章中综合戈蒂尔的思想和他自己的“维

求”概念将漩涡定义为：“某一概念，某一情绪以一基本形式显现为生动的自觉性。”(GB：p.88)正是在这个意义上他使用了漩涡这个词讨论漩涡运动：“当权力的漩涡与文化的漩涡巧合时，你们就有了一个灿烂辉煌的时代。”(GK：p.266)因此庞德敦促艺术家、作家要将政治与文化的力量融合为生动完美的艺术统一体。他相信漩涡主义艺术家有能力实现此举，而漩涡运动就是如此改造社会的构建运动，但是却没有受到应有的重视和推广。他为此惋惜道，“漩涡主义作为一个当地的小运动已经过去了”，因而羡慕但丁、莎士比亚、孔子，认为他们生逢其时，实现了自己的抱负(同上)。所以庞德要借孔子来强调漩涡运动的政治与文艺的关系及其社会意义。

庞德也许不了解孔子生活在“礼崩乐坏”的时代，周游七国而政见不为采纳，但他了解孔子的诗教主张。对孔子而言，《诗》，可以兴、观、群、怨，可以事父、事君(朱熹[①]：117页)。诗可以教育人，可以批评社会，可以参与政治。《诗》是教育人的手段，教人如何说话，理通情达，符合礼的要求：“不学诗，无以言。”(朱熹：77页)陶冶性情，启蒙辨别善恶的心智，培养高尚情操，立身做人，都离不开诗——“兴于诗，立于礼，成于乐”(同上)。总之，《诗》教人如何言志，如何做人——“温柔敦厚，《诗》教也”[②]。庞德通过法语、英语翻译版阅读中国古籍是从他的现代需要出发的，同时也说明中国传统文化包含一定现代性。这一关系可从一篇名为《孔》的文章中看出。庞德研究过大量中世纪的欧洲民歌，并重视民歌的生动、真实、独特性。他因此评道：“孔(子)是现代的，表现在他对民间文学感兴趣。”由此我们可以推论他指的是孔子整理删编，存留了大量民歌的《诗三百》。他赞赏孔子关注“活人”而不是“死人”之事。这当然指他读到了《论语》中的“未知生，焉知死”(朱熹：106页)。对于孔子的周游列国，庞德的解(误)读是孔子四处旅行，亲近百姓，了解民间疾苦，从中获得了个人经验和第一手直接知识，而这种实践知识是“抵抗(空洞)理论的良药”。所以在庞德对现代性的期待视野中，孔子的言行“符合最好的现代观点”(GK：pp.272～274)。

从以上分析我们可以看出庞德的一种思维方式。在他的阅读中，他的

---

① 此为著作名称的缩写，其著作名称见“附录一”，下同。

② 《礼记·经解》，转引自余虹：《中国文论与西方诗学》，106～108页，北京，三联书店，1999。

思想不断在古代与现代、西方与东方之间来回跳跃，在他的现代意识和历史知识之间寻找相似点。庞德正是在与他期待视野相吻合的基础上，做出了如此判断：孔子是现代的，是漩涡派，符合最好的现代观点。这种思维过程和认识方式凭借的主要还是他的认知方式的比较概念。再者，从他思想的深层来看，贺拉斯“寓教于乐”的诗学原则应是庞德认同孔子诗教说的比较基点。庞德早先是个纯艺术追随者，超凡脱俗，曾被叫作“吃迷莲的人”(lotus-eater)，后来转向关心社会、政治，企图通过文学艺术改良社会，改造文化。这种意图在他对漩涡文艺的议论中已有所表现：不仅要将绘画、雕塑、诗歌融为一体，而且还要在艺术表现中注入政治、文化意义，掀起大潮流，影响社会，教育民众寓教于乐。这就是他发动漩涡运动的主要目的。而孔子的诗教主张正好符合他的这个期待：如孟尔康所言，“儒家思想严格遵循教化高于娱乐的信条”①。为了强调文艺的教育作用，庞德干脆说“孔夫子是个漩涡派”。

五、借古创新

从这句话我们还可以分析出庞德的另一大特点，进而说明他的比较概念既是认识方法也是表现模式。评论家 Kronick 曾评道，庞德的“创新”其实是“创古”②。这一特点决定了庞德的比较概念在他的理论构建中的核心地位。从庞德的比喻因素分析，孔子涵盖古代、他者，而漩涡派涵盖现代、自我。二者的可比性则建立在庞德的现代性观念和历史观念之上。前面分析表明，在庞德的历史回顾中，孔子的言行几乎完全符合他对现代性的期待，所以是他的历史观决定了他的判断，如此相悖的事物才获得了高度的内在相同性，它们之间的可比性才得以成立。由此可见，庞德的共相历史观具有本体论的性质，影响着他的价值观与判断，因而可以说是他的基本哲学思想之一，对他的思想起着恒态影响作用③。我曾说过，庞德的共相历史观来自尼采的影响，强烈回应着尼采的历史服务于现在和将来的生命历史观。这种影响在他 1934 年的一段话中显得更加明显：“除直接用作

① Miner: *Comparative Poetics: An Intercultural Essay on Theories of Literature*, p.27, Princeton: Princeton University Press, 1990.

② Kronick: *American Poetics of History: From Emerson to the Moderns*, p.8, Baton Rouge and London: Louisiana State University Press, 1984.

③ 关于历史与本体的关系，参见李泽厚：《历史本体论》，北京，三联书店，2002。

未来的杠杆之外，教育中的(历史)回顾是不可饶恕的。不以今天和明天的生活为中心的教育就是对学生的背叛。”(LE：p.62)24 年过去了，时间并没有改变庞德 1910 年在《罗曼精神》中阐释的共相历史观。他依然坚持历史反思必须着眼于现在和将来，坚持过去历史的现在意义。为此，叶维廉认为庞德开了艾略特“历史感”说之先声①。

庞德的历史观主导着他的价值判断。在他看来，现代诗歌必须具有古典美、永恒价值、普遍性等蕴意，尤其是古代气息与现代情绪的融和，经历时间考验的品质才能保证现代创新不为时间淘汰。庞德因而不断从东西方文化传统中寻找“活”的历时因素以创新自己的理论和写作。一定意义上，庞德总在过去与现在之间、本族文化与他族文化之间寻找建构他的诗学的要素；其间必然有各式各样的沟壑，而他正是凭借自己的比较方法来超越时空，跨越文化沟壑。再者，庞德厌恶亚里士多德的逻辑推理，摈弃陈述、分类、抽象思辨的表达方式。他宁愿不加评论，不陈述，只呈现个别、具体事物，让读者看到“原始”事物，读到原文，自己去做总结、归纳概念。但要呈现个别、具体事物，主要运用的就是集合方式。我们可以把他的集合方式称为“并置”(juxtaposition)、“蒙太奇”(montage)或者“拼贴”(collage)，但这些方式只是呈现个别的表层结构形式，其深层结构则是他以比较获取并传达知识的模式在运作。正是在这个意义上我将庞德诗学称为比较诗学。其特点是作者选择集合相互关联的个别，而要求读者观察、比较个别以求理解它们的内在联系。一旦把握了它们的相互关系，就完成阅读而获得真正的知识。

由个别推导一般是庞德的一贯主张。这就是“孔子是个漩涡派”给我们的启示。庞德的一般属于康德式的“个别的一般”。对庞德而言，二者之间的关系是凭借“比较”而认识、传达的。庞德的理论建构如此，《诗章》建构也如此。长诗中那些无连接的断片，神话的、历史的、现实的、轶事的、想象的、回忆的、西方的、东方的，诸如此类的散片，都要求读者去比较，去联系，去发现意义，由不同读者完成不同的解读。《诗章》可以说是庞德比较诗学的佐证。

回顾第二节的引文，庞德似乎既怀疑美国大学的比较文学课程又自信

---

① Yip：*Ezra Pound's Cathay*，p.19，Princeton：Princeton University Press，1969.

自己懂行，而且是以“相当自觉的方法”在进行比较研究。他这样的暗示是否过于自负呢？以上分析可以说明庞德对于比较文学的性质和方法都有相当准确的认识，并且具有一定的先驱、开拓、超前意义。庞德是为了寻求普遍意义的诗学标准或者共同诗学原则而开始比较研究的，逐渐走向东西方文化比较。他坚持认为，通过研究其他民族的文化才能培养文艺鉴赏力，才能提高批评能力。他曾说：“往一种元素倒进更多的同种元素是不能鉴定它的化学反应的。”(ABCR：p.60)庞德在此已经道明比较文学为何以“他者”为参照的独特性。正是在“他者”参与这个前提下，才可能产生比较学者强调的不同文化之间的“互识、互证和互补”①。

再者，学习他族文化对于创新也一样重要。庞德坚持认为尝试新方法之前，了解本族文学的过去还不够，还应该了解其他民族过去的作品，这样我们才不至于“将重复误当创新”(GK：p.274)。庞德的创新概念是放在歌德的“世界文学”的视野中考虑的。这也是他为何特别注重比较学方法的原因之一。正是在他的比较研究和表述中，庞德形成了自己的以比较获取知识和传达知识的概念。这一概念在他的理论建构中起到了认识论和方法论的作用，从而使他能够以比较诗学的方法来表达他的国际主义题旨。

最后，还应该指出，庞德一贯追求普遍意义、整体主义价值，以致在第二次世界大战期间，转向极权主义，盲信法西斯主义的宣传，追随墨索里尼，参与了罗马电台的反同盟军广播讲话，因此被判叛国罪一度入狱，成为他一生最大的污点。后来经曾蒙他帮助的美国文化人多番奔走斡旋，得以释放，晚年蛰居意大利山庄，忧郁终身。反思历史，法西斯分子无不打着社会改革的旗号蒙蔽民众而攫取政权，受骗者又何止庞德一介文人。我们仍然可以依照“不以人废言，不以言废人”的信条谈论庞德的一生，批判他的反犹太言论、种族歧视思想。值得庆幸的是庞德在他的诗歌中宣扬法西斯思想甚少，而主要宣扬他自己的经济政策。这可由《诗章》作证。

① 参见乐黛云等：《比较文学原理新编》，19～23页，北京，北京大学出版社，2000。

第二章
仿中国诗：探索中国文化的肇端

中国颜色让我宁静，
我觉得玻璃是邪恶的。
——庞德

庞德竭力去拥抱东西方文化，融和古今思想，是为了提倡世界文学的精神，宣扬精神的大同世界。建构这样一个想象世界的意图就体现在他为之写作终生的那首现代史诗。F. Read 评道："《诗章》一开始就是思想漫游，从过去历史和当下现实搜集题材，经与庞德的思想和经验综合而被赋予生命。所有题材都围绕一个问题，就是要从诸多文化中引发一场革命；一切努力都致力于反对20世纪的现状而建构一个单一的世界，致力于一个理想，一个随同《诗章》发展而发展的革新理想。"[①]庞德用多种文化传统结合现代史实和他的个人经验编写《诗章》，主要就是为呈现一个 paideuma 式的文本，用他的话解释就是"一个不同思想的综合体，这个综合体在某个时期是原创性的，会推动下一个时代发展，并积极规范这一时代所有的思想和行动"(SP:p.254)。这段话显示了庞德的野心，解释了他写作《诗章》的根本目的，同时说明这首长诗包含多种思想、多元文化，深奥难解。因此读者对《诗章》的反应各不相同，基本上是"主观释读"，取决于读者的文化背景和期待视野。

---

① Read: '76, *One World and the Cantos of Ezra Pound*, p.10, Chapel Hill: The University of North Carolina Press, 1981.

上章曾谈到庞德的共相历史观影响着他的“文化考古”。不论是本族文化还是他族文化，庞德总是将他认为有价值的因素视为建构“自己时代的完整思想和完整行动”的材料。他对古代中国的认识就是基于这种思想，将中国传统文化视为他自己时代的“积极因素”，视为一种新的启迪，是对“文艺复兴之文化”(renaissance culture)的刺激，甚至是20世纪希腊古籍的取代者。为此他说：“明智的大学的教学大纲将用中文课程取代希腊文课程，或者至少把它放在一个较小的位置以弥补空缺，因为希腊文课程作为一种奢侈的研究现在已经式微。”(SP：p.256)尽管希腊文课程依然开设，但中文课程自20世纪80年代在西方国家的大学不断开设并迅猛发展。这一事实证实了庞德的远见卓识。庞德对中国传统的高度重视决定了中国文化在他心目中的位置。中国文化因素不断在他的思想中扩大，从1913年开始就随着他的写作增长，不断出现在他的论文、诗歌中，一直持续到20世纪60年代。庞德不断运用中国题材，经历了摹仿、创译、自由发挥、中西糅合等阶段。庞德的《诗章》创作，从头至尾都有中国文化因素的参与，而且越来越明显，文化含量也越来越大。他的长诗写作与中国传统诗学有着千丝万缕的联系，自《诗章五十三》始，不断引用《四书》片语和汉字，混合欧洲语言写作。此外，庞德对儒学始终怀着极大兴趣，对儒家伦理抱着坚定不移的信念，不仅用论文、诗歌不断阐释，而且先后翻译了《大学》、《中庸》、《论语》、《诗经》。因此，庞德的整个著作凸现出一个中国文化维度，在著作中不亚于任何西方文化的维度。庞德对中国文化的探索是由诗歌延伸到历史、伦理和哲学思想。庞德著作的中国文化输入是由古典诗开始，由涓涓细流的中国诗素质汇成一股强有力的中国文化流出现在他的整体著作中。我在这一章主要联系庞德早期的诗学原则考察他的中国文化兴趣的开端，探讨庞德寻找中西诗学共场的意义。

第一节　中国文化考古的开始

一、“仿中国诗”：中国文化方向的标志

“仿中国诗”译自法文 chinoiserie，原指中国风尚，指中国文物、古玩，指搜集或仿造中国工艺品的风尚，后来被批评界借来指模仿中国诗的作品。第一章曾提到，庞德通过费诺罗萨的见解，通过研究整理费氏关于中

国诗歌和文字的遗稿，大开眼界而“发现”中国。但是，庞德最初涉及中国古典诗是通过阅读翟理思（Giles）编著的《中国文学史》（*A History of Chinese Literature*）[①]实现的。庞德有一组短诗被批评界称为“仿中国诗”，共四首：《仿屈原》（*After Ch'u Yuan*）、《扇诗，致皇上》（*Fan-Piece, for Her Imperial Lord*）、《刘彻》（*Liu Ch'e*）以及无从翻译的“*Ts'ai Chi'h*”（*Cai Chi*）。批评界一般认为这是庞德接触费氏遗稿之前涉及中国诗的创作[②]。据传记作家 H. Carpenter（卡彭特）记叙，庞德在 1913 年 9 月芝加哥发行的《诗刊》（Poetry）上读到 Allen Upward 发表的一组诗，题为《一只中国瓷罐上的香叶》，因对这组诗印象极为深刻而造访 Upward，后者向他推荐了翟理思的《中国文学史》。同年同月底庞德也正巧遇到费氏遗孀玛丽（Mary），并于 1913 年 10 月 6 日再次约见，这时玛丽提出请庞德编辑丈夫的遗稿，并交给他几本费氏的笔记。庞德当时寄居叶芝家，做叶芝的私人秘书。他把笔记带回去，但在开始整理费氏笔记之前，先写下了这几首自己的仿中国短诗[③]。另一位传记家 N. Stock（斯托克）也提到 Upward 是最初影响庞德对中国感兴趣的人，此外还谈到这种影响的形成最早来自庞德的父母。庞德家属于中产阶级，父母长年阅读在中国传过教的传教士的著作，并追随宾夕法尼亚州中产阶级中流行的“东方风尚”，收集东方艺术品，家中还藏有几件东方古玩，后来庞德用来写《诗章四十九》的画折就是其中之一。Qian Zhaoming 的考察与上述略有不同。Qian 确信 Upward 于 1913 年 9 月向庞德推荐了翟理思的书，而庞德是在该年 12 月中旬拿到费氏笔记，但迟至 1914 年 11 月才开始着手整理费氏笔记[④]。

由此可见，历史转述总有误差。因此我对庞德“仿中国诗”的讨论主要集中于文本与诗学原理的分析。有关庞德与中国传统最初相遇的情况，批

---

① 翟理思（Herbert Allen Giles，1845～1935）是近代以英文译介中国文学、文化的先驱，后继威妥玛（Thomas F. Wade，1818～1995）任剑桥大学汉学教授。翟氏《中国文学史》是最早全面介绍中国文学的英文著作，既有简明概况介绍又有作品片断翻译。该书于 1901 年出版（一说初版于 1897 年发行），并于 1923 年、1957 年、1973 年在美国再版。翟氏另有著作：*Gems of Chinese Literature*（1884），*Chinese Poetry in English Version*（1880），*A Chinese-English Dictionary*（1892）。

② 参见 Ruthven：*Ezra Pound as Literary Critic*，p.26，p.31，p.68，London and New York：Routledge Press，1990.

③ Carpenter：*A Serious Character*：*The Life of Ezra Pound*，pp.218～222，London and Boston：Faber and Faber，1988.

④ Qian：*Orientalism and Modernism*：*The Legacy of China*：*In Pound and Williams*，p.26，Durham and London：Duke University Press，1995.

评界大多强调的是，如J. Nolde所见，庞德通过费诺罗萨对中国文化的描述，于1913年"发现"中国，而这个"发现"是在他开始整理、写作《中国诗集》(*Cathay*，1915年发表)时才开始产生作用，尤其是在他编辑费氏论文并于1918年发表了《作为诗歌媒介的中国文字》之后[①]。在Nolde看来，庞德最早的"仿中国诗"似乎无关紧要，只不过在他写《中国诗集》以前，"玩弄了一下"中国文学。基于这样的观点，庞德仿中国诗的问题似乎不值一谈。但是，庞德为何模仿翟理思的译本，其动机何在？他是如何仿写的？这对他的诗歌创作有何意义？这种模仿与他的诗学又有什么内在关系？诸如此类的问题还有待回答，值得我们去探讨。

虽然对"仿中国"组诗的具体写作时间尚有歧义，但批评界一致的看法是这组诗先于《中国诗集》写成，确凿的依据是它们发表的时间先后。仿中国组诗最初是在1914年的《格利柏》(*Glebe*)杂志上发表的，而《中国诗集》是1915年发表的。庞德写这组仿中国诗时，正处于他的意象诗学和漩涡诗学的建构阶段(1912～1914)。分析他写这组诗的方法和动机不仅可以说明他当时进行现代诗歌改革、更新创作方法的情况，而且可以说明中国传统诗学与庞德诗学的内在联系。仿中国组诗有三首可在翟理思《中国文学史》的翻译文本中找到出处。我们不妨先看一看庞德仿中国诗的特点。对照翟理思的翻译，可以看出庞德的用意完全不同。翟理思竭力保持原诗的意味、韵律，全用古体英语传达古诗的时代感。庞德谙熟中古英语，并在他早期的写作中大量运用，但在这组诗中他却完全用现代英语，用自由诗的节奏，纯属现代派的意味。庞德的处理十分自我、主观，除刘彻的诗外，其他三首很难与原诗辨认，根本谈不上翻译或者改写，基本上是根据他的阅读印象创作的。因而评论界一般认为这组诗是庞德根据自己的意象诗原则写作的。例如，评庞德短诗较为权威的Ruthven教授这样评道："《扇诗》表明庞德想把意象诗原则强加在并不明显显现意象方法的中国诗上。"[②]他的言下之意是意象诗是庞德的独创，中国古典诗似乎没有意象。这种说法有悖中国古典诗的特征。对此我要强调的是，意象在中国古典诗中也居

---

① Nolde: *Blossoms from the East*: *The China Cantos of Ezra Pound*, pp.13～17, Orono: The University of Maine Press, 1983.

② Ruthven: *Ezra Pound as Literary Critic*, p.69, London and New York: Routledge Press, 1990.

主导地位，并以间接表达、暗示联想作用形成自己独特的表现方法。这种方法给庞德留下极为深刻的印象，以致借中国古典诗的特征来例释他自己的理论，强化他的意象诗学，示范他的意象诗。为说明这一点，有必要首先对有关意象的中西概念作比较分析。

二、意象与比兴　中西“意象”比较

韦勒克(R. Wellek)和沃伦(A. Warren)在他们合著的《文学理论》中讨论了“中心诗性结构”的成分，列出喻隐、象征、神话和意象。他们认为这些术语“在语意上有所重叠”，但也可区分。象征来自几何学和逻辑学中“传统约定俗成的符号”，而且基于“宗教中符号(能指)与所指之间的内在关系”①。神话，依照亚里士多德《诗学》的描述，是指“情节、叙事结构”，与“‘罗格斯’相对的‘寓言’”②。虽然神话这一术语因原型理论的影响在现代批评中颇受青睐，历史上主要与礼仪关联：“是被讲述的礼仪；是礼仪演绎的故事……是社会向青年一代解释世界为何如此，我们为何如此行为，是有关人性和命运的教育意象。”③

隐喻依靠意象生效，二者界线不易划分。为此他们从语言学、礼仪、目的论和功能意义一一分析后才总结道：“我们有关隐喻的总体概念似乎是类比的概念，重象的概念，感观的概念，不易感知的显现者，万物显灵投射的概念。”④虽然他们没有直接回答他们提出的问题：“在这四个术语中是否有一个统领的能指?”他们的推论指向“形象表现”或“转意比喻”(tropology)，而将意象也归结为一个非确定而兼容的形象概念：“一个‘意象’有时可用作隐喻，但若在表现和再现中持续出现，则可成为一个象征，甚至成为某象征体系或神秘体系的一部分。”⑤由此我们可推论：意象在西方

① Wellek and Warren: *Theory of Literature*, p.188, London: Lowe and Brydone Press, 1961.

② Ruthven: *Ezra Pound as Literary Critic*, p.190, London and New York: Routledge Press, 1990.

③ Ruthven: *Ezra Pound as Literary Critic*, p.191, London and New York: Routledge Press, 1990.

④ Ruthven: *Ezra Pound as Literary Critic*, p.198, London and New York: Routledge Press, 1990.

⑤ Ruthven: *Ezra Pound as Literary Critic*, p.189, London and New York: Routledge Press, 1990.

理论中具有隐喻、象征或者神性的意义，取决于它的使用语境和方式。再者，我们可将意象性的概念置于韦勒克的“类比和比喻”范畴，若按西方修辞学的细分就必然涉及借喻（metonymy）、代喻（synecdoche）、逆喻（oxymoron）等等。这些手法都需借助具体的形象传达概念或情绪。意象可以说是相对科学和具有逻辑话语的主要文学性表现方法。

在更为相关的著作《中国诗学传统中的意象读解》，Pauline Yu 从众多相关解释中挑出 R. Frazer（弗雷泽）的定义作为中心论点：“意象……最初仅指图画、摹仿或者复制……指使读者似乎看见某物的方法。”[①]这一概念显然使读者联想到柏拉图和亚里士多德的理论，指向西方诗学核心摹仿说：意象是复制感观的具体世界的图画，但指向看不见的更为真实的抽象世界。这一概念因而为西方宗教借用，意象也就成为人界与神界的媒介。Yu 从希腊传统开始，考察了意象在西方形而上学中的作用，讨论了浪漫主义以意象表达个人情感的作用，在法国象征诗中的作用，以及休姆和庞德的意象概念，然后总结道：“在我看来，意象性是象、隐喻、寓喻（allegory）这三个要素中概括性最大的，包含了语言刻画的感官接受物和运用比喻及替换的形象性语言。”[②]

以上分析说明韦勒克的要素包括了神话和象征，而 Yu 用寓喻来替代神话。他们讨论的共同点是对意象的总结都涉及类比（analogy）和比喻（comparison，在英文中既指比喻也指比较）。第一章曾谈到比较性和比喻是庞德诗学的核心。因此，意象与比喻的关系将是以下讨论的重点。这不仅与庞德关系密切，而且关联到中国传统诗学的核心：赋、比、兴。

三、中西传统的“象”概念　中西诗学的共场

从西方传统看，庞德的意象诗学与摹仿说是有关的。他的意象概念主要来自休姆的讲座。一定意义上，休姆借西方“意象”（image）这一元语言以转达柏格森哲学旨意：生命在世界的再现；庞德则借“意象”回归语言与事物的原初状态，回归古典主义精神。意象诗学可以说是向柏拉图摹仿说

---

① Yu：*The Reading of Imagery in the Chinese Poetic Tradition*，p.3，New Jersey：Princeton University Press，1987.

② Yu：*The Reading of Imagery in the Chinese Poetic Tradition*，p.6，New Jersey：Princeton University Press，1987.

的源头回归。若从中国传统文化的角度审视，所谓“意象”(image)应该等同于《周易》中“象”的概念。例如《系辞·上传》：“方以类聚，物以群分，吉凶生矣。在天成象，在地成形，变化见矣”[①]。“象”首先是星座形状的显现，然后由星象模式推及模拟地界万物形状：“圣人有以见天下之赜，而拟诸其形容，象其物宜，是故谓之象”[②]。再者，“象”作为表现符号的产生则归功于对宇宙的观察和人的心智活动。这在《系辞·下传》说得十分清楚：“古者包牺氏之王天下也，仰则观象于天，俯则观法于地，观鸟兽之文，与地之宜，近取诸身，远取诸物，于是始作八卦，以通神明之德，以类万物之情。”[③]八卦(象的变化)作为再现天象和地象的符号是通过比拟人身和万物而发明的，其目的是使人会通神秘的终极奥理，类感万物之情。由此可见，“象”的生成和表达功能都是通过类比的概念：“象也者，像也。”《周易》描述的象具有显现和再现的功能，与西方“象征”(symbol)之象的概念类同[④]，但也有所不同。象(及其变化爻、卦)不仅意图再现宇宙万物的静态图形，而且要再现万物的运动变化：“是故《易》者，象也。象也者，像也。”[⑤]依南怀谨之说：“‘象’是代表抽象的，‘像’是代表实质的。”[⑥]二者关系便是抽象与具象的关系。《易》则应为归纳万物显现，研究其变化、运动的法则和符号系统。

英文 image 与 imitate(摹仿)属同一拉丁文词根，意为 copy(复制画面)。如果把翻译的赘词去掉，英文的 image 应译为“象”，含有柏拉图的“摹仿”蕴意。柏拉图用 mimesis 主要指“摹仿”(imitation)。这不仅指诗歌、绘画、音乐、舞蹈的艺术摹仿，而且指“语言与真实之间”的摹仿，或者“物质世界与其永恒形态”之间的摹仿。柏拉图的摹仿说是为了推崇理性的永恒，贬低感性，消弭诗的“神谕”，将诗人逐出他的“理想之国”，但是，摹仿说经亚里士多德的阐释而获得了新意。对亚氏来说，mimesis 既是“摹仿”又是“重现”(其所指与中国的“象”相同)。而且亚氏认为摹仿是人的天

① 南怀谨、徐芹庭：《白话易经》，354 页，长沙，岳麓书社，1988。

② 南怀谨、徐芹庭：《白话易经》，362 页，长沙，岳麓书社，1988。

③ 南怀谨、徐芹庭：《白话易经》，379 页，长沙，岳麓书社，1988。

④ Wellek and Warren：*Theory of Literature*，pp.188～189，London：Lowe and Brydone Press，1961.

⑤ 南怀谨、徐芹庭：《白话易经》，384 页，长沙，岳麓书社，1988。

⑥ 南怀谨：《易经系传别讲》，423 页，上海，复旦大学出版社，1996。

性，也是学习的手段。人天生爱摹仿，在摹仿中享受快乐，并通过摹仿学到知识[①]。中国文化概念的“象”，其内涵包括宇宙万物的显现和再现以及潜在的类比：即“像”。中国传统和西方传统的“象”概念的共场其实落在一个“像”字上。“象”的再现与类比，以文学表现而论，就是像与象的关系，简言之，就是呈现具象与寄寓隐喻（或蕴意）的关系。这一特征可以看作中西诗学建构的共同基石，因而是以下讨论的重点。

象与表现的关系见于刘勰的《神思》篇：“神用象通，情变所孕；物以貌求，心以理应。刻镂声律，萌发比兴。”[②]刘勰谈文学构思，不仅主张“神与物游”，而且特别欣赏用象通达想象，用比兴契合情思与物貌，基本上是用易传的象的概念谈论文学创作。刘勰谈的是一般文学创作经验，没有特指诗，但不等于说诗中没有象。以《诗经》来看，象的运用比比皆是，日月星辰、山川物什，花虫鱼鸟，大多是自然界的物象。中国概念的象如上文所析，主要来自客观世界的呈现，所以《诗经》象的运用自有其特点：一是大多指物象并且出现在诗首；二是诗的言说者和物象貌似没有直接关系，令读者感到物与人的隔离，景物与人事之间有一定距离，有空白。正是这二者之间的距离与关系引发了历代评家的种种言说，形成中国的诗学（话）传统。

我们先看几个有关类比的例子。汉代《毛诗序》论诗有六义：“一曰风，二曰赋，三曰比，四曰兴，五曰雅，六曰颂”[③]。毛氏以儒家诗教观点评述，风、雅、颂基本是《诗经》的分类，没有论及赋、比、兴的表现作用。郑玄按教化的思路再分类，但也补充了一些表现的内容：“赋之言铺，直铺陈今之政教善恶……比者，比方于物也；兴者，托事于物。”[④]因对三者的界定不清，后有刘勰的“比显兴隐”说，钟嵘的“三义”说，孔颖达的“三体三用”说，朱熹的“三经三纬”说[⑤]。其中孔颖达重新划分了《诗》的“诗”与“艺”；孔颖达对“比”的解释（例如用“如”字）相当于西方的明隐（simile），

① 参见 Murray：*Classical Literary Criticism*，pp.xxvi～xxxi，London：Penguin Books，2004；余虹：《中国文论与西方诗学》，16～22页，北京，三联书店，1999。

② 刘勰：《文心雕龙》，106页，北京，中国书店，1988。

③ 赵则成等（编）：《中国古代文论译讲》，1页，长春，吉林人民出版社，1984。

④ 转引自萧华荣：《中国诗学思想史》，41页，上海，华东师范大学出版社，1996。

⑤ 萧华荣：《中国诗学思想史》，41页，上海，华东师范大学出版社，1996。

"兴"相当于隐喻(metaphor),但多了"起"的作用,即用物象起兴心志[①]。朱熹基本沿用"起"的概念区分比兴:"比者,以彼物比此物也。兴者,先言他物,以引起所咏之辞也。"[②]

这些对比兴的传统解释并没有超出《易传》中象的再现与类比概念。何为《诗经》的类比特征?韦利(A. Waley)对此较为敏感。韦利在他的《诗经》英译版序言中,首先指出中国古代诗歌的比喻特点:"古代的中国诗歌并不用'似'或者'像'的规则来引入比喻,而从它们叙述的同一事实立场表达比喻。"[③]韦利的意思是《诗经》中比喻很少有指示词,大多隐于真实的描述中。《诗经》有用"如"、"若"等指示词表示比喻的,例如"一日不见,若隔三秋"(《采葛》;金:163 页),但大多数没有语言提示,也没有文本的显示。韦利的敏感提醒我们去注意我们习以为常的文化现象。依刘勰"比显兴隐"说,我们可将"比"分为二类:一是有比喻指示词的,二是自然界与人有明显联系,二者在文本中可互指的,例如《螽斯》:"螽斯羽,/诜诜兮。/宜尔子孙,/振振兮。"(金:12 页)无论螽斯作何解释,上文的"螽斯"与下文的"尔"是可互指的。再如《鸱鸮》:"鸱鸮鸱鸮,/即取我子,/无毁我室。"(金:334 页)"鸱鸮"指恶鸟也罢,指恶人也罢,皆为"取我子,毁我室"者也。这类比喻与西方的转义比喻相同,算不上中国文化特色。故《诗经》比喻的特质在兴,不在比。

兴之比喻如何隐呢?兴无疑是有"起"的功能,即"起句之兴",这是按照"民歌咏唱的习惯,言此意彼的文化心理,按诗歌韵节要求"而形成的表达模式[④]。此外,兴有比喻,但隐而不见,主要是兴的结构隐蔽逻辑和文理的联系;物界与人简单并置就是兴的结构。例如《关雎》:"关关雎鸠,/在河之洲。//窈窕淑女,/君子好逑。"(金:2 页)再如《桃夭》:"桃之夭夭,/ 灼灼其华。//之子于归,/宜其室家。"(金:24 页)在此二例中,物界与人没有任何语言上和文理上的关联。读者可以联想二者之间的关系,也可不联想。这完全取决于读者的文化背景和阅读期待。所有注释都是不

---

① Yu:*The Reading of Imagery in the Chinese Poetic Tradition*,pp.58~59,New Jersey:Princeton University Press,1987.

② 转引自赵则成等:《中国古代文论译讲》,9 页,长春,吉林人民出版社,1984。

③ Waley(译):*The Book of Songs*(诗经),p.13,London:George Allen and Unwin Press,1954.

④ 余虹:《中国文论与西方诗学》,168 页,北京,三联书店,1999。

同时代读者的不同解读而已。当然，中国文化传统要求读者去联想，用文化修养、想象去跨越二者之间的“隔”，去发现二者之间的隐蔽关联，会通主客体，实现情景交融。儒家伦理的说教不谈，鸣鸟求偶与君子求偶同理。桃树象征多子多福的文化蕴意不谈，真实的灼灼桃花与青春焕发的待嫁新娘也辉映相宜。就文本而言，这种比喻不仅是潜在的，而且主要是在文本之外，在语言之外。这才是“兴”之比喻的本质所在，中国诗性表达的特征所在。因而，钟嵘界定三义时，将兴置于首位，赋比兴变为兴比赋：“文已尽而意有余，兴也；因物喻志，比也；直书其事，寓言写物，赋也。”[①]当代论者中，萧华荣认为儒家对中国诗学的主要贡献便是“比兴”(比兴在此合意[②])。余虹则说得更为明确，建议“中国抒情传统”的整个体系应以“兴”为关键词命名，称之为“兴论”[③]。

此外，《诗经》表达中与比、兴方法不同的还有对偶式比喻，应为赋体骈句与律诗对仗的原型，因而值得分析。取《汉广》为例：“(A)南有乔木，(B)不可休思。(C)汉有游女，(D)不可求思。”(金：20页)虽然物界与人有“隔”，但与兴不同的是二者之间有逻辑和语意的关联，并且有严谨的词语、句式和韵律上的平衡对称。从逻辑上推想，“不可休”与“不可求”同理，故推论南乔木与汉游女相同。从结构模式分析可得出一个相当对称的等式：A∶C＝B∶D。要在语意、句型结构、韵律三方面达到如此工整匀称的对等，除了具有独立性的汉字外，恐怕没有任何其他语言能够做到。对偶比喻其实体现了中国语言和诗律的特质。这恐怕是对偶为何成为赋体和律诗的试金石的缘故。

钟嵘对兴“文已尽而意有余”的定义，是对中国抒情方式和诗性表达极为卓越的洞见，应是唐代司空图“象外之象”、“意外之意”说的源头[④]。兴的概念以及后世对它的种种论说经日本汉学、西方传教士和汉学者的辗转译传，对庞德等英美现代派有着间接而深刻的影响。这是一个极复杂的译传(或“译介学”)问题。虽然译传的过程不清楚，庞德的诗学理论中的确有“象外之象”一类言说的影响痕迹。此外，中国传统的对偶比喻对庞德的意

---

① 钟嵘：《诗品》，见赵则成等(编)：《中国古代文论译讲》，93页，长春，吉林人民出版社，1984。

② 萧华荣：《中国诗学思想史》，45页，上海，华东师范大学出版社，1996。

③ 余虹：《中国文论与西方诗学》，158～196页，北京，三联书店，1999。

④ 王济亨、高仲章(编)：《司空图选集注》，108页，太原，山西人民出版社，1989。

象诗学建构也有深刻影响。此二点留到后面再谈。

先回到这一节的中心问题：中西比喻的共场何在？以上中西诗性表达要素分析表明：西方修辞学的转义比喻可一分再分，名词繁多，而中国的传统术语只有比兴二字。“比”可以说成是 simile（明喻）和 metonymy（换喻），但又有传统赋予比的讽喻意义。“兴”勉强说成隐喻，但兴的语言结构与内涵与 metaphor 的完全不同。这反映了西方逻辑分析与中国感悟归纳是不同的思维方式和文化传统。因而术语层面没有多少可比性，在这个层面我们找不到庞德期待的“东方人与西方人的相遇场所”（SP：p.93），或者说中西诗性表达的“同场”（common ground）。这就是刘若愚、叶维廉等学者关心的中西“共同文学规律”之一，乐黛云、王宇根等学者倡导的中西“共同的诗学问题”之一[①]。这一共场应该是一个能跨越文化隔阂和批评成见的理念。因此我们必须回到与比喻有关的媒介“象”的概念上才能找到这样的共场。

前面曾谈到“象”的概念首先用于《周易》和柏拉图的模仿说，故而可看作中西文化的共场和表达的元语言。象作为元初传达客观世界（包括人）的显现与再现的符号，过滤了后世加在这个能指上的种种成见和隐意，成为一个中性媒介。用诗再现象（或景），其目的是使主客体会通，人物类比，才能思入物理、情景交融而感知外界。因而用象的表达其实隐含着运用类比或比较传达知识的方法。其特点是具有物化和形象化（视觉显现）情思，故能避免主观陈述的介入。所以象是诗性表达的恒态媒介。庞德在中国古典诗中看到的媒介，不是“比”也不是“兴”，而是贴近自然又物化情思的中性媒介：象。这与他对古希腊诗人 Ibycus（伊比卡斯）和 Sappho（萨福）诗中的意象的印象相似，是他理想的媒介，正如他所说“‘Image’（象）是可能离修辞最远的”表达方式（GB：p.83）。作为现代诗歌的改革者，庞德就是要剥除文学陈规和教条加在诗歌媒介上的成见与隐意，恢复它的原初本质：显现与再现真实的功能。这应该是庞德对中国古典诗感兴趣的最根本缘由。

四、古典意象与现代意象诗“纯色”：希腊意象和中国意象

以上讨论意在说明意象诗与中国古典诗（在原理上）有内在类同之处，

---

① 参见乐黛云等：《比较文学原理新编》，203～207 页，北京，北京大学出版社，2000。

但表现形式差别极大。然而，庞德如何发现中国古典诗中象的意义呢？这个问题要求我们追溯他相应时期的创作发展，考察他对诗歌要素的选择，联系他模仿中国诗的动机，才能进一步揭示他的创作与中国诗学的关系。我们对庞德仿中国诗的讨论必须联系他当时相应的创作语境——收集这组诗的《净化节》——才能把问题说透彻。青年时代的庞德是个激情洋溢，一心想标新立异的激进前卫诗人，并且是个真正的实验诗人。庞德从创作开始就一直不断尝试各种写法，不断更新，不断超越自己。他有的诗稿，一改再改，持续数年，认为不好的就干脆放弃。他早期的短诗有近70首从后来的正式版本彻底删除，连他最早发表的《诗章三首》也基本完全删除。因此，"实验"是庞德创作的基本特征，直到1969出版的最后一组《诗章》，标题仍是"草稿与断片"。庞德早期的诗歌理论建构主要围绕"意象"和"漩涡"这两个概念，二者有所重叠，后者以前者为基础而发展，主要理论建构于1912年至1914年之间。庞德这一时期的诗歌，一小部分发表于《意象诗选》(*Des Imagistes*)，但大部分收集在《净化节》(*Lustra*)[①]。这部诗集标志庞德创作发展中的一个激进阶段，也是一个转折点。庞德在此表现出一种新的现代派"创新"姿态，追求完美，对社会现状进行冷嘲热讽。例如"来吧，我的歌，让我们显露我们更本能的激情……"；"去吧，我的歌，到青年人中和不肯容忍的人群中/寻求赞美，/只在热爱完美的人群中活动"；"来吧，我的歌，让我们谈谈完美——/我们将使自己令人讨厌。"(CSP：pp.103～108)此时的庞德不惜以愤世嫉俗的态度去追求完美，同时也意识到自己早先假拟"古典"的写作是多么幼稚可笑，决心修正："我青春的诗歌/一大群驴因为你'阳刚'而赞美你。"(CSP：p.91)庞德并没有放弃自己最初的诗学标准，仍然坚持自己对中世纪游吟诗人的信念：真实准确地表现人性、爱情和情感，宣扬酒神的自由精神，甚至不惜被视为犬儒之徒。有诗作证："去吧，赤裸放荡的小诗，/用一只轻盈的脚步去！/……/去无羞无耻地跳舞！/……/去迎接坟墓和乏味，/把拇指放在鼻子上向它们致敬。/……/去吧！更新事物！甚至更新'观察者'。"(CSP：p.94)

---

① Lustra是Lustrum的复数形式。Lustrum原指一种赎罪的宗教仪式，主要是捐钱或者捐祭祀品。但是庞德把Lustra用作"丧礼"的意思，因为他把这些诗说成是"维克多丽亚时代最后的丧礼"(见Carpenter：*A Serious Character*：*The Life of Ezra Pound*，p.208，London and Boston：Faber and Faber，1988)。我把这个词还原，译作"净化节"。

庞德就是这样挑战自己，挑战社会。他的目的不仅要“更新”自己的诗，还要更新当时的文学话语，甚至是伦敦最有影响的《观察者》杂志的用语。如何更新？庞德仍然是进行文化考古，向传统学习，吸取有效的元素。美国本土的先驱诗人，庞德只承认惠特曼。在一首题为《盟约》（“A Pact”）的诗中，他公开表示自己对惠特曼的悔意和尊敬：“我与你结盟，沃尔特·惠特曼/……我有一个猪脑袋的父亲/但我已长大，来与你亲近。”（CSP：p.98）这一结盟的意义则表现在《使命》（*Commissim*）这首诗中：学习惠特曼的民主精神，认同各行各业的普通人，同情声援被社会抛弃的、被压制的形形色色的人们（CSP：p.97）。庞德在这部诗集中显现出很大的改变，放下自持清高的态度，关心民众，关心社会，把诗歌看作改造社会的工具。这就是他当时给自己的文化“使命”。除主题外，他也开始欣赏惠特曼“朴实”、“明确”的风格，因而惠特曼的急速节奏、排比句式、坦率热烈的倾诉等特点也进入了庞德的诗作。以上引诗可略见一斑。再者，庞德的共相历史观又一次促使他“现代化”古人：

> 哦，我的诗，
> 你为何如此急切而好奇地看进人们的脸庞，
> 你会在他们中间发现你失去的亡人吗？（CSP：p.113）

这时期的庞德也想从他的时代找出“过去”的影子，一如既往地在历史中寻找古代的“活”元素，寻找他的“明亮具体”，用来更新自己的诗歌。因此庞德的现代性概念包含了当下的“过去性”，企图用西方元语言，用摹仿说的概念“象”构建出一种结构模式，形成一种新的风格。这一斥求必然长久萦绕他的脑际，酝酿于他的胸中。当他1912年见到杜利特尔（H. D.）模仿古希腊女诗人萨福（Sappho）的诗残片创作的那几首诗时，突受启发，触动灵感，臆造了一个既非英文又非法文的词“Imagiste”，用以命名自己长期思考的新诗风格。因此，所谓“意象诗”首先是由萨福风格化出来的“新”诗，而意象诗的概念则主要构建在庞德的共相历史观的立场上，其目的是获得一种能够经受各个时代考验的诗风，其代表诗人在庞德的名单上包括了古希腊诗人Sappho、Ibycus、古罗马诗人Catullus（卡图卢斯）、中世纪罗曼游吟诗人Arnaut Daniel（丹尼尔）、中国古代诗人屈原、刘彻、李白、现代美国诗人 H. D. 、英国诗人 Aldington 等。庞德当时的诗歌改革就是融和古今诗风，借他山之石攻己之玉，营造一种新诗风。但是他的这种改革与尝试并不为当时主流批评接受，也不为朋友理解，因此倍感孤独，但他没有放弃他的尝试。这种心情从《投入》(*The Plunge*)一诗中可略见一斑："我愿在陌生中沐浴，/这些安逸堆积在我身上，令我窒息！/我在燃烧，在沸腾，渴望新朋友、新脸庞……哦，阳光就够了！/出去，独自一人，与一些/异域的人在一起。"(CSP：p.82)

庞德决心越出当时的英美诗歌话语去获取新意，因而他这一时期的作品中相应出现了希腊传统和中国传统影响的痕迹。他的《净化节》诗集的主题之一是赞美以春天为象征的繁殖女神的复活。春天，女神来临，万物再生，情欲苏醒，诗人要赞扬美女，歌唱爱情，是古希腊崇美的风尚。为了复兴这一风尚，庞德刻意寻找这一传统的诗歌代表。希腊传统中他最中意的是萨福和伊伯克斯(Ibycus)，中国传统中则选中屈原和他的《山鬼》①。庞德认为他们的诗都表现了古代崇美的风尚，而且风格各具特色；他们的"意象"非同一般，就像杰出画家使用的"纯色"。庞德因此再三把他对这种意象的感觉称为"纯色"②，并且摹仿他们的风格。他的《春天》(*Spring*)是模仿 Ibycus 的诗而作的。对照这首诗的英译本，庞德做了较大改变③。Ibycus 的诗以明喻、排比为主，情感直露强烈，抒情性很强。庞德的模仿消除了排比，用意象浓缩情感，使原诗的直白外露变得收敛含蓄。他基本上是运用"对表现无用的词坚决不用"的意象诗原则对待原诗，把原来那些典雅的形容词都化为简洁的意象，但是保留了 Ibycus 精巧、轻快的抒情模式：

> 哦，困惑的心，
> 尽管每个树枝重现去年所失，
> 她，曾在这些仙客来花之间徘徊，
> 如今只是一个纠缠不去的幽灵。(CSP：p.96)

① Witemeyer：*The Poetry of Ezra Pound*：*Forms and Renewal*，1908～1920，pp.126～127，Berkeley：University of California Press，1981.

② 见 Pound，GB：p.83；LE：pp. 215～216.

③ 转引自 Ruthven：*Ezra Pound as Literary Critic*，p.227，London and New York：Routledge Press，1990.

这一模式后来用于《归来》（*The Return*）一诗。叶芝对这首诗的评价是："庞德看了一眼某一首希腊经典诗再把它翻译出来。"[①]

由于他的意象诗原则，庞德宁愿用具象表达情感而不用隐喻。这就是他改写萨福的方法。短诗《我愿》同样是写春之女神，采用萨福残诗中的片语为标题（iμéppw）。萨福描写春之女神的英文翻译只是一个隐喻："她柔和的胸脯，/必定，/ 随欲望深深往下坠。"[②]这个隐喻被庞德凭想象改成几个意象：

你的心灵
随满足
变得楚楚动人
阿蒂斯。
哦，阿蒂斯，
我渴望你的唇，
渴望你的窄胸，
躁动，慵倦的你。（CSP：p.23）

庞德就这样用意象把希腊的春之女神阿蒂斯刻画得栩栩如生。他经过研究和模仿，从希腊传说中提炼出两个不同的模式：伊伯克斯式的舒缓延绵结构，萨福式的紧凑干练结构。这两个结构分别出现于他后来写的《女店员》（*Shop Girl*；CSP：p.123）和《战争来临，亚克托安》（*The Coming of War*：*Actaeon*；CSP：p.117）。

只有在这个语境中，我们才能看出庞德《仿屈原》（*After Ch'u Yuan*）的真正意义。《仿屈原》是根据屈原《九歌》中的《山鬼》而作。《九歌》为屈原据民间祭神歌舞创作而成，是供宫廷祭典用的乐歌。《山鬼》具有较典型的骚体浪漫风格，故不易译。翟理思对它的处理十分主观，根据自己的理解，

---

① 转引自 Ruthven：*Ezra Pound as Literary Critic*，p.148，London and New York：Routledge Press，1990.

② 转引自 Ruthven：*Ezra Pound as Literary Critic*，p.148，London and New York：Routledge Press，1990.

以解释性、再创性的方法，把原诗改写为五段散文，一种类似林纾的做法[①]。轮到庞德，他首先是把《山鬼》看作中国古代崇美风尚的诗歌表现。因而庞德的改写没有刻画诗中神女一人的风采和美貌，也没有反映她对爱情的渴望与哀怨，而是借用翟氏译文中的意象和丽词创造出一群神人同行的美女典庆仪仗：

I will get me to the wood
Where the gods walk garlanded in wisteria,
By the silver blue flood
　　move others with ivory cars.
There come forth many maidens
　　to gather grapes for the leopards, my friend,
For there are leopards drawing the cars.
I will walk in the glade,
I will come out from the new thicket
　　and accost the procession of maidens. (CSP: p.112)

我要让自己进入这片树林
那里有戴紫藤花环的神，
在银蓝的湍流溪畔穿行
　　他们的象牙车还载着其他神同行。
那里走出众多的姑娘
　　去为豹子采葡萄，朋友，
那里还有豹子为他们拉车。

我要走进这片林中空地，
我要穿过这片新的密林
　　去接近这一队列姑娘。

① Giles: *A History of Chinese Literature*, pp.52～53, New York: Grove Press, 1957.

由此可见，庞德在翟氏译文的基础上，根据自己题旨的要求，发挥他的诗人想象，把屈原道的“乘赤豹兮从文狸，辛夷车兮结桂旗”改成豹子拉象牙车，把“怨公子兮怅忘归”的山鬼及其随从想象成庆典春之美神仪仗队列。庞德在这里既不是翻译也不是再创性翻译，而是完全把《山鬼》放到西方文学传统的赞美春天的崇美语境中来再创作。但是同时，他在自己的改写中也明确地寄寓了一个心志。庞德的《仿屈原》从头至尾着重表明一个承诺：“我要让自己进入这片树林……我要穿过这片新的密林，/去接近这一队列姑娘。”他似乎在回应“山鬼”的期盼，其实明确表达了一个心愿：对《楚辞》风格的仰慕、追求。屈原通过翟理思翻译向庞德展现的是一种神秘和新异的美，深深打动他，吸引他。这就是《楚辞》的诡谲与瑰丽。庞德因此表示要进入这种神秘，要接近这种新异的美感。值得注意的是，“这一队列姑娘”（the procession of maidens）的用法，对庞德而言，具有特殊意义，特指崇美的仪仗队列出游，因而是美的象征。这个隽语及其蕴意此后成为一种庞德式片语，反复出现在他的《诗章》写作中。此外，这个模式不是在他仿希腊诗人萨福或伊伯克斯时形成，而是在他的《仿屈原》中形成的。

为了反叛沿袭浪漫主义的后维多利亚时代的文风，庞德有意识地从不同文化传统中吸取独具特色的元素，即他称之为“维求”（virtù）的创造性因素，以营造新的诗歌结构和风格。这是他发起意象诗运动的主要动机。意象诗作为英美现代派文学的先声，特征有二：一是新古典主义（Neo-classicism），一是客观表现（Objectivism）或者说物化主体。这两个特征可从庞德改写希腊古诗句中略窥一斑。他有意识地用意象收敛了希腊诗人伊伯克斯坦荡热烈的情感，使他的春天恋歌显得冷静、深沉、含蓄。在改写萨福的诗句时，也是用意象“拆解”原来的隐喻性陈述，使阿蒂斯显得更加形象生动而具体。因而以“意象诗”为名，庞德实际上换上了一副新的诗人面具——物化情思。我们知道，与中国文学传统不同，西方文学起源于戏剧，诗是从戏剧演变而来的，诗人的角色是在戏剧中产生的。因此诗人言说的方式决定了诗歌的类型：诗人面对观众直接背诵神谕，就是“史诗”（epic）；诗人或作者隐蔽起来，让演员上台表演，就是戏剧（drama）；诗人背对观众“假装”自言自语，或者对着一个缺席的神灵、缪斯或者情人倾诉，就是抒情诗(lyric)[1]。由于这一文学传统，除史诗外，诗人都应该隐而不见。这也就是庞德写诗的一贯做法。他一直用各式各样的面具将自己掩盖起来。他早期的诗集《人物》(*Personae*)就是尝试各种作为诗人代言人的面具，或者说表达方式。庞德在意象诗时期的新面具就是"物化"，这也是他与现代社会提倡科学至上的思想保持一致的表现。值得注意的是，这不仅是庞德作为诗人的个人面具，而且是整个英美现代派文学的标志之一。例如，艾略特主张"客观关联"(objective correlative)的表现原则，威廉姆斯强调"物外无意"（no ideas but in things）的创作原则。这两个20世纪的显赫大诗人，前者有印度诗人泰戈尔的影响，后者是个藏而不露地大学特学中国古典诗传统手法的美国本土诗人。他们都不如庞德坦率，不像庞德宣传学习东方，但在客观表现上却与庞德是一致的。庞德对中国古典诗的重视正是为了追求客观表现的有效手段。

庞德为了彻底剥离浪漫主义的遗风，消除主观抒情、情绪化、藻饰浮华，在这一时期刻意收敛情感，浓缩语言，升华思智，企图将情思全部投射到外物，以致到了追求他所说的"一个意象的诗"的地步。这一诉求不仅表现在他对希腊古诗的改写，而且更加明显地表现在他对中国古诗的改写。庞德"仿中国诗"的写作正是这一诉求的尝试与实践。"Ts'ai Chi'h"在翟理思的书中查无出处。有评家认为是模仿陶潜的风格，也有人认为是庞德想象中的中国风格，无非借一个中国意味的标题臆作而已。我们或许可以更为准确地说，这是庞德像Upward一样，在回忆中根据自己读中国诗的印象创作出来的一首短诗，主要尝试他所谓的"一个意象的诗"："花瓣飘落泉水，/ 那橘色的玫瑰叶子，/ 给岩石沾上它们的橘黄。"（CSP: p.113）再看另外两首。《刘彻》改自汉武帝的《落叶》：

罗袂兮无声
玉墀兮尘生
虚房冷而寂寞
落叶依于重扃
望彼美女之心兮

[1] 参见Culler：*Literary Theory*：*A Very Short Introduction*，pp.72～73，Oxford and New York：Oxford University Press，2000.

安得感余心之未宁

这首诗翟理思按照原结构译，但还是加进他自己的修饰和意思：

The sound of rustling silk is stilled,
With dust the marble courtyard filled;
No footfalls echo on the floor,
Fallen leaves in heaps block up the door...
For she, my pride, my lovely one is lost,
And I am left, in hopeless anguish tossed.

以上可见，翟理思受维多利亚风尚影响，好修饰，好押韵，故常以词害意。对比原文，译得较差的是三、五、六句。最后两句，怕读者不理解刘彻的含蓄、比喻，加进美人已亡的说明，破坏了刘彻的风格。庞德的《刘彻》表明他的用词都是从翟氏翻译演化而来，但是作为诗歌改革者，庞德一贯反对维多利亚的藻饰雕琢，加之又是诗人，他的改写比翟理思的简练、贴切，诗艺也高明得多：

The rustling of the silk is discontinued,
Dust drifts over the court-yard,
There is no sound of footfall, and the leaves
Scurry into heaps and lie still,
And she the rejoicer of the heart is beneath them:

A wet leaf that lings to the threshold. (CSP:p.112)

庞德主要采取意象诗原则来改写。对比翟理思和庞德的文本，可以看出庞德改写的一些具体处理方法：一是用动态形象代替静态形象，二是用暗喻代替陈述，三是以意象结尾避免抒情——“一片贴在门槛上的湿叶”。由此可见，庞德这一时期对意象极为重视。我把他们的译文放在一起是为了说明这样一个事实：虽然庞德通过翟氏译文理解刘彻的诗，但是他的译文却比翟氏的更加接近原文。庞德在用词、意象、比喻等方面都比精通汉语的翟理思更能切合刘彻诗的意味与精神。翟理思不如庞德懂诗，注重诗意不注重形象，置刘彻诗要领不顾，把标题《落叶》译作《逝》(*Gone*)。庞德凭他的诗人眼光，凭他对意象的敏感，凭他对比喻的欣赏，却准确捕捉到刘彻的诗眼，同样以"落叶"作为他自己的诗眼。这个例子说明庞德通过翟氏的译介完全有可能把握中国古典诗的实质和意味。

这个判断还另有一例可佐证。庞德的《扇诗，致皇上》(*Fan-Piece，for Her Imperial Lord*)也是根据翟理思的译文写成的。翟理思翻译的是汉班婕妤的乐府诗《怨歌行》(又名《纨扇诗》)。班婕妤在汉成帝时入宫，后因赵飞燕姊妹而失宠，托扇寄怨，写下了这首历代备受赞誉的宫怨诗："新裂齐纨素，鲜洁如霜雪。裁为合欢扇，团团似明月。出入君怀袖，动摇微风发。常恐秋节至，凉飙夺炎热。弃捐箧笥中，恩情中道绝。"[①]这首诗翟理思翻得较仔细，主要的细节描写、比喻都用到，一共译了10行，基本遵循原诗的结构和旨意[②]。庞德对《扇诗》的处理却十分自主，将全部描写浓缩为"丝"和"霜"二字，将所有的比喻抒情化为一个暗示联想，整首诗也就变成一个意象：

O fan of white silk,
　　clear as frost on the grass-blade,
You also are laid aside. (CSP：p.118)

哦，白丝扇，
　　如草叶上的霜洁白，
你也被搁在一旁。

前人评《纨扇诗》颇多。钟嵘称它"词旨清捷，怨深文绮"，孙月峰赞之"含一怨字，正以不露为佳"，吴伯其则以"怨而不怒"评价[③]。简言之，这

---

① 贺新辉等(编)：《古诗鉴赏词典》，153页，北京，中国妇女出版社，1988。

② Giles：*Literary Theory：A Very Short Introduction*，p.101，Oxford and New York：Oxford University Press，2000.

③ 李春芳评注，转引自贺新辉等：《古诗鉴赏词典》，154页，北京，中国妇女出版社，1988。

首诗就是依《诗经》怨而不怒的传统将一腔宫女幽怨隐喻于一柄纨扇。庞德到底是个写诗高手，能够透过翟氏的翻译，准确把握《怨歌行》的旨意和风格。丝扇是宫女与皇上的信物，如今和宫女一样被冷落一旁。他的这个意象既传达了妃子的哀怨、凄凉、无奈，又谴责了君王喜新厌旧，背信弃义的冷酷。

庞德的写作无疑是由意象原则主导，而意象的内在机制就是比喻，因此他也在不断尝试可操作的新的比喻形式。相对他当时的诗学建构，这首“仿中国”的小诗反映了庞德当年创作的极大变化。这首《扇诗》发表于1914年，与他1913年发表的《晨歌》(*Alba*)仅隔一年，并且很相似：

As cool as the pale wet leaves
　　of lily-of-the-valley
She lay beside me in the dawn. (CSP: p.119)

如谷涧百合
　　淡绿的湿叶一般清凉
她在晨曦中躺在我身旁。

这两首小诗貌似，其实差别很大。其一，前者主要用省略与断句并置，后者则依赖明喻联系人与物。其二，前者以物建构意象，所有情感、思想都是看见此物而引发的；后者以人为主，抽去人则无诗意。其三，前者指称“你”与“扇”互指，并没有人的介入，因此比喻是在文本之外；后者有人(她)直接介入比喻。其四，前者的具象皆是实物：丝扇、落叶、霜，因而显得普通、现实、当下；后者的谷涧、百合、晨曦显得遥远虚幻，带有浪漫传奇的彩色。《晨歌》如标题所示，是沿用普罗旺斯的抒情诗传统，因而带有浪漫主义色彩和意味。相比之下，哪种诗质、风格更符合这位现代诗歌改良者的要求和品位，是不言而喻的。翟理思翻译的汉乐府所显现的那种质朴真实而又引人深思的具象应该对庞德的改写有所示范，有所启发。《扇诗》所显现的客观真实的表现手法和现实主义倾向正是庞德当时诗学转变的一个标志。

第二节　"中国颜色"　中国文化的刺激

一、东方比喻与意象诗

以上分析可以说明庞德诗学核心概念比喻的一个本质变化。在他的《晨歌》中，人与物的类比密切关联，并出现在文本中，而《扇诗》中人与物之间的类比并没有文本联系，是依靠读者的联想。这是二者的本质区别。后者的用比方法显然更高明。这种无文本关联、无句法连接的比喻正是庞德热衷追求的目标。在以挚友戈蒂尔为名的文章中，庞德回忆了自己如何苦心孤诣营造东方式（日本俳句）比喻的经过。《在都市的地铁站》（*In a Station of the Metro*）发表于1913年，是庞德最出名的意象诗。这首小诗记录庞德当时走出巴黎市中心地铁站时的印象，最初有三十多行，但是他反复修改，在近一年的时间内，先改成十多行，仍不满意，再改，最后改得只剩两行。庞德认为这两行最能有效地反映那一瞬间巴黎地铁站的人群给予他的印象。他要求杂志编辑发表时不能改动，要按照他的形式原样发表：

> The apparition of these faces in the crowd：
> Petals on a wet，black bough①

这首被称为"俳句"式的小诗对当时的庞德意义非凡，因为他认为这首诗体现了他的意象诗的要旨："记录某外在的客观事物改变形态，或者说一下冲进主体那一确实的瞬间。"（GB：p.89）其实，庞德讲的就是主客体会通，情景交融的瞬间。这首诗要传达的还是他的意象诗原则：用形象通过潜在的比喻表达思想情感以避免陈述。他在这里用的冒号可能有两个作用：一是指示符号，警示下行的顿悟（epiphany），一是表示比较的符号。这首诗实质上是以类比建构的，与上文分析的《汉广》的对偶比喻模式有所相同。若"脸"为A，"人群"为B，"花瓣"为C，"树枝"为D，其比喻模式就是A∶C = B∶C。"The apparition"（意为幽灵、鬼怪显形）就指内在视觉（the mind's eye）记录主客体会通顿悟的那一瞬间。

---

① 转引自Brooker：*A Student's Guide to the Selected Poems of Ezra Pound*，p.103，London and Boston：Faber and Faber，1979.

这种类比方法和具象并置结构在中国诗歌传统中太多、太平凡，以致我们习以为常，视而不见。然而对于以逻辑思维为主，受英语句法结构、语法关联约束的庞德，这却是他诗学上的一个突破。他经过约一年之久的推敲、揣摩，才第一次构建出一个可操作的非语法关联的比喻结构模式，而且还不放心，还用一个数学符号说明类似等式的比喻。相形之下，我不禁感叹，我们现代文学的五四先驱们贬低自己的文化传统，从西方“拿来”一大堆浪漫主义、象征主义、现代主义，一大堆“如……一般”“像……一样”的西式句式，一直折腾到20世纪70年代后期，几个在圆明园的业余青年诗人才发现原来庞德他们不喜欢这样的句式。庞德对艾略特的《荒原》最大的修改就是删除篇章之间的连接，将原来的几个片段改成一个整篇。所以他们也把自己诗中的关联词弃掉，而他们的汉语诗歌竟然被主流批评界视为“朦胧”了、“读不懂”了！我们的数典忘祖就是这样被历史无情地嘲笑。庞德的《都市》或许会给我们更多警示。

庞德一再谈论自己的《都市》，就因为它不仅体现了意象诗的原则，而且提供了可操作的无连接比喻模式。然而，正是从这首诗中我们看到了庞德意象诗的局限。这首俳句式的小诗在西方读者的眼中显得新异，主要是省略了比喻的关联词。庞德自己也讲他是模仿日本俳句写的，还给了两个俳句例子，其中一个是这样安排的：

> The footsteps of cat upon the snow：
> (are like)plum-blossoms.（GB：p.89）

他接着说：“‘are like’这两个字原诗可能没有，但是我加上去好显得更清楚。”(GB：p.89)庞德当时是在尝试意象“并置的形式”，但是还没有把握是否能完全消除关联词。由此我们也可以看出，无论是他的俳句原型还是他的《都市》小诗，尽管取消了关联词，也仅是以此物喻彼物，二者关系紧密，至多只能达到“比”的层次，不能达到“兴”的境界：即结构之间有“隔”，人与物之间有距离，而比喻在文本之外，在读者的联想之中，如《关雎》。相比之下，《都市》的主客之间是封闭的，没有结构空间，不允许主题扩展。庞德后来也意识到意象诗的这种局限，才开始用“漩涡”的概念来强调意象的动力，强调诗歌表现事物运动的能量，其实也就是创作再延伸的可能性，作品与读者互动的想象空间。中国古典诗的比喻方式提供了这种可能性，如兴的用法，物与人之间有明显的空白，可容许二者向不同的方向扩展。这应该是庞德研读翟理思翻译的中国古典诗得到的感悟和启发。

《都市》写于1911年，《扇诗》写于1913年，相隔两年，其间庞德告别了日本俳句而向中国式比喻方法发展。这两首小诗其实代表着两种不同的比喻方法。在《都市》中，人与物的类比局限在文本之中，与《晨歌》的结构本质上相同；《扇诗》的比喻，如上文所析，是在文本之外，因而是更有效、更高明的表现方法。庞德的那几首仿中国诗的短诗可以看作他企图接近中国诗学的尝试。他对中国诗学的理解是随他研究中国古典诗程度而深化。1917年庞德整理了部分费氏中国古诗笔记，也翻译了费氏的日本传统《能诺剧》的遗稿，之后，他在给友人J. Quinn（奎因）的一封信中这样说："中国是根本，日本不是。日本是我的特殊兴趣，像普罗旺斯或者12至13世纪的意大利（但丁除外）……但是中国是坚实的。"①庞德显然是经过认真比较、思考才说出这番话的。他已经认识到了日本文学与中国文学的本质区别。他说"中国是根本"，就是说是东方文学的根本，包括日本文学（这是庞德自己的判断，无须我评价）。他说中国"坚实"，这个印象应该来自他研究中国古典诗而感悟其中的真实具象和"象外之象"的兴式比喻（这一点将在本书第三章细谈）。

二、客观表现与真实　翟理思译介对于庞德的意义

庞德整理费氏遗稿之前涉猎的翟理思教授译介的中国古典文学对他的诗学有什么意义？这一问题涉及译介而多为人忽视。依乐黛云说，"译介"也是比较学研究中的重要方面。我们不妨以庞德为例对此作探讨。这其实也是庞德研究中的一个历史问题。早至1917年艾略特就对企图回答这个问题的人提出警告："是因为费诺罗萨太太的眼力我们才有了《中国诗集》，不是因为有《中国诗集》我们才有《净化节》。这一事实应该牢记心中。"②他的理由是收集在《净化节》中的一些诗，1913年就在《诗刊》（*Poetry*）发表

---

① Masterer：*The Selected Letters of Ezra Poundto John Quinn*：1915～1924，p.94，1991.

② Eliot："His Metric and Poetry"，见Sullivan：*Ezra Pound*：*A Critical Anthology*，p.77，Harmondsworth：Penguin，1970.

了，所以费氏遗孀有可能读到这些诗而认定庞德是她丈夫的中国文学遗稿的最理想的解释者。我们知道，艾略特这位现代文学的显赫人物、评论家兼诗人，自称是个“保守派”文学家，是不愿意说英美现代派诗歌的发展与中国文化联系紧密，所以要强调庞德先有了《净化节》的写法，才去“创作”他的《中国诗集》，而且艾略特坚持《中国诗集》不是翻译而是创作。根据我前面的讨论，我对这一问题的看法是，在费氏遗稿之前，中国古典文学通过翟理思的译介已经对庞德产生了直接而深刻的影响。这种影响明显反映在他相应时期的论文和创作中。其根本原因就在于意象诗与中国古诗既类同又相异：“象”的概念和比喻的原理相同，但意象诗的比喻结构与中国的比喻结构模式(尤其是兴)相异，因而才对庞德有吸引力，才能刺激他的诗学发展。以下将进一步说明这种影响的存在。

艾略特虽然博学雄辩，但问题的关键所在并不是费氏遗孀是否有眼力，而是庞德作品中的什么东西促使她选择庞德？只有两个可能：一是他的意象诗，二是他的“仿中国诗”。鉴于当时的情况，二者是相关的，而且是不可分开的：“仿中国诗”也是他创作的一部分意象诗。庞德的这些短诗不仅有可能引起费氏遗孀的注意，更为重要的是，这几首短诗可以证明翟理思的译介直接影响了庞德的诗学建构，为他更新意象诗提供了范例，使他知道什么是“坚实”的意象，什么是具有弹性、张力强的比喻方法，为他的诗学发展开拓了新视野。1912 年至 1914 年是庞德试验意象诗的高峰时期，也是他以漩涡理念进一步发展意象诗的时期。因此他的思想和诗学都产生了根本变化。例如，前面曾谈到他学习惠特曼的民主精神，主张表现的客观化，尝试现实而非乌托邦式的意象等等，其中一个较大的变化就是庞德改变了先前的“文化考古学”，摘下他“拟古”(Archaism)诗人的面具，换上“现代”的、“科学”的新面具。庞德性格双重常自相矛盾，由于他的共相历史观、世界文学观、追求完美的整体主义，他并没有真正放弃他的文化考古，只不过改变方向而已，从西方中世纪的文学传统转向古希腊和古埃及，转向中国和日本的传统文化。但是，这里有一个本质的不同。庞德以前的文化考古是为了拟古，而他对中国文化的考古是为了现代化他的诗歌，是为了更新、强化他的理论，因为在他看来，中国古典诗的语言表达和表现方式符合现代自由诗的要求。如《净化节》所示，庞德仍然在各种文化传统中搜索“活”元素，寻觅独具特色的意象模式用以更新自己的诗歌，故而诉求伊伯克斯、萨福、屈原、刘彻等古代诗人。他当时的意象概念不仅只有休姆的理论，还有 H. D. 和 Altington 的实践，还包含古希腊抒情诗的明快准确，兼容中国古典诗的质朴、现实、含蓄。所以说，庞德的诗学观念之所以发生变化与他对中国古典诗的第一印象有关，他最初涉猎的中国古典文学对他的思想和诗学建构都具有一定意义。

在当时的庞德看来，中国古典抒情诗不仅独具特色，而且符合他对现代性的期待，因而成为他追求的现代自由诗典范风格。这是我们应该记住的一点。如 P. Childs(蔡尔兹)所言，英美现代派文学的一大因素就是"他文化使一个困倦的西方文艺传统获得再生"①。"他者"(异文化)的一个作用就是刺激对母文化感到厌倦的文化人，给予他们新奇感去改造自己的文化传统和陈规。中国五四时期的先驱如此，庞德也如此。这种"他者"对庞德思想的刺激作用就明显地表达在《净化节》诗集的《度之歌》(*A Song of the Degrees*)之中。这首诗最初发表于 1913 年 11 月的《诗刊》。庞德在诗中表现出对西方文化困惑厌倦而诉求中国文化："中国颜色让我宁静，/ 因为我觉得玻璃是邪恶的。"(CSP：p.104)这首小诗晦涩玄奥，十分难解，若要解读，首先必须理解庞德的"中国颜色"的含意。我曾提到，1913 年年底，庞德已经遇见费氏遗孀，因而有可能已经读到了费氏笔记遗稿。如果是这样，费氏遗稿只不过肯定了他先前对中国古典诗的见解。这一点可以从他 1914 年发表的《文艺复兴》(*The Renaissance*)一文得到确定。庞德用十分肯定的口吻说道：

> 毫无疑问，我们开始了解中国诗，了解得够多时，将在其中找到纯色，的确，这种完美的影子已经能在翻译中看到。刘彻、屈原、贾谊和彼特拉克时代的李白之前的那些伟大的自由诗作家是一座宝库，这是下个世纪可能寻找到像希腊古籍对文艺复兴一般大的刺激的所在。(LE：p.218)

尽管庞德历史概念模糊，把李白(701～762)误置到意大利的彼特拉克(著名人文主义者和抒情诗人，1304～1374)的时代，他的这段话还是为我

① Childs：*Modernism*，p.13，London and New York：Routledge Press，2000.

们判断他当时的思想提供了一些依据。其一，这里的"翻译"应指翟理思1884年的《中国文学菁萃》(*Gems of Chinese Literature*)或者翟氏1901年的《中国文学史》(*A History of Chinese Literature*)；其二，他在此列举的中国诗人(李白除外)皆未出现于他1915年选译的《中国诗集》，应该是他读翟氏译文的印象；其三，他将这些唐代以前的诗人看成"伟大的(现代)自由诗作家"而不是中国传统的代表；其四，中国古典诗的"纯色"是一种艺术表现的特质，是一种"完美"；其五，他对中国古典文学的第一印象意义深远，视其为"21世纪文艺复兴"的一大刺激。这些看法就是庞德最初探索中国文化传统的主要意义所在。正是这种认识决定了庞德以后的文化考古方向，走向中国文化传统。

再者，庞德也是用他的新古典主义标准来衡量中国文化传统。他认为中国古典诗如希腊古典诗一样，具有同一等级的优秀品质："Ibycus和刘彻表现了'意象'。"(GB:p.83)由于他的综合艺术观点，这一时期他惯用绘画术语谈论诗质。他着重强调的"意象"所指基本等同于他所谓的"纯色"：标志优秀画家艺术特色的基调颜色。此外，庞德还用"佳色"(good color)同"纯色"替换称赞西方最优秀的诗人荷马和萨福的诗质(LE:p.215)。由此推论，所谓"纯色"和"中国颜色"所指相同，就是庞德最理想的"意象"、诗歌品质、比喻方法。

三、《度之歌》 中西方概念中的象

为了证明这个判断，我们不妨做一实例分析。与以上讨论相关的《度之歌》(*A Song of the Degrees*)因晦涩难解而引起不同的解释。为便利分析，先引诗在下：

I

Rest me with Chinese colours,
For I think the glass is evil.

II

The wind moves above the wheat-
With a silver crashing,
A thin war of metal.

I have known the golden disk,
I have seen in melting above me,
I have known the stone-bright place,
　　The hall of clear colours.

　　　Ⅲ

O glass subtly evil, O confusion of colours!
O light bound and bent in, O soul of the captive,
Why am I warned? Why am I sent away?
O glass subtle and cunning, O powdery gold!
O filaments of amber, two-faced iridescence! (CSP:p.104)

　　　1

中国颜色让我宁静，
因为我觉得玻璃是邪恶的。

　　　2

风在麦穗上掠过——
引起一片银色撞击
爆发一场金属的小战争

我已认识了那个金盘，
我已看见它在我顶上的空中溶化，
我已认识了那个石头般明亮的地方，
　　那座颜色纯净的大厅。

　　　3

哦，玻璃微妙邪恶，迷离恍惚的颜色！
哦，被困囚而折射的光，哦，被俘虏的灵魂。
哦，玄妙诡谲的镜子，哦，(镀金的)金粉！
哦，黄灯的灯丝，幻影的霓虹！

P. Furbank认为诗中的关键词“玻璃”是指教堂建筑的“维也纳式的装

饰彩色玻璃，令人眼花缭乱，扑朔迷离”[①]。A. Miyake 则联系庞德一度研究原始宗教、神秘文化的兴趣，以“巫术冥想”来解释，把诗中的“玻璃”看作“魔镜”，只有通过它，“被物质攫住的灵魂才能释放出来”，因而认为这首诗表现庞德诉求“魔法升华”的经历，即“将物质提升到精神境界”的过程[②]。但是从这首诗的整体来看，无论联想教堂有关的“彩色玻璃”还是联系原始宗教的“魔镜”概念，庞德并不是欣赏，而是谴责并且摈弃这类表现方法：“哦，玻璃微妙邪恶，迷离恍惚的颜色！/ 哦，被困囚而折射的光，哦，被俘虏的灵魂。”在诗中庞德在赞美“中国颜色”，但同时也在质疑某种看不见的神秘力量。它主宰着光与灵魂，而且透过那邪恶的“玻璃”是看不见的，只有“迷离恍惚的颜色”。从标题来看，庞德应该是在谈艺术表现中对“度”(degrees)的把握。由此推论，诗中的关键词“玻璃”，不是 Miyake 所说的“魔镜”，而是柏拉图的“镜”(imago)，是庞德用作“意象”的“image”的来源和元语言。从这个视角我们可以回到上文谈到的西方“象” 的概念上。庞德在这里借“玻璃”一词的双关意(“glass”英文可指玻璃，亦可指镜子)，所谈的还是探讨艺术表现的媒介问题。他其实是在质疑自己对西方意象的感受。不论是象征主义的意象还是浪漫主义的意象都使他感到困惑、迷惘，其根本原因就是，这类意象都来自柏拉图以镜为象的概念：世间万物只是看不见的理念(ideas)或者(对基督信徒而言)上帝的反映，是镜中的影子，而诗和绘画等艺术无非是对存在物的复制，则更是影子的影子。这个理念俘虏囚困了灵魂，探索之光只能折射自我，遑论事物本体与真理？难怪尼采要宣布：上帝死了。庞德也有类似的感觉，无非没有那么深刻强烈罢了。因而被柏拉图认知理念主宰的诗人，可以通过事物去冥想，营造的意象可能壮美，可能瑰丽，但终究是理念(或神性)的折射，只会使读者感到扑朔迷离，感到缺少真实。因此，庞德要摈弃柏拉图的象的理念，要摈弃玄奥虚幻的意象，正如他在诗中感叹道：“哦，玄妙诡谲的镜子，哦，(镀金的)金粉！/ 哦，黄灯的灯丝，幻影的霓虹！”这一切皆为幻影，而非真实。究其原因，此时的庞德通过翟理思的译介已经认识了另一种意象，一种“坚实”、自然、客观的意象。这就是他在第二节表达的含

---

① Furbank：*Pound*，p.14，Milton Keynes and Philadelphia：Open University Press，1985.

② Miyake：*Ezra Pound and the Mysteries of Love*：*A Plan for The Cantos*，pp.61～62，Durham and London：Duke University Press，1991.

义："我已认识了那个金盘，/ 我已看见它在我顶上的空中溶化，/ 我已认识了那个石头般明亮的地方，/ 那座颜色纯净的大厅。"这些赞誉词语，"金盘"(太阳)、"石头般明亮"(坚实明朗)、"颜色纯净"，就是他对首节的"中国颜色"的注释。如果以中国传统的象概念观察世界，诗人不仅能传达真实、客观的世界，而且同样能由物质升华到精神，正如庞德在第二节中暗示，观察掠过麦田的风，可以联想阳光与麦芒交融，联想金属的撞击，战争的爆发。因此，庞德在这首诗中，以"镜子"(或玻璃)和"颜色"为名，实指两类不同的认知媒介，是在谈论意象与表达的关系及其媒介作用。由此可见，翟理思译介的中国古典诗向庞德展现了本质不同的意象，启发他去追求真实、客观的诗歌媒介，追求真实的意象、质朴的诗质(纯净的颜色)。诗人通过这种媒介不是表现理念的虚幻影子，而是呈现事物与宇宙的本质。因而客观表现不仅是庞德"新古典主义"的实质内核，而且也是他的意象诗的宗旨，经他以不同方式的再三强调，这一观念实际上成为英美现代派诗歌的主要特征之一。如前面所说，艾略特的"客观关联"原则，威廉斯的"物外无意"原则，都是对这一特征的回应和再注释。用庞德的话解释，就是"明亮具体"、"石头般明亮"、"纯色"、"中国颜色"。

翟理思的译介对庞德产生了直接而深刻的影响，促使他诉求"中国颜色"，诉求中国意象的表达方式。庞德决心在自己的诗作中搀入中国意味。这一心愿不仅可从《度之歌》的分析看出，而且另有诗供佐证。与《度之歌》同于1913年在《诗刊》发表的另一首诗是《再教诲》(*Further Instructions*)。庞德在诗中以嬉戏的口吻与自己的诗对话："你还没有长大成熟，恶作剧做得还不多，/ 我要给你穿上一件中国的绿上衣/上面绣着几条龙，/ 我还要给你穿上那条大红丝裤/从那个圣玛利亚诺维拉的小基督的雕像取下的/要不然他们会说我们没有品位，/或者会说这个家族没有种姓。"(CSP：p.103)因此可见，庞德想模仿中国诗艺(poetic)，但鉴于当时的文化、社会环境，心里也有所顾忌，因而折衷，采取中西混合的方法。他的"仿中国"组诗其实就是这一心理的体现，也是他模仿中国诗艺的尝试，及选译《中国诗集》的前奏。

翟氏译介不仅影响了庞德的诗歌创作，而且影响了他的世界观，使他认识了庄子的道家思想，认识了与柏拉图理念学说不同的宇宙观。除"仿中国"组诗外，《净化节》还收集了两首与中国有关的短诗，一首写李白，一首写庄子。这两首小诗最初于1915年发表于《狂飙》(*Blast*)文学杂志。有学者说这两首诗来自庞德《中国诗集》的整理，利用编译费氏遗稿中有关李白《古风》的剩余未用的草稿①。此说值得商榷。其一，庞德为何不收进《中国诗集》，而收入之前的《净化节》？其二，这两首小诗风格和处理方法为何与《中国诗集》的不同，相反，却与"仿中国"组诗的写法完全相同？我的看法是，不管其传译过程如何，这两首小诗本质上是庞德阅读翟氏译介后，根据自己的理解和印象创作出来的。分析这两首诗可以进一步说明翟氏译介对庞德思想的影响。我们不妨设想，庞德在整理费氏遗稿，读到李白的《古风(十五)》："庄周梦蝴蝶，蝴蝶为庄周。一体更变易，万事良悠悠。"(沈：178页)这样的诗句，没有背景知识，中国人也读不懂，何况是自学汉学的庞德。他必然对李白诗的含意不甚清楚，转而参考翟氏的《中国文学史》。其中记有李白坠河而亡的逸事，另有一章专门介绍庄子，包括《齐物论》段落的翻译。庞德于是放弃玄奥费解的李白《古风》，转读翟氏译文，并用萨福式挽诗隽语体(epitaph)写下了自己的阅读印象。这就是他说的用"中国绿上衣"配上"基督的大红丝裤"，用中西糅合的手法，以诙谐调侃的口吻，来上一场"恶作剧"，以自己的独特的前卫方式挑战当时的诗歌主流话语。于是写下了他的《悼文》(*Epitaphs*)：

Fu I

Fu I loved the high cloud and the hill,
Alas, he died of alcohol.

Li Po

And Li Po also died drunk.
He tried to embrace a moon
In the Yellow River.

Fu I 热恋高云和山野，
唉，他喝酒喝死了。

---

① 参见 Chapple："Ezra Pound's *Cathay*: Compilation from the Fenollosa Notebooks"，载 *Paideuma*，1988(2～3)，p.21；Qian：*Orientalism and Modernism*：*The Legacy of China*：*In Pound and Williams*，pp.88～89，1995.

李白也死于饮酒，
他要去拥抱
黄河里的月亮。

Ancient Wisdom, Rather Cosmic
So-Shu dreamed,
And having dreamed that he was a bird, a bee,
　　and a butterfly,
He was uncertain why he should to feel like anything else,
Hence his contentment.（CPS：pp.120～121）

古代智慧，颇为宏观
周庄做梦，
梦见自己是一只鸟、一只蜜蜂、
　　一只蝴蝶，
为何要像另类感受他还不清楚，
他乐意这样而心满意足。

"Fu I"是否是贾谊的误用，还是指某个山水诗人，不甚清楚。这个称谓对庞德并不重要。他需要的只是一种异质文化感，一种他者的介入，一种中国意味来改变自己的写作。为此他受到某些批评家的警告，所以在《度之歌》中写道："为什么要警告我？为什么让我离开？"庞德却偏不离开，偏要做出一场现代诗歌的恶作剧。其原因就是他通过翟理思译介认识了中国古典诗的意象，窥见了不同的道家宇宙观。因而庞德在这些仿中国诗中流露出要走出日趋工业化的现代社会，回归大自然，去欣赏高云山野，去拥抱河中的月亮，去做李白，沉醉在自己的想象世界里。庞德无意间已经走进了庄子的无名、无功、无己的逍遥游中。

根据"古代智慧"判断，庞德并没有去破译费氏逐字对译的李白《古风》之十五，而是转读翟氏《中国文学史》中的庄子译文，原文是："昔者庄周梦蝴蝶，栩然蝴蝶也。自喻适志与！不知周也。俄然觉，则蘧蘧然周也。不知周之梦为蝴蝶与？蝴蝶之梦为周也？周与蝴蝶则必有分矣。此之谓物化。”[1]庞德在这里读到的庄子宇宙观对他来说无疑是一重大发现。庄子阐述的本体论与西方传统哲学有同有异。庄子的“道”与柏拉图的绝对理念或“永恒模式”(eternal paradigm)相似，都是绝对、永恒、不见的存在，但是联系到人与物，情形就不同了。在柏拉图看来，万物只是绝对理念的“复制、摹仿或者再现”[2]，但在庄子看来，“天地与我并生，而万物与我为一”。这种本体论已经打破了西方二元对立的认识方法，而且，一切现象，人与物，梦与觉都是“道”通过“物化”(或者“声化”)的显现。在庄子的“齐物”认识论中，既没有人与物的对立，也没有万物与造化的对立。宇宙万物都归于本体的统一[3]。庞德显然是欣赏庄子的齐物思想的，也部分理解齐物的含意，但是囿于西方本体论和理性主义，对庄子的物化内涵还不甚明了。因此，他在写庄子的诗的结尾时也一样说不清楚。

庞德于1913年和1914年之间写下的这几首短小的“仿中国诗”在他的整个著作中微乎其微，故而常被视为“玩弄”中国文化之作而置之不论。但是它们的出现是庞德从他文化传统中索求活元素以建构国际性诗歌艺术的结果。正是这几首仿中国诗标志他终身探索中国文化的肇端，并且显现中国文化对他的诗学和思想影响的开始。其主要意义在于这几首诗揭示了庞德的现代派诗歌观点与中国传统诗学相遇的共场。中国古典诗对庞德的独特魅力可由下列几方面说明。其一，中国古典诗能够例释他的意象概念：“意象诗的要义是不用意象作装饰。”(GB：p.88)其二，中国诗寓比于象的方法示范了他以比喻传达认知的概念：“所有诗性语言都是探索的语言。”(同上)其三，中国古典诗特别强调视觉形象的表现功能：“意以象达”讲的就是庞德的“意象本身就是言述”(同上)。其四，中国传统的兴式比喻方法已示范了庞德最理想的比喻：“意象是组合语言之外的话”(同上)，用中国诗话说就是“象外之象”。庞德视意象为现代诗歌的“首要颜料”，这是他模仿中国古典诗的主要原因，企图通过模仿来示范、强化他的意象诗概念。此外，庄子的“物化”观念、中国古典诗的情景交融、“目击道存”等表现手法对庞德的客观表现观念均有启示作用。庞德对中国古典诗的探究是以翟理

---

① 曹础基：《庄子全注》，41页，北京，中华书局，1990。

② Murray：*Classical Literary Criticism*，p.29，London：Penguin Books，2004.

③ 参见李泽厚、刘纪纲(编)：《中国美学史》(一卷)，236～242页，北京，中国社会科学出版社，1984；曹础基：《庄子全注》，42页，北京，中华书局，1990。

思的译介开始的，这给他的印象是如此之深，以致将中国传统文化视为希腊传统文化的替代，视为 21 世纪西方文艺复兴的可能来源。这就是翟氏译介对庞德思想影响的主要意义。

第三章
庞德的《中国诗集》(*Cathay*)
中国古典诗与英美现代主义诗歌

惊诧。漠乱。海日。
飞雪迷胡天。
——(李白/庞德)

20 世纪初的庞德是以前卫诗人的姿态出现在英美文坛，先后以新古典主义的意象、激进未来派艺术的漩涡、小说的散文化、音乐的复调、中国汉字等概念标新立异，频频挑战保守的批评权威，激荡英美诗坛。庞德的“仿中国诗”表面上是像他说的做一场东西文化混合的“恶作剧”，跟批评界逗逗趣，实质上与他的意象诗理论密切关联，是他着力实验、改进、示范意象诗的表现。翟理思译介激发起的中国文化兴趣在庞德心中如此深刻持久，以致庞德一再强调，即使没有费诺罗萨的遗稿出现，他以后的研究也必然会走上中国文化的道路。然而，费氏遗稿的出现的确为他探索中国文化传统示明捷径，给予他一把开启中国文化宝库的钥匙。这一启迪意义是毋庸置疑的。

费氏遗稿对庞德的影响至关重要，方面很多，贯穿他一生的创作生涯，为他的写作带来许多收获。最早的成果就是庞德整理费氏遗稿中的中国古典诗笔记后于 1915 年发表的《中国诗集》(*Cathay*)。它的出现不再被批评界视为庞德对东方文化的“玩弄”，而是震撼了伦敦诗坛。艾略特对

《中国诗集》的评价是："庞德是我们时代的中国(诗)创新者。"[①]一度与康拉德合作后任伦敦《英文评论》主编的 Madox Ford 这样评道："假如这些诗是原作，那么，庞德先生就是当今最伟大的诗人。"[②]此外，艾略特还以颇为权威的口吻建议《中国诗集》是阅读、研究《诗章》之前必须通过的检验步骤："只有按时间顺序研究了庞德先生的诗歌，并且掌握了《净化节》和《中国诗集》的人，才为读《诗章》有所准备——否则别读。"[③]由此可见，庞德的早期作品与他后来的创作息息相关，对他诗学的整体发展相当关键。评论《中国诗集》的著作也不断出现在庞德研究中。最为显著者当推叶维廉 1969 年出版的《艾兹拉·庞德的中国诗集》(*Ezra Pound's Cathay*)，为研究庞德与中国文学的关系开了先河，致使后来的中国问题讨论者受益匪浅。我在这一章主要探讨中国古典诗与庞德现代诗学观念的本质关系，即中国古典诗中的"现代性"问题：庞德根据什么诗学标准选译中国古典诗？他根据什么创作原则保留、改写、再创中国古典诗？在他的改译过程中，他接受了什么？拒绝了什么？为什么？这类问题显然需要我们从比较学的视角来讨论。

第一节　《诗经》与英美现代自由诗

一、《中国诗集》的选诗标准

《中国诗集》对庞德诗学的发展至关重要，这已是批评界的共识。但对它的类别尚有分歧。艾略特 1917 年发表的一篇论庞德的文章代表了一种意见倾向。艾略特把庞德由撒克逊古英语译为现代英语的诗《水手》(*The Seafarer*)以及由费氏遗稿整理的《中国诗集》看作庞德的"原作"，而由费氏日本古典歌舞剧遗稿整理的《能乐剧》(*Noh*)看作庞德的"翻译"[④]。Kenner

---

① Eliot："Introduction"，*Selected Poems by Ezra Pound*，p.14，New York and London：Harcourt Brace Jovanovich，1985.

② Ford Madox Ford 又名 Ford Madox Hueffer. 转引自 Eliot："Ezra Pound：His Metric and Poetry"，见 Sullivan(编)：*Ezra Pound*：*A Critical Anthology*，p.79，Harmondsworth：Penguin，1970.

③ Eliot："Ezra Pound：His Metric and Poetry"，见 Sullivan(编)：*Ezra Pound*：*A Critical Anthology*，p.80，Harmondsworth：Penguin，1970.

④ Eliot：见 Sullivan(编)：*Ezra Pound*：*A Critical Anthology*，p.79，Harmondsworth：Penguin，1970.

在他 1971 年出版的专著《庞德时代》中把《中国诗集》看作庞德的“创新”，主要含义是借古创新。叶维廉的专著主要从庞德作为诗人的角度讨论他翻译中国诗的问题。叶维廉对《中国诗集》的评价极高，认为在许多方面都是庞德诗学发展的“一个轴心点”。他最后的结论是：“即使作为翻译考虑，《中国诗集》也应该被看作一种再创作。”①综合以上观点看，《中国诗集》具有翻译与创新的双重性，但绝不是艾略特所说的“原作”。我们把它看作庞德对中国古典诗的再创作性翻译较为恰当。主要理由是庞德的再创作并没有从本质上改变原诗。这是与庞德“仿中国诗”的根本区别。后者基本无法与原诗对应认同，而《中国诗集》每一首都能够与原诗对认。其实，有关这些诗的性质，庞德在集子扉页的注释已有所交代：来自费诺罗萨依据两位日本汉学家对李白等诗人的作品的解释所作的笔记。

比类别更重要的问题是庞德对《中国诗集》的选辑。费氏笔记手稿中存有 150 余首中国古典诗，而庞德仅挑选了 18 首。这一事实必然引起对庞德选诗的主导思想、选诗原则的关注。批评界对这一问题颇有歧义。这里先谈三种。第一种意见是主题性的：《中国诗集》主要是一部战争题材的诗集。这是由 Kenner 首先提出的，其主要依据是庞德当时整理诗集的时代背景，正值第一次世界大战爆发，整个欧洲笼罩在战争的气氛中，故而反映战争是理所当然的文学表现。第二种意见是从传记生平出发，考虑到庞德当时发起现代派运动时的思想状况和反叛情绪：庞德一度陷入忧郁悲观，因而认为他的选辑是以悲伤和孤独的主题为原则。第三种意见可以说是从审美角度出发，认为庞德的选择标准仍以意象诗原则为主。这三种意见各执一端，都有一定理由。此外，由于机构权益和版权的缘故，一些有关庞德整理《中国诗集》的手稿档案被长期存封，大概到 20 世纪 80 年代中期才对外开放。美国学者 Anne Chapple 研究了一些尚未公开的档案之后提出了自己的看法。她认为这部诗集的选译主要根据“庞德由自己的意象诗原则和更早的相关兴趣发展而来的个人品味”②。Chapple 虽然说得委婉，但仍属以“意象”或者视觉形象表现为主的批评倾向。我的看法是，《中国诗集》的选辑虽然包括了意象诗的视觉表现艺术，但并不以“意象”为主，

① Yip：*Ezra Pound's Cathay*，p.7，p.164，Princeton：Princeton University Press，1969.

② Chapple：“Ezra Pound's Cathay：Compilation from the Fenollosa Notebooks”，*Paideuma*，1988(2～3)，pp.10～11.

而是以庞德当时热衷的“散文价值”(prose value)为主，即诗歌表达的准确性与叙事性。由于《中国诗集》具有翻译与再创作的双重性，要说明这一点，势必通过庞德文本与原作的比较。此外，两种文本的比较分析也有助于说明庞德接受中国诗学的情况，进而说明中国诗学对他的进一步影响。

二、中国风尚与费氏遗稿

讨论庞德对费氏遗稿的编辑与译介工作必然涉及中国文化在欧美的流传与影响。庞德的中国兴趣并非从阅读翟理思的译著开始，更不是始于费诺罗萨遗稿的影响，而是在自己家中受父母的熏陶培养起来的。上章曾谈过，庞德家在宾夕法尼亚州属中产阶层，父母喜好收藏东方文物、古玩，追随当时美国社会中流行的一种风尚。这其实是沿袭来自欧洲中上层阶级流行的“中国风尚”(Chinoiserie)，也是一种自恃高雅的沙龙活动和社交时尚的表现。欧洲诸国从15世纪开始由海路开拓贸易市场与殖民地，到16世纪和19世纪之间，欧洲社会先后出现了中国瓷器、漆器、丝绸、山水花鸟画、中国园林等时尚。此外，欧洲耶稣会的传教也是双向进行的，在传播西方宗教、科技的同时，也开始为西方引进有关中国社会、风俗、医药、文化、思想等的知识。传教士的著述经历了自游记写作到中国经典翻译过程，特别是儒家经典，先后有拉丁文、法文、英文的儒家著作译本不断流传欧美。当时欧洲文学泰斗伏尔泰、孟德斯鸠等对中国问题的了解皆来自传教士的翻译和著作①。

再者，即使着眼于庞德的青年时代，“中国风尚”对他倡导的现代派文学的兴起，也有直接的推动作用。英国学者M. Alexander教授评道：“欧洲对中国语言和艺术的兴趣持续了几个世纪，从18世纪起到20世纪初，中国风尚高涨到了顶峰。”②他所说的中国风尚顶峰应指1910年至1912年伦敦大英博物馆举办了为期三年的“中国日本绘画展”，首次将中国的艺术珍品同日本绘画公开在欧洲观众面前。同时博物馆的东方艺术专家L. Binyon也举办系列讲座，并在报纸杂志发表文章报道画展，评介中国艺术和美学，因而当时的欧洲文化中心伦敦掀起了一股中国文化热。无独有偶，

---

① 参见朱谦之：《中国哲学对于欧洲的影响》，43～76页，福州，福建人民出版社，1983。

② Alexander：*The Poetic Achievement of Ezra Pound*，p.98，London and Boston：Faber and Faber，1979.

庞德正是于1912年在伦敦成立了他的“意象诗人俱乐部”①。此外，Kenner对英美现代主义文学的中国方向更是肯定，对此这样评道：

> 自由诗运动的方向之一，是以中国方式写作，即使没有费诺罗萨，没有庞德，为当时流行的直觉审美所引导，这也是一个注定要探索的方向。②

因此，在20世纪头20年的现代主义文学的高峰时期，庞德绝非是唯一对中国文化感兴趣的作家，有志探索中国文化的艺术家、作家多不胜举，例如，戈蒂尔、路易士(W. Lewis)、A. Upward、S. Fletcher 、威廉斯、史蒂文斯等。因此，庞德获得费氏遗稿时，说自己“已经对此有所准备”，是有一定依据的。上章曾谈过，庞德在获得费氏遗稿之前，至少已经读了翟理思的《中国文学史》，写过自己的“仿中国诗”，而且发现中国古代诗人，比如刘彻，竟然可以用他的意象诗标准衡量：“艺术家找出明亮的具体然后呈现——他不作评论。”③庞德在自己的《净化节》诗集中呈现一点中国意象的诗质，就是为了示范、强化自己的意象诗学观点。

然而，有幸获得费氏遗稿毕竟是庞德人生中一件值得庆幸的大事，对他的文学生涯至关重要。这是不可否认的。庞德与费氏遗孀相遇时正值他的多事之秋，一方面卷入与艾米·罗威尔(Amy Lowell)的争执，一方面又参与了漩涡派的诸多活动。

透过这两件事，我们可以看出一些庞德选诗的内在因素。罗威尔小姐是谈意象诗不得不谈的人物。罗威尔出身美国麻省名门望族，纺织业世家，其兄是著名天文学家，时任哈佛大学校长。罗威尔小姐行为乖张，当时就与一个女演员的恋人形影相随。罗威尔喜好写诗，发表过几首小诗，却总感难以成名。她从芝加哥出版的《诗刊》上读到有关意象诗人的评介，对这些前卫诗歌颇为倾心。1913年7月持《诗刊》主编Monroe的介绍信前往伦敦结识庞德等意象诗人，返回美国后不久就开始写起自己的自由诗。

---

① Qian：“Pound and Chinese Art in the‘British Museum Era’”，见 Helen Dennis(编)*Ezra Pound and Poetic Influence*，pp.100～101，Amsterdam and Atlanta：Rodopi Press，2000.

② Kenner：*The Pound Era*，p.196，Berkeley and Los Angeles：University of California Press，1971.

③ 转引自 Yip：*Ezra Pound's Cathay*，p.35，Princeton：Princeton University Press，1969.

庞德曾期望富有的罗威尔小姐成为自己文学活动的赞助人。1913 年 9 月至 12 月，庞德编辑了一个小诗集《意象诗选》(*Des Imagistes*)，写信要求选用罗威尔的一首诗。这本诗集于 1914 年 3 月和 4 月分别在美国和伦敦出版。

除意象诗人外，庞德还收进了后来十分出名的威廉斯、乔伊斯、劳伦斯等人的诗作。1914 年 7 月庞德组织了一个晚宴庆祝漩涡派杂志《狂飙》(*Blast*)创刊号出版。罗威尔也赶到伦敦参加了晚宴，席间却受到庞德的奚落、嘲讽。罗威尔小姐决意报复，于第三天亲自设宴邀请了所有在《意象诗集》发表作品的作家，唯独不请庞德。罗威尔随后提议由她在美国联系大出版社，连续出版意象诗第二、三集，并且要求由诗人自选作品，勿需庞德审编。

庞德自然明白了罗威尔的用意，知道她的选辑必然与自己的意象原则大相径庭，分裂势不可免。1914 年 8 月庞德写信向罗威尔建议：他们之间的分歧"最好是审美原则的分歧"，她可以组织自己的流派，出版她的选集，但是"应该叫做自由诗选一类的"名称。这样读者才不会混淆她的主张和"我用意象主义的所指"。庞德当时坚持他发明的这个术语(Imagisme)必须与"明晰和紧凑的概念保持关联"，意象诗必须代表"硬光和锐锋"的风格。但是罗威尔仍然用《意象诗人选》(*Some Imagist Poets*)为标题于 1915 年和 1916 年出版了第二、三集。庞德对罗威尔沽名钓誉的做法既恼火又无奈，只得编出一个"艾米意象主义"(Amygisme)来挖苦她主编的诗选。出人意料的是，第二、第三集的销量竟超过了第一集[①]。

庞德于 1914 年年底着手整理《中国诗集》。因此，他与罗威尔的分歧，他所坚持的诗学原则，以及他参与的漩涡运动都为他的中国诗选辑标准提供了依据。除意象诗的"明晰和紧凑"以外，庞德当时着重强调的还有"诗歌写作的散文价值"，而且在不同的文章中一讲再讲[②]。庞德加盟漩涡派是为了扩大意象诗的内涵，倡导整体艺术风格，企图从绘画、雕塑、音乐等艺术中吸取不同的表现方法，丰富诗歌表现的媒介手段。漩涡派艺术是以"仿古希腊"为标志的。戈蒂尔、路易士、庞德三人都十分热衷原始艺术和

---

① 参见 Carpenter：*A Serious Character*：*The Life of Ezra Pound*，pp.208～211，p.233，pp.252～254；London and Boston：Faber and Faber，1988；Stock：*The Life of Ezra Pound*，pp.205～207，New York：Pantheon Books，1970；Pound，SL：pp.38～39.

② 参见 Pound，GB：p.83，LE：pp.371～373；SP：p.345，p.431.

历史感的现代表现。庞德对此说："传统方法并非老化，诗人也并不是非要显出拟古不可。"(SP:p.331)庞德这一时期的思想已经说明他为什么"对费诺罗萨的文学研究兴奋不已"，如获至宝[①]。因为他在其中看到了一种"新"的诗质，急于将它纳入自己的整体艺术体系中。对于身兼诗人、批评家、翻译家的庞德，费诺罗萨逐字对译的笔记比西方任何译著更贴近中国诗的本质。这些手稿对庞德来说就是他所说的一种"明亮具体，突然给人洞见，窥视周围的情况，看清它们的原因、作用、秩序和规律"(SP:p.22)。这就是费氏遗稿最初给予他的启示。即使庞德不通汉语，费氏笔记也能够使他部分看到中国语言和古诗的真相，向他展现一种新异的诗质。庞德因此要在自己的现代诗体系中展现这种力量，以强化他的国际主义诗学观念，推动他的漩涡诗发展。《中国诗集》主要成就于庞德对中国古典诗进行"现代化"的工作，为他的时代呈现一种具有刺激作用的"新"自由诗。

庞德对费氏遗稿的整理工作首先就是中国古典诗的选辑，而不是日本古典舞剧，尽管他当时协助工作的大诗人叶芝对日本戏剧十分感兴趣。《中国诗集》的整理是庞德迈向汉学坚实的第一步，也是东西方诗学融合的一个尝试。我们知道，庞德是个具有强烈国际主义意识的作家，汲取他民族的文化因素，展现多元文化的整体艺术，是他一贯的主张。这一点可以从他批判"地方主义"的言论得到反证。他对地方主义的定义是："第一，对居住在自己村庄、教区或者国家以外的人民一无所知，不懂他们的天性、习俗、生活方式；第二，有迫使他人与自己保持一致的欲望。"(SP:p.159)庞德选辑《中国诗集》是为了强化他的国际主义诗学观念，其目的显然与"地方主义"大相径庭。在这个大前提下，我们不妨先看一下 Madox Ford 当时对《中国诗集》的评论，他的评价集中在审美方面。他首先认为这些诗是关于"至美的事情"，进而谈到美与表现的关系："美是极有价值的……但是使情感能以原状态准确地交流，这样的表现力更加有价值。这两种品质在庞德先生的诗集中都非常完满。"此后他提出了一个较为关键的问题："他在多大程度上遵循了原作——对此我们大多数人无法判断——

① Chisolm: *Fenollosa: The Far East and American Culture*, p.222, New Haven: Yale University Press, 1963.

但是这本小册子肯定有很多庞德先生自己的东西。”[1]Ford 在这里谈到了《中国诗集》的审美与表现的本质问题：多少属原作，多少属于庞德本人。这一问题与前面谈到的翻译与再创作的双重性相吻合，因此是以下实例分析的中心问题。

三、《采薇》与《戍边弓箭手之歌》

庞德编辑《中国诗集》选了《诗经》的《采薇》为首篇。B. Fogelman 认为这首诗是《中国诗集》的“母体”，其他诗都是根据这首诗三段不同的情感表现变化而排列的[2]。第二章讨论过《诗经》，一些相关概念有助我们考察分析庞德对《采薇》的处理以及他对《诗经》表现手法的接受情况。《采薇》无疑是一首十分典型的中国传统诗，具有鲜明的《诗经》特点：一是典型的《诗经》四言诗体，二是典型的《诗经》“起兴”句式，三是类属“小雅”，用于“贵族宴享”的乐歌。“小雅”部分为民歌，部分为仿民歌之作，故与“风”接近[3]。再者，“风”主抒情，“雅”主叙事，“颂”主赞誉。故而《采薇》是《诗经》中叙事兼抒情的上乘之作。

再看庞德的处理。首先，标题是根据内容的意译：《戍边弓箭手之歌》(*Song of the Bowmen of Shu*)，以下简称《歌》；其次，与其他“中国诗”的处理相比，这是庞德“创新”或者“再创作”最多的一首诗。原因何在？无疑是值得我们探讨的地方。我曾说过，庞德的意象诗主要是以意象为媒介，以比喻为主要传达思想和情感的表现手段。他对比喻一直格外关注。例如，他的《都市》和《扇诗》就是两种截然不同的比喻方式。《扇诗》虽然与中国式的“兴喻”相似，但仅此一例并不足以说明庞德已经接受了中国传统的兴式比喻。因而首先分析庞德在 1913 年至 1915 年之间对中国兴喻的接受情况。

先从形式来看。《采薇》头三节都是“起兴”句式：“采薇采薇，/薇亦作止。/曰归曰归，/岁亦莫止 ……”(金：372 页)每节前四句重复而略有变

---

① 转引自 Eliot：见 Sullivan(编)：*Ezra Pound*：*A Critical Anthology*，p.79，Harmondsworth：Penguin，1970.

② Fogelman：*Shapes of Power*：*The Development of Ezra Pound's Poetic Sequences*，pp.65～66，London：University of Michigan Research Press，1988.

③ 王瑶等(编)：《中国文学史通览》，34～35 页，北京，东方出版社，1994；陆侃如、冯沅君：《中国诗史》，91 页，103 页，上海，商务印书馆，1935。

化（“亦作”、“亦柔”、“亦刚”）。这四句的作用至少有二：其一，为“起句”之兴。依朱熹说，“兴者，先言他物以引起所咏之词也”[①]，这是古代民歌的格式要求。其二，“兴喻”作用，即与“比”不同的“托物寓情”，比喻隐晦，景物与人事之间没有直接联系，而是微妙暗示，例如薇之作、柔、刚喻指季节转换和士兵的心情变化。依胡寅说，“触物以起情谓之兴，物动情者也”[②]。故“兴喻”强调的就是触景生情的视觉效果。

庞德是依照费氏逐字对译的笔记整理这些诗篇的，所以能看到原诗的字句排列，看到起兴的结构[③]。但是庞德的现代派审美不同于中国的古代审美。为咏唱而用的重复词句、韵律对他来说是多余的，是累赘，应该删掉；而且他的汉学知识还不足以理解兴喻的微妙作用，因而也随重复一起被删除。再者，对于物界与人界的无联结并置，他也看不惯，所以被他用连接方式消解了。庞德就是这样处理起首四句，按他的意思改成两句：

Here we are，picking the first fern-shots
And saying：When shall we get back to our country?（CSP：p.137）

我们在这里，一边采初发的嫩蕨，
一边讲：我们何时返回故乡？

他的《歌》只保留了前三节的主要意思，另外，从主题来看，按《诗经》的“兴、观、群、怨”来分，《采薇》属“怨”。孔安国的解释是“怨，刺上政也”，朱熹的注为“怨而不怒”。还有学者主张用孔子的观点解释：“以直报怨”的“反对精神上自我屈辱”[④]。但就文本而言，《采薇》与朱熹的解释更贴近。士兵是怨而不怒，而且他们的怨表达得十分委婉含蓄。这种表达也与“兴”的比喻和方式关系密切。全诗分三大段。第一段写终年戍边的艰辛生活和思乡之情。第二段写将帅的奢华、威风反衬士兵（“小人”）的卑鄙、凄怆。第三段写归途艰难，饥渴交加，触景伤情：“我心伤悲，莫知我哀。”

① 转引自余虹：《中国文论与西方诗学》，168 页，北京，三联书店，1999。
② 转引自余虹：《中国文论与西方诗学》，173 页，北京，三联书店，1999。
③ 费氏笔记可见叶维廉引文，Yip：*Ezra Pound's Cathay*，pp.169～171，Princeton：Princeton University Press，1969.
④ 李泽厚、刘纪纲（编）：《中国美学史》，130～131 页，北京，中国社会科学出版社，1984。

这首诗要传达的是一种难言的悲伤，是以呈现各种细节穿插描述去感染、打动读者，而不是依靠陈述。这种表现方式显然与庞德的“紧凑”凝集的意象诗原则相悖。他的《歌》虽然保留了原诗的三段结构，但极度地浓缩了《采薇》原来的结构，由费氏手稿的48行缩减至25行。这样做的同时，也就消解了原诗的细节呈列，兴的比喻方式、物与人的间隔等等。因此，并列为主的表现变成了陈述为主。由此可见，典型的《诗经》表现方式，庞德还不能接受。中国语言在形式上逻辑不强，特别是古典诗的语言运用。庞德在理论上反对逻辑形式，反对语法连接词，反对陈述，厌恶形容词。但是他从费氏遗稿中看到的《采薇》的语言和诗律的结构，对他来说是如此陌生，如此怪异，以至他习惯性地用一些连接词、分词、陈述等方法去串联分散的语句。与他晚年翻译的《诗经》相比，他译的那首《采薇》(Ode 167)已经十分接近原诗结构①。有无句法连接和陈述是这两个译本的最大区别。庞德1915年的《歌》读起来像散文，而不像诗。

下面谈美的问题。这应该是《中国诗集》的本质问题，如Ford所言，多少美感属原诗的，多少是庞德创造出来的。《采薇》是具有代表性的“小雅”诗篇，具有诸多艺术特色。既有“风”的咏唱抒情又兼“雅”的叙事性，兴喻精深微妙，刻画细致生动，情感抒发朴实诚挚，故为历代评家引用。末节四句(“昔我往矣……雨雪霏霏”)为曹植模仿，为东晋谢玄誉为《毛诗》之冠。故陆侃如、冯沅君推之为传诵最广的《诗经》佳句②。这四句的美究竟何在？其一，叙述的兴喻运用。“昔我往矣”，如何？不直说感受，而转托景物“杨柳依依”，“今我来思”，戛然而止，转托“雨雪霏霏”。这四句的表达方式就是上文提到的“托物寓情”的兴喻表达。叙事者的情感不明说，不陈述，而是以比喻的方式转托自然二景，同时留给读者极大的想象空间去思考填补。其二，叠词的音韵美，增加了叙述的音乐性。其三，明媚的春景相对凄凉的冬景为一层美，王夫之解读为“以乐景写哀，以哀景写乐，一倍增其哀乐”又为一层③。要在翻译中再现这几层意思，任何译家都将捉襟见肘。“杨柳依依”，庞德译为“drooping with spring”(随春风垂动)，叶

---

① Pound(译)：*The Classic Anthology Defined by Confucius*(《诗经》)，pp.86～87，Cambridge and Massachusetts：Harvard University Press，1954.

② 陆侃如、冯沅君：《中国诗史》，109页，上海，商务印书馆，1935。

③ 王夫之：《姜斋诗话》，见毕桂发等(编)：《精选历代诗话评释》，326页，郑州，中州古籍出版社，1988。

维廉译为“dangled green”(垂动抽绿)，都是十分传神的译法。但还是不如原文美。难怪弗洛斯特说，翻译中失去的就是诗。

有关美的问题也涉及对《诗经》的不同解读。《采薇》的第四节、第五节(“彼尔维何……𠴲狁孔棘”)是专门描写将帅(“君子”)的段落，共16行，庞德简化为8行，集中刻画将军的车、马、弓、鞘。他的改写留给批评家Bruce Fogelman这样的印象：“将军的辉煌情景(花、战车、仪仗、装备)提供了让人松弛的美感之源，并且带来几分英勇顽强的气氛，以及同仇敌忾的感觉。”[①]由此可见，庞德前面的改写是成功的，读起来让人感到压抑，喘不过气来。就Fogelman的接受而言，他对美的感受也是准确的，至于“英勇顽强的气氛”“同仇敌忾的感觉”，就完全不是《采薇》的本意了。从中国审美传统看，这两节应属“美刺”的范畴。美刺是汉儒读《诗》的主张，可见于《毛诗(大)序》：“上以风化下，下以风刺上，主文而谲谏。”故而，依萧华荣说，《诗》中的“草木鱼虫鸟兽的景物描写，便起着比兴谲谏的作用”。简言之，美刺是汉儒为诗教目的而强调孟子的“以意逆志”的读《诗》方法，也是汉儒的审美观念：“吟咏情性，以风其上。”[②]若过分强调美刺的诗教作用，必然导致断章取义，牵强附会。这是值得注意的。大致说，美刺可有二解：其一，见善政而美之，见恶政而刺之；其二，美之为刺之。从文本分析看，《采薇》属后者。白居易就是以美刺来读这首诗的：“‘雨雪霏霏’因雪以愍征役也。”[③]这首诗的实例也是如此。我们看不到将帅(君子)冲锋陷阵，只看到他们耀武扬威的战车战马。看不到他们拉弓射敌，只看到他们奢华的弓鞘。如果我们也用“以意逆志”的方法去揣度作者的用意，相对那些卑微、凄惨的戍边士兵摘食野菜的描述，这两节“美”的描写实质是为“刺”。这也是《诗经》中存在的一类文学现象，不可否认。

接下来的问题是Fogelman误读还是庞德误读？Fogelman是庞德评论家，他的这个意见发表在他1988年的著作《力的形式：庞德诗学秩序的发展》(*Shapes of Power: The Development of Ezra Pound's Poetic Sequences*)。分析他的读者反映，有助于说明庞德审美与原作审美的本质区

① Fogelman: *Shapes of Power: The Development of Ezra Pound's Poetic Sequences*, p.65, London: University of Michigan Research Press, 1988.

② 萧华荣：《中国诗学思想史》，29～40页，上海，华东师范大学出版社，1996。

③ 白居易：《与元九书》，见赵则成等(编)：《中国古代文论译讲》，178页，长春，吉林人民出版社，1984。

别。Fogelman 的印象来自庞德的《歌》，而不是《采薇》原文。但是庞德在此并没有误读，而是解读，根据他自己的审美观先解读《采薇》，再改写。对照费氏笔记可以看出，庞德的最大改动只有一个字，却一动牵连全身。费氏笔记中有“the horses are tied”(这些马拴在一起)，庞德把“tied”改成“tired”(疲惫劳累)，并在前面加了语气助词“even”，用以强调“甚至将军的马都疲惫了”，重复时又加了感叹语“By heaven”，其效果是：“天哪！他的马都累了。”庞德改动虽小，意图是明显的。他要突出的是将军也很辛劳，同士兵一样。叶维廉也注意到庞德的改写，认为这是与原作的“形式意识”不同而导致的[①]。庞德不愧是个具有批评眼光的诗人。他已经从费氏笔记中看出描写中将军与士兵的强烈反差，但是他还没有中国传统的“美刺”概念，自然不会以汉儒的诗教观点去解读。庞德是从自己的审美观去解读的，感到这种对比的存在与审美不和谐，便举重若轻地改了一个最关键的词，也就将《采薇》的美中之刺剔除了，剩下的只有和谐统一的悲怆美。这是由庞德的现代主义审美观决定的，是他为审美而再创作的实例之一，也是他的《歌》不同于《采薇》的根本原因之一。其效果就表现在 Fogelman 这样的批评家的阅读反应中。

四、《采薇》的叙事与现代派诗歌的散文价值

从庞德的共相历史观看，他选辑的《中国诗集》总体上也反映了他的历史主义意识。在他看来，意象诗可以“像抒情诗一样远古、高贵”。(GB：p.83)庞德把不同时代、不同民族的诗人，例如萨福、屈原、但丁等，看作现代意象诗人的楷模，正是他的共相历史观使然。庞德为此特别重视现代自由诗中的古典因素，曾引用叶芝的话说明他的新古典主义诗学观点：“头等诗歌如此珍贵，乃至有人愿意去翻遍几大卷枯燥的古籍，搜集散片。”(LE：p.371)其实，对于不通汉语的庞德来说，翻遍费氏那几本笔记，从 150 多首中国古诗找出 18 首加以整理翻译，他所做的正是这类搜集“珍贵”古代散片的工作。再者，与他的“仿中国诗”不同，《采薇》的主要特色并不是抒情，而是叙事。这是我们应该特别注意的地方。《采薇》虽然也有抒情、意象、兴喻等，但作为串联全诗的主线是叙事。这也是中国传统

---

① Yip：*Ezra Pound's Cathay*，p.119，Princeton：Princeton University Press，1969.

《雅》的特征。我们不禁要问：庞德为何选《采薇》作为这部诗集的首篇呢？其意图何在？这一问题必然引向庞德意象诗学极其重要的另一个方面：现代派诗歌的散文价值。

庞德 1912 年发表的意象主义三原则无疑是指导性的纲领。但是 1914 年至 1915 年之间，除意象概念外，他特别强调的是“诗歌写作的散文价值”(SP:p.431)。1914 年他强调说：“作为一个‘批评’运动，1912 年至 1914 年的意象主义开始‘把诗歌提高到散文的水平’。”(GB:p.83)1915 年他再一次把这个观念当作现代派诗歌的主要内容加以强调：“从意象到意象主义：我们的第二个内容就是诗之所以成为好诗就应该写得与好散文一般好。”(SP:p.345)由此可见，庞德认为当时的英美诗歌简直糟透了，连散文都不如，何谈好诗？他所说的“散文”是指欧洲的优秀小说。斯丹达尔、福楼拜、屠格涅夫等的小说声誉远远超过诗歌，风靡欧美，令他羡慕不已。然而，起先运用“散文”概念的是庞德的文友，《英文评论》杂志的主编 Ford。他因为同样反感当时的浮华文风，借用福楼拜的“用词精确”、斯丹达尔的“散文是更高的艺术”等话语来倡导新的写作标准。庞德很快就抓住“散文价值”这个概念，把它发挥成意象诗的第二内容。其目的仍然是反对他极其厌恶的后维多利亚诗风——“通常的英文诗，用语俗套，修辞夸张造作”(GB:p.82)，因此要用“散文式”的写作来对抗这种诗风。庞德于是倡导：“优秀的写作是完美的驾驭。作家怎么想就怎么说。他说得完全直白、简朴。他只用最少的词说。”(LE:p.50)这段话可以看作庞德对“散文价值”(prose value)主要方面的解释。

联系庞德当时的诗学观念，他选《采薇》为《中国诗集》首篇有两种可能：一是取自中国最早的诗歌总集，二是符合他的意象诗的新标准：“散文价值”。或者说二者皆有之。《采薇》风格简洁朴实，情感真挚深沉，表达具体客观，无藻饰，不夸张，完全符合庞德的“好诗”标准，能够用来示范他的自由诗原则，尤其是“明净”、“简朴”和客观，就中国文学传统而言，简朴而散文化的诗非《诗经》莫属，无论通过“采诗”还是“献诗”，《诗经》大部分来自民间口头传诵。虽经士大夫学士整理、修润，其本质多属民歌、民谣或祭祀舞歌。再者，与楚辞、汉赋相比，《诗经》的文学语言尚在早期的发展阶段，并不十分成熟，还谈不上浮华、绮靡。有的诗篇甚至被某些评家看作文词“幼稚”、“笨拙”，其简朴之质可反窥一斑[1]。此外，

---

① 参见陆侃如、冯沅君：《中国诗史》，65～68 页，上海，商务印书馆，1935。

《诗经》的“散文价值”还表现在其史实性和自传性。不少诗篇属历史文献，记载古代历史事件，例如《大雅》中的《生民》、《公刘》、《绵》、《皇矣》、《大明》，串联起来读，就是一部“周的史诗”[①]。《采薇》本身也具有历史文献意义。虽然《毛诗》序注《采薇》为周文王作误导甚广，以致费诺罗萨也依日本森槐南教授说记为文王作。据陆侃如考，玁狁即西戎，《采薇》、《出车》(王瑶加上《六月》)为同时期之作，记叙周宣王出征西戎之史实[②]。《采薇》的真实性无疑是庞德的“好诗”标准之一，因此十分在意，特意在他的《歌》后面注明“文王(Bunno，日文音译)著，相传公元前1100年”。

庞德所谓的“散文价值”意同中国术语“白描”。他在1914年年底和1915年年初整理《中国诗集》期间，从这些中国诗感悟到的品质主要有真实、客观、简朴、明净等。这些概念都为他的现代主义诗学提供了具体内容，成为他评判“好诗”的标准。值得注意的是，这一时期的庞德正处于意象诗发展的第二阶段：以漩涡主义和中国文化方向为其标志。像中国的胡适一样，庞德以英美现代文学的改革者自居，频频提出新观点，冲击诗坛，并且充当英美现代新诗坛的伯乐，发现具有独创性的新诗人。推荐新人就得写评论，因此从他的评论也能看出他当时的批评标准。1914年12月庞德在芝加哥的《诗刊》发表一篇评论，指责美国批评界保守、陈腐，将美国具有独创性的作家拒之门外，迫使他们不得不到海外建立声誉。他因此热情推荐当时寓居伦敦的美国青年弗洛斯特(Robert Frost)和他的作品。庞德特别欣赏的就是弗洛斯特诗歌的真实性：“弗洛斯特先生是位诚实的作家，从他自身写起，用他自己的认识和情感写作。”这是相对当时沿袭文学界、媒体流行话语和写作风气而发表的意见。庞德接着称赞弗洛斯特独到之处就表现在他诗中的语言运用和口语化：“弗洛斯特先生敢用新英格兰地区的话语写作；用自然的口语，用与报纸和教授们的‘自然’话语非常不同的语言。”(LE：p.384) 此外，在庞德看来，弗洛斯特的写作顺应了他当时主张的诗歌散文化的潮流——诗歌的叙事性和故事性，因此弗洛斯特诗中表现的人物和语言都很真实，而且那些人物的真实生活大多是用西方牧歌传统的对话方式来表达的（EL：pp.384～385）。

---

① 参见陆侃如、冯沅君：《中国诗史》，40页，上海，商务印书馆，1935。

② 陆侃如、冯沅君：《中国诗史》，31～34页，上海，商务印书馆，1935；王瑶等(编)：《中国文学史通览》，35页，北京，东方出版社，1994。

此外，1915年庞德主要推荐的美国新诗人是艾略特和马斯特斯(E. L. Masters)。艾略特当时还在哈佛大学读书，马斯特斯则迫于与弗洛斯特同样的处境，滞留伦敦，并用 Webster Ford 为笔名写作。1915年1月，庞德在文学杂志《自我主义者》(*The Egoist*)发表一篇文章，主要评论马斯特斯1914年出版的第二部诗集，并以此推荐他为杰出的美国新诗人。庞德着重称赞的仍然是马斯特斯诗中的真实与客观——“不以矫揉造作的态度看待事物”，写作注重具体而不藻饰。庞德还特别引用了自己翻译的《采薇》中的“象弭鱼服”同马斯特斯的用语相比较，借以说明什么是表达的具体准确，说明什么是真正的“现代主义”诗歌[①]。庞德认为，无论古今，好诗都具有普遍性，其本质是不变的：“好诗永远一样，改变的是表面。我们评判好诗的真正与否就在于看它的本质。懂得什么是好诗的真正的诗人无意间就消除了藻饰。”而且庞德认为目前英美诗坛好诗极其少见，因此推荐诗人们去读他翻译的李白的诗：“你不得不去李白那里找一个告诉你战争真相的人。”他这样说的原因是他认为1912年的英美诗风比李白时代的诗风还要古旧[②]。在这篇文章里我们可以看到《中国诗集》对庞德的深刻影响，也可以看出他选译这部诗集的真正用意。庞德选辑这些中国古典诗就是为了抗衡他在这篇文章中提到的史威朋、白朗宁、吉卜林等著名诗人所代表的维多利亚时代的诗风，为了矫正当时英美现代诗歌中矫揉造作、雕琢、空洞、浮华、拟古等陈规俗套。

以上事例足以说明庞德这一阶段的诗歌批评明显受到《中国诗集》选译的影响，并流露出中国古典诗对他思想的影响。《中国诗集》给他的印象如此深刻以至他要再三强调这些品质。1915年1月庞德给在芝加哥的 Harriet Monroe 写了一封信，他给这位美国当时最重要的现代派《诗刊》主编的建议是：“诗必须写得如散文一般好。其语言必须是优秀的语言，决不与口语分开，除非是高度凝结(简练)的语言……客观，再客观，表达：不避实就虚，不用模棱两可的形容词。”[③]这段话的深意是真正的好诗有意象，但并非只用意象，叙事、抒发真情实感也一样重要；表达应该口语化、简

---

① Pound：“Webster Ford”，*The Egoist*，1915(2)：p.11.

② Pound：“Webster Ford”，*The Egoist*，1915(2)：p.12.

③ Pound：“A Letter to Harriet Monroe，January 1915”，见 Sullivan(编)：*Ezra Pound*：*A Critical Anthology*，p.57，Harmondsworth：Penguin，1970.

练、客观、真实、准确。这恐怕就是庞德从选译《中国诗集》感悟出的道理，再转化成英美现代主义诗歌的新观点。

五、《采薇》的改写及其文学影响

明白庞德的诗学观念与意图，才能理解他的改写，才能回答先前的问题：他保留了什么？改写了什么？经庞德改写的《歌》是一首成功的现代自由诗，但其成就与原诗密不可分。首先，《采薇》是一首极为简朴的诗，通篇形容词极少，仅有的几个也不是用作修饰词，而是谓语，例如“杨柳依依”、“雨雪霏霏”、“行路迟迟”。因而庞德看不到他反感的形容词，看不到他称之为“点缀词”(epithets)或者“装饰花边”一类的矫揉造作词语。《采薇》原有的形容词在他的《歌》中都变成必不可少的谓语。其次，《采薇》的主要特征是叙事。这是庞德当时特别欣赏的现代诗歌的散文价值，故沿用以示范他的“现代主义”诗歌的散文化。再次，《采薇》情感真挚深沉，对戍边的艰辛表达真切，毫无矫作地以独白方式叙述士兵的思乡苦愁与戍边的矛盾心情，因而具有普遍意义。庞德一贯重视情感的作用，视其为诗的核心，涉及诗歌创作的所有方面。庞德曾说：“情感不仅创造形式的排列，而且也创造意象。”(SP：p.344)他并且认为情感也关联韵律：若无情感，“你的诗句和节奏就会变得枯燥乏味”[①]。所以，庞德准确把握了《采薇》中士兵的悲怆情感，用作自己的基调，而且巧妙地消解了将军与士兵之间的悖反情绪，以求情感的和谐一致。

庞德受自己现代主义诗学观念驱策，他的改写就是要现代化中国古诗。庞德本人是个中世纪语言专家，研究过大量西方中古诗歌，运用中古英语十分在行，早期的作品还带有明显的拟古风格。但是庞德完全用当代英语，用十分平易的语言改译《采薇》。庞德对后维多利亚代表诗人史威朋的押韵早已十分反感，自然不喜欢中国诗的押韵，取而代之的就是他的“音乐性的”自然口语节奏。因为他反对藻饰堆砌，原诗的重叠部分便被看作修辞的重复而被全部删除；同时原诗景物与人事的间隔、兴喻的功能也因不理解而被他的逻辑或语法关联消解。这样，剩下来的就是原诗的叙事性、真实性、简朴明净以及庞德平易流畅的现代英语的修润。

---

① Pound：“A Letter to Iris Barry，July1916”，见 Sullivan(编)：*Ezra Pound：A Critical Anthology*，p.64，Harmondsworth：Penguin，1970.

《采薇》是中国诗歌中反映战争的卓绝诗篇。庞德的改写也十分出色。其影响不仅见于庞德的评论文章，而且见于对第一次世界大战的文学反响。Kenner 的意见并非毫无道理，庞德选辑《中国诗集》一定意义上也是对当时的国际形势做出反应。战争主题是世界性的，古今中外都写，关键是如何表现的问题。庞德改译的《歌》真实地表现了士兵的艰辛生活和哀怨心情，打动了正在前线参战的士兵的心。1914 年 12 月，庞德把他改译的《采薇》和李白的《古风》一首寄给正在前线作战的好友戈蒂尔。这位从军的艺术家回信称赞庞德的功绩。他在信中说他在战壕里读这两首诗时，感到“把我们的情形刻画得好极了……我们没有吃嫩蕨菜，也没有吃老蕨菜，但是给养也仅只够维持我们的需要”(GB:p.88)。戈蒂尔在给自己朋友的信中再次提到这两首诗：“我非常喜欢它们……读给我的战友听，鼓励他们。”(GB:p.68) 庞德的改写消除了时代与文化的障碍，赋予中国古诗新的现代生命。Kenner 把庞德的《歌》看作这个诗集的代表，并做出这样的评价：“《中国诗集》改写了尚无人写作的挽歌式战争诗……是对第一次世界大战做出反响的诗歌中最经久耐世的作品之一。”[①] 据此，我们可以说，这些中国古典诗通过庞德的改写，进入了西方文化，成为英美现代派诗歌传统的一部分。

第二节　李白诗歌的现代性

凡谈《中国诗集》者，必然涉及李白与庞德的特殊关系。早先的叶维廉、Kenner、Alexander 如此，后来的 Bush、Chapple、Qian 亦如此[②]。我取这个标题是用它获得一个切入相关问题的新角度，考察李白诗与庞德现代主义诗学观念相吻合的因素，以求旧瓶装新酒。

---

① Kenner：*The Pound Era*，p.202，Berkeley and Los Angeles：University of California Press，1971.

② 参见 Kenner：*The Pound Era*，p.198，Berkeley and Los Angeles：University of California Press，1971；Alexander：*The Poetic Achievement of Ezra Pound*，p.98，London and Boston：Faber and Faber，1979；Chapple：“Ezra Pound's Cathay：Compilation from the Fenollosa Notebooks”，载 *Paideuma*，1988（2～3），p.10；Qian：*Orientalism and Modernism：The Legacy of China in Pound and Williams*，p.170，Durham and London：Duke University Press，1995，pp.58～63；Bush：“Pound and Li Po：What Become a Man”，见 George Bornstein（编）：*Ezra Pound among the Poets*，p.38，Chicago and London：The University of Chicago Press，1985.

一、李白与庞德

庞德整理《中国诗集》时，对李白的了解还相当有限，但他特别欣赏李白的诗是无可置疑的。庞德一共选了18首诗，李白占了11首。这足以说明李白在他心目中的地位。为此Kenner称李白为这部小诗集的“骨干”，Ale-xander说《中国诗集》的“名誉”应同属李白与庞德。Bush的文章专论他们二人的关系，他的《庞德与李白》也主要是沿Alexander的见解扩展。因此，《中国诗集》引起一个问题就是：费氏笔记中众多诗家庞德为何独青睐李白？Kenner的意见是庞德通过翟理思的介绍，早将李白视为“中国最伟大的诗人”①。Bush不这样看。他认为费诺罗萨根据森槐南教授讲述的李白生平所记的笔记，有别一般中国文学史的介绍，留给庞德特别深刻的印象：李白豪饮，云游四方，习剑，不愿做求功名的“儒家文士”，甘当自由自在的布衣诗人②。此类有关李白的逸闻轶事与汉学家Stephen Owen的描述相去并不远：李白“豪饮，风流，桀骜不羁，蔑视权贵，不假思索挥笔成诗，是即兴创作的天才”③。庞德当时手头有什么资料无法确定，但据他1918年的叙述，他对李白的总体印象是：“他们最伟大的诗人”、“宫廷诗部的首席”、“大编撰家”（compiler）④。头一个印象应源于贺知章语“谪仙人”的流传，况且李白为唐代最杰出诗人已是定论，无非排名略有不同⑤。后两个概念来自李白曾任翰林一事，但也有一定误解。森槐南教授曾对费诺罗萨解释过李白《古风》中的典故，讲过孔子“述而不作”。庞德很可能混淆了，有些吃不准，特意补充说：“在中国编撰家有别于评论家，不是只编辑，主要声誉在于勘误和校正。”⑥ 由此来看，庞德当时的资料来源主要是翟氏《中国文学史》和费氏手稿。从这些资料中庞德这个当时激进的前卫诗人感觉到这个中国8世纪的自由诗人与自己在秉

---

① Kenner：*The Pound Era*，p.206，Berkeley and Los Angeles：University of California Press，1971.

② Bush：“Pound and Li Po：What Become a Man”，见George Bornstein（编）：*Ezra Pound among the Poets*，p.38，Chicago and London：The University of Chicago Press，1985.

③ Owen：*The Great Age of Chinese Poetry*：*The High T'ang*，p.114，New Haven and London：Yale University Press，1981.

④ Pound：“Chinese Poetry”，*To-Day*，1918（3）：p.54.

⑤ 美国学者如Stephen Qwen和Pauline Yu通常排王维、李白、杜甫。

⑥ Pound：“Chinese Poetry”，*To-Day*，1918（3）：p.54.

性、气质上如此相像。如前章所析，隐藏在《净化集》诗歌面具后的庞德也是愤世嫉俗、狂桀不羁，完全是个反叛社会成见、文化教条，具有鲜明酒神精神的现代派诗人。庞德对李白的偏爱，惺惺相惜是也。

此外还有更深一层的类同。李白和庞德都赋予自己崇高的文化使命。李白承接陈子昂"以复古为革新"的主张，视复古为己任，所持甚高，公然声称："将复古道，非我而谁?"[①] 而庞德的最大愿望就是汲取各种传统的精华，"建立基于世界诗歌之上的诗歌批评理论"（LE:p.225）。其次，李白反对初唐沿袭齐梁的雕琢诗风，主张建安"风骨"、远古"兴寄"，并付诸创作实践[②]。他的复古心态集中表现于《古风》之十九——"大雅久不作，吾衰竟谁陈"。而庞德发起意象运动，其宗旨就是要以刚健的现代派诗歌矫正沿袭维多利亚时代的华靡诗风。这两位诗人所处时代、地域大不相同，但都表现出跨越他们各自的时代，回到更远的时代去追求古典美的诗学倾向。因而"古典主义"才是联系他们共同倾向的本质所在，是李白和庞德的诗学共场。

二、李白《古风》与西方史诗　散文价值一："清真"与叙事真实性

我们得出以上结论时，我们似乎已经进入了一个比较学的范围。这个角度应该给予我们一个新眼光来看待李白与庞德的关系。事实上，根据庞德对李白诗歌的评论，他当时选译李白诗正是透过比较中西诗歌的传统而进行的。庞德选择《采薇》的散文价值——简朴明净——同样可以运用于他选译李白有关战争的两首诗，《古风》之四、之十二。与《采薇》情况相同，批评界对庞德的选诗一直存有歧义。其中反驳 Kenner 最力者是 Chapple 对庞德选诗动机的详细讨论。她提出战争主题是"庞德的次要考虑"，而首要考虑是他的意象审美标准。理由有三：其一，庞德引用这两首诗是为了说明中国诗歌的明净和简朴；其二，费氏笔记中还有九首不同的有关战争的诗，庞德均未选；其三，最接近反映现代战争的是李白的《战南城》，庞德

---

① 转引自萧华荣：《中国诗学思想史》，112 页，上海，华东师范大学出版社，1996。

② 萧华荣：《中国诗学思想史》，117 页，上海，华东师范大学出版社，1996。

已有所整理，最后放弃未用①。Chapple 虽然证据较充分，但仍是知其然不知其所以然。《战南城》堪称李白的代表作，生动再现了残酷恐怖的战争场面，但结尾却套用老子语："兵者不祥之器，非君子之器，不得已而用之。"这样的评论有悖庞德"不评论、不陈述"的原则，很有可能是他最后舍去不用的缘故。此外，Chapple 所代表的批评倾向——意象原则是庞德的主要选诗标准——也失之偏颇。我要强调的还是上节提出的看法：庞德选李白战争诗的主要标准仍是他对散文价值的考虑，而且他的选诗是与西方叙事诗优秀传统相比较而决定的。

《中国诗集》发表以后，庞德 1918 年在伦敦发行的《今天》(*To-Day*) 杂志上发表了一篇文章，专论《中国诗》(*Chinese Poetry*) 。他在文中谈到了李白《古风》有关战争的两首诗。他认为这两首诗表现出"最大的激情与明净"，而且他之所以被打动是因为他从中发现一种"直接而真实的表现手法，只有在撒克逊古诗、《锡德之歌》或者荷马史诗中才见得到的手法"(CP：p.56)。庞德说的撒克逊古诗是指他翻译过的《水手之歌》，记叙航海生活的艰辛和海上奇遇。《锡德之歌》是记叙西班牙民族英雄锡德抗击外侵的史诗。荷马史诗当然指有关特洛伊战争的《伊利亚特》和《奥德赛》。庞德认为这类史诗的真实性在他的时代已经沦丧殆尽，所以要用李白的同类诗昭示他的同时代人，向他们显示什么是真正的"直接"(客观)和"真实"(现实)的诗歌表现。因此庞德在自己的文章中引用了一大段他译的《古风》之四作为范例，并且称赞李白的诗"十分直截了当……没有那种甜腻腻的委婉，也没有那种从来未见过战场的人抒发的感伤"。他甚至认为李白的表现手段胜过荷马，因为荷马用修饰词过多(CP：p.56)。这些话都是庞德在《中国诗》一文中讲的。这是他专门谈论李白诗的文章，也是谈论他编译《中国诗集》(*Cathay*)的感想最直接的一篇文章。

据此而论，庞德选李白的战争诗篇着眼的是他推崇的西方叙事诗传统，而不是现代意象诗。史诗的共同特征，叙事性和真实性，才是庞德选诗的主要标准。再者，即使我们着眼于李白的诗歌观念，也可以看出李白诗风与庞德现代派诗学的内在联系。庞德的《中国诗集》一共选了李白《古风》三首(之四、十二、十五)，因此有必要讨论李白与《古风》有关的思想

① Chapple："Ezra Pound's Cathay：Compilation from the Fenollosa Notebooks"，*Paideuma*，1988(2～3)，p.22.

观念。庞德视为“明净”、“简朴”、“现实”的直接表现手法主要与李白以复古为革新的诗学观念相关。李白也可以说具有内圣外王的典型中国文化的双重性格，儒家思想与道家相互交织，集中表现于他的《古风》。以诗才、天赋、气势为优势的李白，风格与屈原近，却偏从陈子昂“复古”，主张古诗风范，贬斥骚体汉赋。综观《古风》五十九首，大多数表达道家出世心态，儒家匡正社稷的言辞不过是点缀而已。《古风》首篇可看作李白的“复古”宣言。李白首先自比孔子：“大雅久不作，吾衰竟谁陈”，接着提出要恢复日趋式微的“王风”、“正声”、“宪章”，并认为其衰微是因为楚辞汉赋的兴起而引起的，归咎为屈原、扬雄、司马相如之罪——“哀怨起骚人，扬马激颓波”。矫正的方法就是建安风骨和返璞归真：“自从建安来，绮丽不足珍。圣代复元古，垂衣贵清真。”[①]这段话表明了李白诗的风格特征：排斥“绮丽”，重视“清真”，因此有助于我们理解庞德对李白诗的兴趣。相对庞德的接受而言，“垂衣”者，无为而治，师法造化也；“清”者，“明净”“直接”也；“真”者，真实、客观、“现实”也。这首诗结尾借孔子口吻述志：“我志在删述，垂辉映千春。希圣如有立，绝笔于获麟。”前面曾提到，这就是庞德混淆孔子和李白的地方。由此看来，庞德很有可能读过这首《古风》之一。由于时代距离、文化差异，庞德对中国古籍的错读、误读在所难免。但纠正他的错读意义不大，对他的误读应该根据他当时的历史背景、相关文本，分析他如何误读。

以《古风》首篇看，李白从陈子昂复古要义有二：其一，恢复《诗》的诗教作用；其二，主张刚健诗风。对李白而言，其“复古”意义主要在第二点。除主张“风骨”、“兴寄”外，其实李白也强调表现的简练自然，贬斥雕琢、藻饰、浮艳。这就是他为何要在《古风》讥讽东效西颦的诗风：“一中斐然子，雕虫丧天真。棘刺造沐猴，三年费精神。成功无所用，楚楚且华身。”[②]如果把这段诗译为现代汉语，或者英语，完全可以用来说明庞德对矫揉造作浮华的维多利亚诗风的反感。因此，诗歌表现的“天真”与自然也是李白复古更新的一个主要内容[③]。李白追求天然(自然)的真实，必然不

① 《全唐诗》：1670页，北京，中华书局，1979。

② 《全唐诗》：1676页，北京，中华书局，1979。

③ 参见郭绍虞：《中国文学批评史》，195页，上海，商务印书馆，1947；叶庆炳：《中国文学史》，344～345页，台北，学生书局，1987。

愿受格律的约束，故转求“兴寄”：即寓情思于象或“感兴寄托”[①]。这种手段必然涉及兴与象的比喻方法，涉及言简意深、意广、意精微的简约表现手段，追求表达的自然生成或天然浑成，因而才有“兴象天然”、“兴象弥深”、“兴象精微”等言说[②]。李白的确视“兴寄”为简约微妙的表达方式，所谓“兴寄深微，五言不如四言”；七言律诗李白更嫌词赘而声律羁律也[③]。李白因复古而不重视盛唐的律诗风尚，反而崇尚格律不太严谨的古诗，正是为了获得表达的一定的自由度。李白超越自己的时代向后看，以致他的诗集“律诗殊少”。相对唐代律诗风尚而言，李白可以说是一个真正反潮流的“自由诗”诗人。李白“以复古为革新”的主张实质上与庞德的“新古典主义”相同。反对当代流行诗风而崇尚古典美正是李白和庞德的一个诗学观念共场。

其实，庞德对李白的了解超过一般的臆度。袁行霈认为李白是盛唐文化的产物及代表，而盛唐文化之繁荣“乃是南北文化交流和中外文化交流的结果”。故李白诗集诸多盛唐文化特色，如老庄的清静、南方文化的清绮飘逸、儒家的崇经重教、北方文化的凝重质朴等都在李白诗中有所表现。李白身世复杂，四处迁居，又性喜漫游、林居，有机会接触感受各地风物，故能融会荆楚庄骚、中原西曲吴歌、南朝民歌、齐鲁贞刚之气，并受道、佛和西域文化艺术的浸染[④]。庞德对李白的了解当然不会这么全面，但是他通过翟理思的译介，尤其是通过费诺罗萨所记日本汉学家的讲述，对李白创作的了解显现了一定深度。庞德颇有见解地说：“李白著作部分属前人写过的主题，部分属他对以前的诗歌归纳。正是这一点可以说明李白创作的极大丰富性。然而，即使李白写他自己的时代的事物，他也一样形式多样。”(CP:p.55)李白创作的丰富性是他学习、总结前人经验的结果。庞德对李白诗歌的本质把握十分准确。他推崇李白，向英美现代诗坛、英美作家推荐李白，并不盲目，而是他深思熟虑的结果。庞德对李白诗歌卓绝的感悟主要是通过他的翻译实践。我们不妨看几个他处理李白诗的实例。

---

① 萧华荣：《中国诗学思想史》，116页，上海，华东师范大学出版社，1996。

② 转引自余虹：《中国文论与西方诗学》，184页，北京，三联书店，1999。

③ 刘开扬：《唐诗论文集续集》，141页，上海，上海古籍出版社，1987。

④ 参见袁行霈：《中国诗歌艺术研究》，223～230页，北京，人民出版社，1987。

李白《古风》取汉代最盛行的五言古诗体，格律较松，并有较浓的汉乐府民歌风味。庞德最欣赏的是边塞题材的《古风》之四，译为《寒国南民》(*South-Folk in Cold Country*)。他首先遇到的难题就是如何处理李白的"兴寄"手法。前面说过，庞德对中国古典诗的比兴一直不太理解，但在这里他的理解有了新的突破。首二句"代马不思越，越禽不恋燕"改自汉《古诗十九首》"胡马依北风，越鸟巢南枝"。费氏笔记已注明出处，并有解释性的英语句子。庞德显然对它们进行了比较，并看出后者比前者更含蓄而不陈述，愿意取后者，但其怨妇思君的主题与李白的边塞主题不符合，于是采取折衷，一行用汉古诗，一行用李白的：

> The Dai horse neighs against the bleak wind of Etsu.
> The birds of Etsu have no love for En, in the North,
> Emotion is born out of habit. (CSP:p.136)

> 代马嘶鸣，面迎越国凛冽寒风。
> 越鸟不恋燕，远在北方，
> 情感生成于习惯。

这二行的翻译可以说明庞德不满意费氏的解释，虽然对中国地理不熟悉，还是根据自己的想象进行改译，于是越国变成"寒国"。下二句"情性有所习，土风固其然"，李白强调的是生性、天性由环境所决定。费氏的注释意思不明，十分难解。庞德抓住的是"情"字，根据他自己的理解作意译，把两行缩为一行，译作"情感生成于习惯"，并且与上句连成一个单位。这已经逾出原结构，消解了原诗的对偶句式。"昔别雁门关，今戍龙庭前"二句是他最欣赏的，因为他认为李白的用词与他对但丁的感觉相同，即具体客观，不用概念模糊的一般词语。庞德虽然对"龙庭"一词语焉不详，但用注释说明，是指从一地到另一地辗转征战。(CSP:p.149)后来在他的论文中又一次提到李白的"雁门关"和"龙庭"以说明他的一贯主张"用词精确"，不用一般概念的词。后二句"惊沙乱海日，飞雪迷胡天"最见李白诗力，是突出表现李白"瑰丽宏廓，拔俗无类"的地方。即使我们要译成现代汉语也感难为。费氏不明这里的"海"指大漠，注释混乱，语意不明，更让庞德棘手。我们不妨看一行庞德依据的费氏笔记：

> 惊沙乱海日
> Surprise sands mix sea sun
> This sand surprised confused the sun rising out of the sea[①]

上行是费氏逐字对译，“乱”字意思不对；下行是他用句子作的解释，按语言单位划分，应是“这被惊吓的沙(漠)/ 迷惑了/ 海上升起的太阳”。庞德既不满意费氏的解释，也不喜欢他的句式。他的做法仍是返回李白的原句结构，根据自己的想象，重新安排句型：

> Surprised.　Desert turmoil.　Sea sun.（CSP：p.149）
> 惊诧。　　大漠混乱。　　海　日。

这样一来，他将费氏的一个句子，拆成三或四个独立语意单位。“海日”二字，他隐约感到费氏的误解，但又不明白二者的关系，干脆沿用原诗结构的排列。接下来的“飞雪乱胡天”费氏解释的主动宾句型与英语吻合，庞德便直接采用“Flying snow bewilders the barbarian heaven”。这一句汉英句法相同，不会产生歧义。一般而言，有无语意单位之间的语法外部连接是英语与汉语的最大区别。在此之前，庞德一直用英语连词或者其他连接方法把中国古典诗中无连接的语意单位连接起来。但在这里，无论出自他的意象原则，还是出自他的诗人眼光，庞德第一次用了完全无连接的并列句式。这就是李白诗的独特魅力给予他的启示，使他感悟到汉语语言和诗句的特殊性。再者，这并不是庞德突发奇想的偶尔用法，而是一个经深思熟虑得出的句型模式，所以对他的诗学构建、写作技巧都具有意义。有例佐证。庞德改译《古风》之十二用的也是同一句型模式。对“荒城空大漠，边邑无遗堵”二句，他一样不信任费氏的注释又无法参透“空”字的使动用法，便套用他创造的模式译为：

① 转引自 Yip：*Ezra Pound's Cathay*，p.124，Princeton：Princeton University Press，1969.

Desolate castle, the sky, the wide desert. (CSP: p.143)

这样一来，原来的一个句子，就变成了三个独立并列的单位（或意象）——“荒凉的城堡、天空、旷漠”。这两个例子可以说明，庞德开始欣赏、接受中国古典无连接的词语（或意象）排列，因为他并没有遵循费氏解释性的句型结构，而是返回到原诗句的结构去寻求更有效、更有诗性的表达方式。我在第二章曾谈到庞德十分关注比喻的表达方式，他早先的俳句式《都市》、仿中国诗的《扇诗》都是对比喻模式的营造和实验。庞德对李白诗句的改译也是这一实验的继续，主要依据的不是费氏的注释，而是李白的原句型结构。在李白诗句的表达方式的启示下，庞德开始理解什么是无联结并列结构的诗艺（poetic）。这是庞德诗学观念和诗艺技巧上的一大进步。

李白的复古不仅指建安风骨和兴寄，也含有《诗》的美刺诗教意义，例如，《古风》之四末四句“苦战功不赏，忠诚难可宣。谁怜李飞将，白首没三边”。这四句对戍边将士寄予深厚同情，并直刺朝廷纲政不公；与《采薇》一样，这首诗的主题仍是孔子的“怨”。这一主题也延伸到《古风》之十二，而且怨得更深，刺得更狠：一边是“天骄毒威武，赫怒我圣皇”，一边是“白骨横千霜，嵯峨蔽榛莽”。对比如此强烈，并且有更多细节描述：“三十六万人，哀哀泪如雨。且悲就行役，安得营农圃。”战祸肆虐，尸横四野，民不聊生，这简直就是第一次世界大战的西方的写照。正是从这个“怨”的主题，庞德看出这两首《古风》与《采薇》的关系，并判断李白用前人的主题。中国古典诗中的主题延续重复无疑引起了庞德的注意，并成为他选诗的根据之一。庞德在他的改译中着重强调的就是这三首诗的“哀”和“怨”（sorrow, grief）的主题。李白这两首《古风》给庞德的印象极其深刻。1915 年他把它们作为“好诗”（good poems）的例子谈论：“讲述了战争的真相”，1918 年又说它们是“最有激情、最明净的诗”，而且是在比较了西方叙事史诗后得出的这个结论。

三、“人间诗”：乐府诗与西方牧歌　散文价值二：质朴与天真

以上讨论可以说明庞德《中国诗集》中的所谓“战争诗”是他比较西方叙事史诗的特征而决定的。从诗歌体裁（类别）的角度考虑更能说明庞德选诗

的本质问题。李白诗中他还选了《长干行》，译作《河上商人妻：书信》(*The River-Merchant's Wife*：*A Letter*)。庞德为何要加上"书信"的副题？这是理解他选译这类诗的用意的关键所在。这一问题虽然仍与他的散文价值观念相关，但又与他的西方叙事史诗传统的标准不同。庞德在《中国诗》一文中说，他发现中国诗中还有两种民俗文化。一种是神仙文化(指游仙诗)，与凯尔特(Celtic)民俗传统相似。叶芝已经写过这类故事，加上英美"凯尔特派"作家的发掘，这类表现超越凡尘人欲的文学，大家都比较熟悉，不值得再去翻译。(CP：p.93)这段话对我们理解《中国诗集》的选辑非常有用。庞德汉学尚无根基，只好求助于自己深厚的西方文学底蕴，以西方文学的类别和传统辨认中国古典诗。其次，庞德选诗不仅取决诗本身的优劣，也着眼于当时的社会舆论焦点，例如第一次世界大战的影响，以及当时读者群的需要。因此，李白《古风》中大量的"游仙诗"均未选。除两首战争题材外，只选了《古风》之十五(天津三月时)，大概为其潇洒脱俗的道家心态所吸引——"何如鸱夷子，散发棹扁舟"。游仙诗庞德还是选了一首，是郭璞的，由日文音译为《郭璞神仙诗》(*Sennin Poem by Kakuhaku*)，应为这类诗的原型，更有代表性，让人不得不佩服庞德的眼力。

此外，庞德认为与游仙诗相对的另一种文化是"人间诗"(human poetry)传统，而这一传统的英美近代代表则是白朗宁的组诗——《男人和女人》(*Men and Women*，1885)以及他难以卒读的长诗《索得罗》(*Sordello*)(白朗宁是庞德唯一欣赏的维多利亚诗人，但对他的诗也有所不满)。庞德继而认为这一传统是由希腊诗人奥维德(Ovid)开始延续的。奥维德有一组诗据说就是根据"准历史"中的海伦与帕里斯的情书创作的。他同时还认为，也有可能是由更早的另一位希腊诗人忒奥克里斯(Theocritus，前310～前250)的牧歌开创的。但是这类诗歌，从奥维德时代到白朗宁时代，一直被忽略。庞德接着说："有趣的是发现了8世纪的中国有一首诗可以混入白朗宁的作品而不会令人惊奇，所不同的只是它的质朴和天真美。"(PC：p.94)

庞德的这番话回答了我们的疑问。他仍然是从西方诗歌传统的期待视野来审视李白的诗，把《长干行》视为类同奥维德的书信情诗，或者类同忒奥克里斯的抒情牧歌。忒奥克里斯开创的诗体"idyll"特点有二：其一，表现日常生活，其二，诗人自拟牧羊人独白爱情或者与假想的恋人对歌。这类诗歌与中国的山歌民谣、农村对歌甚近，如北方的"信天游"、"走西口”，南方的“小调”、“对调子”，而与陶潜寄情山水，感咏田园一类的“田园诗”极远[①]。忒氏牧歌的直接模仿者是维吉尔（Virgil）的 Eclogues（牧场情歌），就是调情求爱的对歌。然而，庞德的主要比较对象是白朗宁以“戏剧性独白”为特色的作品。白朗宁 1885 年发表的组诗《男人和女人》突出体现了忒氏开创的牧歌风范，以现实日常生活为背景，以爱情为主题，以独白为表达方式。这三个特点正是庞德判断、认同李白《长干行》的依据：现实（真实）、爱情、独白。他所谓的“人间诗”主要就是指描写真实的日常生活和人的正常情爱。此外，庞德同样认为，虽然白朗宁的戏剧性抒情诗体现了西方的“牧歌”传统，但这一传统在英美现代诗歌时代已经丧失殆尽，而李白的诗又与这一传统巧合。由此可见，庞德选译《长干行》是一箭双雕，既可以显示他的“好诗”范例，又可以用它来振兴西方的人间诗传统。因此，庞德选译《长干行》仍属李白诗的现代性使然。

庞德把李白的《长干行》认作“人间诗”也凭借了他的诗人眼光。即使从中国传统看，《长干行》也是一首地道的“人间诗”，其人间意味就来自这首诗的乐府性质。汉乐府搜集整理民歌俗曲一定意义上与《诗经》采国风以观民意的传统相关。汉武帝立乐府注重的是民间歌谣的搜集，一为“听风察政”，二为以俗代雅的祭祀音乐歌曲的变革[②]。建安时期，曹氏父子皆倡导乐府，乐府诗蔚然成风。至唐代，乐府已与律诗并进。由乐府演变的“乐府体”，依胡适说，可分三类：一是乐府搜集整理的入乐歌辞，二是按民歌调式写的诗歌，三是仿民歌风格作的诗。历代诗人多假乐府之名实写民歌，因此，民歌成分渗透、影响而改变中国诗歌，对盛唐诗的辉煌灿烂贡献极大[③]。

李白写诗与乐府关系密切。李白精通乐府调式，无所不写，并且常以旧题创出新意。李白诗集乐府占六分之一，是他著作的重要组成部分，其中不少也是他的代表作。李白喜爱乐府与他的气质相关。乐府以五言为主，句式灵活自由，语言自然，通俗易懂，琅琅上口，生活气息浓郁。相

① 中文词典大多将 idyll（或 idyl）译作“田园诗”，实属望文生义的误译，应为“牧歌”或“牧场情歌”。

② 参见叶庆炳：《中国文学史》，85～86 页，台北，学生书局，1987。王瑶等（编）：《中国文学史通览》，73～75 页，北京，东方出版社，1994。

③ 胡适：《白话文学史》，22 页，183 页，香港，应钟书屋出版，1959。

对正统雅体的四言诗而言，乐府诗是新体俗歌；相对“诗言志”的抒情传统而言，乐府又代表典型的中国古代叙事诗。乐府“缘事而发”，叙事为其最显著特征。明代徐祯卿说：“乐府往往叙事，故与诗殊。”[①]

《长干行》集中体现了乐府的特征。在庞德看来，李白的商妇自述类同白朗宁的戏剧性独白，而李白不同白朗宁的独到就在于他的“质朴”与“天真”。这主要应归功于李白套用的乐府旧题。《长干行》原是金陵（南京）一带长干里的民歌，反映船家妇女思念远行在外的丈夫。这种曲调决定了它的民间性。首十六句叙事，李白用简朴而精妙的语言传达了“两小无嫌猜”的童稚和“羞颜未尝开”的初嫁情景，无疑给庞德留下“质朴、天真”的印象。庞德的翻译也十分自然、流畅、传神。他唯一不解的地方是“抱柱信”和“望夫台”这两个典故，改为意译。乐府的一大特征是叙事夹抒情。《长干行》也一样。“门前迟行迹，一一生绿苔。苔深不能扫，落叶秋风早。八月蝴蝶黄，双飞西园草。”[②]，这六句是触景生情的兴寄表达。商妇思夫的心情不直说而转托于绿苔、落叶、蝴蝶等景象，表达精致微妙，比直接抒情高明得多。此后接着叙事。这种叙事夹兴寄抒情的手段对庞德颇有启发。他当时正以“漩涡”为名发展自己的诗学，主要目的是打破意象诗的凝结、静止，使表达变得有弹性，有动感，能够适合长诗的写作。这也是他为何要主张诗歌的散文性和叙事性的缘故。李白的《长干行》向他示范了一种意象与叙事糅合的表现方法。这对他的长诗《诗章》的写作极有启示（这一点将在后面再谈）。

乐府的叙事也包含了故事性。所谓故事性，用庞德的话说，就是白朗宁式的戏剧性。诗歌的戏剧性也是庞德散文价值观念的一部分，对他很有吸引力。除《长干行》外，庞德还选了汉乐府《陌上桑》。这首诗共三节，由罗敷这个人物串联成为一个小故事。就散文性而言，《陌上桑》胜于《长干行》，不仅有独白，还有对话，赞誉农妇罗敷美丽、坚贞、机智。叙事幽默，语言俳丽、夸张，具有一定讽刺和教化的作用。但是，费氏手稿只存第一节，并无二、三节。Chapple 因此断言，费氏不喜欢二、三节的

① 转引王瑶等（编）：《中国文学史通览》，31～32 页，北京，东方出版社，1994。
② 金性尧：《唐诗三百首新注》，46 页，上海，上海古籍出版社，1981。

教化意味而删除之，庞德也同样不欣赏而未再考查补遗[1]。依我之见，这不是主要原因。庞德选乐府一类诗的尺度主要是“人间诗”，并以白朗宁为参照。《陌上桑》二、三节的故事性正是白朗宁的戏剧性。而且白朗宁以戏剧抒情诗著称，其教化意味也很常见。何谈庞德不欣赏？撇开二、三节存在的假设，庞德选费氏译注的《陌上桑》残篇也绝非出自意象原则的考虑，而是为《陌上桑》独特的叙事方法和表现美的手段所吸引。

《长干行》叙事是第一人称独白，而《陌上桑》是第三人称叙事，有一个缺席的故事讲述者，这种叙事接近小说叙事，故事性更强，也更加散文化。如首四句：“日出东南隅，照我秦氏楼。秦氏有好女，自名为罗敷。”（沈：34 页）其次，《陌上桑》描写罗敷美丽绝伦的手法，极其独特，不仅在中国诗歌传统中如此，与西方诗歌相比亦如此。这一特色应该不会逃脱庞德诗人兼批评家的眼光。罗敷的美是通过直接描写她的环境、用具、打扮、衣着转向描写观者的反应而呈现的：

行者见罗敷，下担捋髭须。
少年见罗敷，脱帽著帩头。
耕者忘其犁，锄者忘其锄。
来归相怨怒，但坐观罗敷。（沈：34 页）

这种间接表现手法，以见写不见，以他人反应渲染难以言状之美伦，从而感染读者，刺激对美的想象，令人神魂颠倒、美绝无比的罗敷便跃然纸上。这种间接表现美的方法与荷马刻画海伦倾国之貌实为异曲同工：

看见海伦在城堡上走动，
他们互相耳语，低声说：
谁还会责备他们？哦，难怪
特洛伊和阿尔戈斯的士兵长年厮杀。
全是为了她，为这样一个妇人。
美丽，可怕的美丽！

① Chapple：“Ezra Pound's Cathay：Compilation from the Fenollosa Notebooks”，*Paideuma*，1988（2～3），p.36.

不死的女神——她使我们眼花缭乱。[①]

两相对照，《陌上桑》语言简朴含蓄；荷马《伊利亚特》情感强烈，直接道出海伦令人眼花缭乱——“可怕的美丽”。庞德对荷马的这种手法印象极深，在《诗章二》、《诗章四》都用到有关海伦的段落，而且他选中国诗又以西方文学传统为参照，不会不注意到这二者的相似。所以间接表现美也有可能是他选译《陌上桑》段落的原因之一。

第三节　中国传统诗学与庞德现代主义诗学的诗学原理共场与表现形式区别

一、仿乐府与意象诗：含蓄、朦胧

按胡适的分类，《陌上桑》属乐府搜集的民歌（相和歌辞），《长干行》属按乐府调式写的民歌。此外，还有一类是仿乐府风格作的诗，故文人气十足。庞德选的李白《玉阶怨》就是这类诗。为什么要选？庞德在《中国诗》一文说得十分清楚，主要是因为它的“含蓄”（suggestion）和“朦胧”（obscure），更为重要的是因为这两点是区别中西诗歌品味的“第一大特征”。庞德还指出：“中国诗人喜欢写让人揣摩的诗，甚至令人苦思冥想的诗……这类诗西方也有，12 世纪法国的普旺罗诗人，13 世纪意大利的托斯卡纳诗人，偶尔也这样做，但是没有延续下来。”（CP：pp.55～56）于是庞德把话题引向了中国古典诗作为一种精微审美艺术的讨论。庞德在文章中该说而未明说的是，其实他的意象诗与这类诗关系最密切。以上这几点正是庞德为何选译这类中国诗的原因。

《玉阶怨》以传统“思妇”为主题，常见于《诗经》，而且与庞德选译的《古诗十九首》之一《青青河畔草》主题、风格类同。这也是他选这两首诗入《中国诗集》的缘故。我们先看《青青河畔草》。汉古诗与乐府近，故风格也有所相似。这首古诗，叙事兼抒情，无非将情（闺怨）转托景物罢了。它最显著的特色是首六句的叠词。用叠词演自《诗经》咏唱格式，与起兴有关，也有增加声律美的作用。这在古典诗、词中都很常见。但是，这样一口气

---

① Homer：Iliad，卷 3，R. Fagles 英译，见 Mack 等（编）：*The Norton Anthology of World Masterpieces*（5^{th}edition），p.133，New York and London：Norton and Company，1987.

连用六个叠词仍属罕见。此外，这些叠词应属文人的精工雕琢，有悖“简朴”。前面曾谈过，庞德反感形容词。但是这些叠词不是修饰形容词，而是表特征的谓语，非用不可，故与《采薇》中的“杨柳依依”、“雨雪霏霏”作用相同，不过倒装而已。庞德对《采薇》中的叠词用法不理解，设法全部消解。这个叠词密集的例子给我们一个机会考察他如何对待中国古典诗：

青青河畔草，郁郁园中柳。
盈盈楼上女，皎皎当窗牖。
娥娥红粉妆，纤纤出素手。（沈：41页）

庞德译文：

Blue, blue is the grass about the river
And the willows have overfilled the closed garden.
And within, the mistress, in the midmost of her youth,
White, white of face, hesitates, passing the door.
Slender, she puts forth a slender hand;
. . . （CSP:p.127）

对照庞德的译文可以看出，首句形式沿用无改动。后二句“郁郁”和“盈盈”则嫌繁赘，未用，改为意译。“皎皎”状貌，省略未出现在句中，但补译“脸”代替，并沿用叠词(White white of face)。“娥娥红粉妆”未用，移作标题《美妆》(The Beautiful Toilet)。“纤纤”保留，但拆开分置，变中国叠词为英诗头韵用法——“Slender, she puts forth a slender hand”。因此可见，庞德是以批判的眼光审视这些叠词的用法，并按自己的诗学原则进行取舍，改造。他对中国古典诗中的叠词已有所感悟，有所接受，但也有所排斥，因而采取折衷的态度。庞德再创性的翻译与Waley照原结构的翻译完全不同。再者，这组叠词除声律美外，还有兴喻和视觉表现的作用。每个叠词聚焦读者注意力于情景的一部分，由远至近，由略至详，逐渐推移，将这春日闺妇的身形容貌、丽妆、纤手一一显现出来，同时暗示“空床难独守”寂寞惆怅的恩怨。这种以视觉形象表现情感，以暗示为表达的手法对庞德的意象诗学应该有所启示。

再看李白的《玉阶怨》。“思妇闺怨”是中国诗歌中古老的命题，随乐府采歌传入宫中便成了“宫怨”一类歌曲，专写宫女幽怨。五言四句简短至极；表达的是宫女真正的“怨而不怒”。含蓄、隐晦自然而然成其特征。李白的《玉阶怨》代表了此类乐府诗的最高成就。怨积心中不得不发，又不能明发，只能怨似非怨。这就需要将情思收敛至极，再转托于外物。故而庞德对这首诗最大的感受是“含蓄”(suggestion，暗示联想)，其次是“朦胧”(obscure，隐晦难解)。但用李白的话说就是“兴寄”，将一切情思托付于景物，以兴喻达意，同时也将解读的任务托付给读者。能否在共享的文化视域破译作者的兴寄是理解这类诗的关键。读诗便成了一种高级的文化游戏，或者说精微的艺术鉴赏。这就是这类中国古典诗歌的特色和要求。庞德对此要求反应如何？他虽然感到这首诗十分费解，但又爱不释手，反复揣摩，字斟句酌地解读。然后将他的阅读经验介绍给他的读者。那就是他为这首诗作的译注。因为他相信，如他在《中国诗》一文中所言：“西方读者谁也不能凭一次阅读就读出多少意思。”(CP：p.55)庞德读《玉阶怨》首先感受到的是李白的含蓄和简约(或省略)，因此需要通过“暗示”去联想，通过一种“数学减法的过程”去复原作者的意思。由此可见，庞德已经抓住了解读这类诗的关键，于是为他的读者列出五个阅读步骤：

> 1.“玉阶”，所以这个景在皇宫；2.“罗袜”，所以叙述者是宫女，不是女佣或偶尔入皇宫的普通人；3.“露侵”，所以宫女等待已久，而不是才来；4.“清秋明月”，所以失约的男子不可托辞今夜不宜赴约；5. 我们怎么知道她在等一个男子？标题把这首诗叫做“怨”。(CP：p.55)

从这段话可以看出庞德对李白的兴寄解读基本正确，抓住了几个关键的意象(玉阶、白露、罗袜、秋月)以及表行动的词语(生、侵、望、怨)。但因文化隔阂，对最为精致微妙的“玲珑望秋月”还没法参透。这也是情有可原的。总之，借助费诺罗萨记录的日本汉学家森槐南的讲解，庞德基本把握了李白的兴寄手法和含蓄风格，并用自己的阅读经验帮助西方读者跨越文化障碍。其实，这五个步骤庞德在此之前已经特地在自己发表的译文下加注，详细说明如何解读《玉阶怨》，并指出这首诗是因“不直怨而怨”而备受赞誉的佳作。先录《玉阶怨》和庞德译文：

玉阶生白露，
夜久侵罗袜。
却下水晶帘，
玲珑望秋月。[①]

The Jewel Stairs' Grievance
The jewelled steps are already quite white with dew,
It is so late that the dew soaks my gauze stockings,
And I let down the crystal curtain
And watch the moon through the clear autumn. (CSP: p.131)

庞德的解读也为我们说明了他的翻译方法，主要用增字译法将省略的意思补出来。“已经相当(白)”加进首句，“如此之晚以至露”(侵罗袜)，用逻辑语式译第二句。这首诗的精妙在第三、四句：“却下水晶帘，玲珑望秋月。”这里是说宫女因失望返回屋里，摘下门帘，又欲罢难休，回头外望。隔帘对月，人月相望，只见秋月不见人来，幽怨倍增。“玲珑”置在中间，既状月又状人，词意不确定，只可意会，不可言传。英文是万万译不出来的。此外，庞德加了主语“我”并且用两个连词(And)把三四句连成一句。大概沿用费氏注“玲珑”为“清朗”(clear)，挪去修饰秋天 。这两句变成“于是我放下水晶帘/越过清朗秋空望着明月”，李白匠心丧失殆尽也。整体而言，《玉阶怨》变成了一首泥实而现代的意象诗，失去了李白的自然、疏朗、明净而又蕴意幽深，余韵无穷的感觉。这首诗最为显著的特色是含蓄，用司空图的话解就是“不著一字，尽得风流。语不涉己，若不堪忧”[②]。庞德欣赏含蓄，也能品味含蓄，并且还说过类似的话：“彻底的明净、简洁”，只用“最少的词”，但是在具体的操作中离李白的“含蓄”境界还很远。

---

① 金性尧(注)：《唐诗三百首新注》，332页，上海，上海古籍出版社，1981。

② 司空图：《诗品·含蓄》，见张少康：《司空图及其诗论研究》，108页，北京，学苑出版社，2005。

这就是为何李白的诗能给予他启示。李白的含蓄风格对他应该是有影响的。《中国诗集》选译于1914年至1915年之间，到庞德1917年发表最初的《诗章三首》时，艾略特已经称他为“一个含蓄的诗人”[①]了。

李白的含蓄不仅只是写作技巧，主要还与思想有关。《玉阶怨》的自然、含蓄、朦胧功在李白的道家思想。司空图的诗话为何如此切合李白？也因为是从道家审美观念出发的。一句“万取一说”，以少总多，道尽李白的含蓄，但主要是此处有“真宰”[②]。说“真宰”是“万物的统一性”也罢，是绝对精神也罢，是“道”也罢，这个概念主要指向庄子“物我为一”的齐物精神，指向崇尚自然而以“物化”体验道的诗学观念。诗人要完全从诗退出，要进入物的境界，才能得“道”，才能将诗写得含蓄而精微，朦胧而玲珑。《玉阶怨》虽属宫怨，但已隐约透出李白的道家审美思想。诗人和宫女都从诗隐退，一切情思、一切言说都寓于景物。这首小诗于是指向李白思想极为主要的一面：道家思想。前面说过，李白性格双重，也可以称之外儒内道。他一方面四处奔走，显示诗才，追求功名；一方面广结道友，隐居山林道观，自称习道30年，并且正式授礼入道门。这在当时文人学士中尚不多见[③]。李白与道教关系甚密，诗中往往流露出超凡脱俗的道家理想，例如他的《古风》59首，大多是抒发他的道家思想，而且还写过不少游仙诗。当李白以道家意境把握创作，以物化表现自我时，其诗给予庞德这样的读者的印象就是“客观”、自然、含蓄的“意象诗”。在庞德看来，李白的诗既新异又与自己的意象诗观念有所吻合。这种亦似非似的中国古典诗歌无疑有助宣扬他的意象诗，值得展现给他的读者。

二、王维《渭城曲》：诗中有画与逻辑联结

除《玉阶怨》外，庞德还选译了李白的三首短诗，以《别离四首》(*Four Poems of Departure*)为总标题。这组诗却收进了王维的《渭城曲》，并译作题记附在标题下。有趣的是庞德居然分不清这首诗究竟是李白还是王维作的，似乎不愿查对，干脆注明“李白或者王维著”。其实庞德对王维研究颇多，不至于糊涂到如此地步。只不过他确实喜爱《渭城曲》，既然选定“别

---

① Eliot：“A Note on Ezra Pound”，To-Day，1918(4)，p.7.

② 王济亨、高仲章(编)：《司空图选集注》，38页，太原，山西人民出版社，1989。

③ 叶庆炳：《中国文学史》，373～374页，台北，学生书局，1987。

离”为主题，就割舍不下这首千古绝唱的别离诗，于是故弄玄虚，假装“王”冠李戴。这一混淆却正好说明这两位唐代大诗人相像的一面。李白信道，王维信佛，二人诗中都有禅的意味或者说宗教审美感。据张育英考，王维(699～759)，字摩诘，名与字皆取自佛经《维摩诘所说经》，可见王维家氏与佛教结缘之深①。王维比李白幸运得多，20岁进士，仕途可谓亨通，官至右丞；妻亡不再娶，独居30年。王维信佛家“自性”说，以心性通佛，以有为无，过着亦官亦隐、富贵山林兼享的士大夫生活。王维少年能诗，且多才多艺，一身兼诗、画、乐三长；性好山林幽居，禅佛，并崇尚自然、淡泊、恬静。一旦他的这些心志进入他的画，便被尊为南派“文人画”之鼻祖；进入他的诗，便被视为陶潜田园诗的继承人。当他的画意(视觉形象性)与诗意(对周围世界的禅悟)相糅合，便被苏轼说成“诗中有画，画中有诗”②。其实，苏轼这一评语对李白亦然。这两位盛唐诗人，相像之处很多，除禅意外，“自然”也是其中之一。对王李而言，“自然”主要指两个方面：一是自然景物的表现，二是风格的自然，精工而无雕琢痕迹。这也是吸引庞德的原因之一。

前面说过，庞德是以白朗宁的戏剧性抒情诗为参照选译乐府诗，吸引他的主要是乐府的叙事与抒情的结合。在五言绝句的短诗中，此二者相兼的内在结构尤其微妙。即使是《玉阶怨》这样简洁的乐府，结构上也可分出抒情与叙事。首二句“玉阶生白露，夜久侵罗袜”写景物，其实是兴的用法，以景物起兴，托物寄情。后二句“却下水晶帘，玲珑望秋月”有了人的介入，可以看作叙事。这二者之间结构上有一种距离感，一种间隔，就如同绘画的空白。这是由《诗经》的“兴”演变而来的。我在第二章把它叫作“兴喻结构”的隔，即景物与人事之间的距离。这是中国古典诗最独特的比喻内在结构特征，也是最显著的审美特征。能否参悟这一点是能否理解欣赏中国古典诗的试金石。庞德对这一特征有所感悟，但当时还未能真正理解。分析《渭城曲》可以进一步说明庞德接受中国传统诗学的情况。

王维写的五言乐府《送元二使安西》是为数不多的入乐之作，故亦称作《渭城曲》或《阳关曲》。入乐后成为唐代脍炙人口的别离歌曲。白居易、刘

① 张育英：《禅与艺术》，91页，杭州，浙江人民出版社，1996。

② 参见张育英：《禅与艺术》，91～97页，杭州，浙江人民出版社，1996。

禹锡都提到这首曲，可见当时享誉之高[1]。能入乐，其音乐性不言而喻。此外，这首小诗也体现了王维诗画相兼的风格。首二句是以诗表现画。“渭城朝雨浥轻尘”，呈现一座朝雨洗净的渭城画面。“客舍青青柳色新”勾勒客舍，点染杨柳，青瓦白墙相映绿芽新发的杨柳，渭城更显清新可爱，令人留恋。这里的写景已寄寓了抒情。三、四句叙事。离别即在眼前，不言愁惜谊，只是“劝君更尽一杯酒”，唯恐“西出阳关无故人”，已经道尽珍惜友情，为友人担忧，无须再著一字。由此可见，王维写景与叙事，仍然有结构上的“隔”或空白。下面看庞德的处理：

Light rain is on the light dust.
The willows of the inn-yard
Will be going greener and greener,
But you, Sir, had better take wine era
　　your departure,
For you will have no friends about you
When you come to the gates of Go.（CSP：p.147）

对照庞德的处理，我们可以看出，他的思维是西方逻辑式的，惯用英语的关联，而且不理解，也不喜欢中国诗这种表达上的间隔。按照他的逻辑思维，他首先消除的就是这种结构间隔。因此，他把首二句化作两个独立单位。第一句是前提——“细雨落在轻尘上”。第二句是假设结果，并与以下数句连成一个整体：“客舍庭院的杨柳将会越来越绿”。接下来是他强调的叙事：

但是你，老兄，最好喝上口酒，
　　再动身，
因为你到了阳关
身边将不再有朋友了。

① 陆侃如、冯沅君：《中国诗史》，360页，上海，商务印书馆，1935。

庞德的改写又用“但是”又用“因为”，有了这样的连接词，哪里还有王维的空灵、恬静？我不得不再次说诗是不能翻译的。英文诗读起来感觉与中文诗不一样。我这样翻译他的改写，算是糟蹋他的文本，主要是为说明两种思维和审美的区别。二者相比，完全可以证明庞德是用逻辑推理、语法关联来改写《渭城曲》。值得指出的是，庞德在此并没有误读王维，而是站在西方戏剧抒情诗的视域，以他的现代诗人的期待视野来解读这首“人间诗”。他的改写着重强调的是抒情诗的叙事性和散文性，或者说是白朗宁式的戏剧独白。从中国传统考虑，这就是王维举重若轻的冲淡，不言别而惜别离的含蓄。庞德选这首诗作题记，说明他格外重视这首小诗，视之为这组诗的典型：抒情兼叙事。但是，这一时期的庞德还不能够理解中国古典诗中抒情与叙事的内在结构，因而不接受景物与人事之间的空白。

三、“别离诗”：诗人与自然　意境与风景

庞德涉及中国传统诗学的方面很多，分析他解读和处理李白“别离”组诗，可以进一步说明庞德的接受情况。前面说过庞德选译《中国诗集》是在1914年年底至1915年，1918年发表了题为《中国诗》的文章反省自己的感悟。除以上谈到的意见外，庞德还谈到自己对中国古典诗表现自然与景物的感想。他这样说：

> 中国(诗)人还有一种成就。尤其是他们有关自然和风景的诗，讲述自己与自然情感会通的时候，描写自然景物的时候，他们似乎胜过西方作家。(CP:p.95)

也许迫于当时外界的压力，庞德说话有所保留，用词含混，如“the Chinese”，“seem”，但到底还是说出了“他们似乎胜过西方作家”这句话。虽然这篇文章主要谈李白，但也兼谈一般概念的“中国诗”，并用“他们”泛指中国古代诗人。在庞德看来，“他们”的高明主要表现在两个方面：一是描写自然景物；二是表现诗人思情与自然景物的会通，或者说情景交融。其实，大多数情况下，此二者密不可分。更为有趣的是，在讨论表现自然的时候，庞德竟然不谋而合地用了与中国诗论相关的词：“scenery”。这个词在英文中一般指自然风景，但放到中国传统诗学考虑，就成了一个关键

词：“景”或“境”。庞德在文中谈到的表现自然的观念应该来自他对李白诗歌的感悟。他选的“别离”组诗有李白诗三首：《送孟浩然之广陵》、《送友人》、《送友人入蜀》，外加王维《渭城曲》。我们若把这几首诗放在一起，联系前面分析过的“人间诗”，再从庞德的阅读视域考虑，就能更加确定他选译《中国诗集》的用意。庞德选这组诗仍然沿着他的“人间诗”思路：一类选中国的“思妇”主题，以爱情为线索；一类选“别离”，以友情为线索。从表现方法看，庞德仍然在考虑他的“散文价值”，即诗歌的抒情兼叙事，仍然以白朗宁的戏剧性抒情独白为参照。但是这两类诗的选择也有区别。在这组“别离”诗中，庞德特别着重考察的是中国古代诗人如何表现“自然”与“风景”。他选的李白“别离”诗，两首是五律，一首是七律。二者的相同处是自然与景物(风景)的表现都集中在律诗的对仗上，或者说是用骈句的对偶比喻。第二章讨论过，这种对偶表现方法常见于《诗经》，可以说是自《诗经》演变而来的一种普遍的比喻方法，是典型的中国诗律之一，也是中国古典诗仅次于“兴”的最显著特征。分析庞德的具体操作，我们至少可以考察两个问题：一是庞德如何理解、解读中国古典诗中人与自然的关系；二是他如何看待、接受与自己意象诗关系密切的中国对偶比喻。

以上《渭城曲》的分析已说明庞德并没有遵循原诗的结构，而是用逻辑思维，用语法连接去消解景物与人事之间的空白。这是一个偶然的例子呢，还是庞德不理解或不欣赏中国古诗的典型特征？为了不误解庞德，我们不妨再看李白的几个相同的例子。苏轼语“诗中有画”，说的是中国古典诗突出视觉效果的表现，但不仅王维如此，李白及众多诗人亦然。李白《送友人》首二句写景且对仗：“青山横北郭，/ 白水绕东城。”(沈：316 页)与《渭城曲》相似，李白也是先画一幅山水画作为背景，再在此言离别。三、四句开始言人事：“此地一为别，/ 孤蓬万里征。”李白直接叙事只讲了一半，便转用兴寄，以“孤蓬”喻友独行万里。整节仍是传统的“兴起”结构，可分为两个单元，一、二句为景物，三、四句为人事，之间有隔或空白。分析庞德的处理方式时，我们必须注意的一个前提是，庞德不是直接读原文，而是读费氏的笔记，通过费氏所记日本汉学家森槐南教授的讲解来理解中国古典诗。所以费氏笔记是庞德的阅读媒介。费氏注释的方法是：1. 先用日语音注原文；2. 逐字注上词意；3. 再注上成句的英文解释。例如：

（青　　山　　横　　北　　郭）

1. Sei　zan　o　hoku　kaku

2. Blue　mt.　lie horizontally　North side of wall city.

3. Where blue mt. peaks are visible toward the Northern suburb[①]

明白庞德的阅读媒介有助我们分析他的处理方法和思维方式。先录庞德译文：

Blue mountains to the north of the walls,
White river winding about them;
Here we must make separation,
And go out through a thousand miles of dead grass.

Mind like a floating wide cloud,
Sunset like the parting of old acquaintances
Who bow over their clasped hands at a distance.
Our horses neigh to each other
　　as we are departing.（CSP：p.147）

这里的关键问题是，庞德是按照原诗的结构进行改译，还是按费氏的句子处理，这是截然不同的：前者是诗，后者不是。作为诗人的庞德对二者的区分是十分清楚的。对照庞德的英文可以看出，他的英文创译主要是按原诗结构，费氏句子只是他理解的参照。首二句，庞德译作两个片语并置，基本保持原诗结构。三、四句，费氏注了比喻，庞德未用，译作“我们要在这里分别，远行万里枯草”。这主要出自庞德较为现实的想象，但也接近李白诗的意味。

五、六句对仗写景，意在抒情，是这首诗的诗眼：“浮云游子意，落

① 转引自 Qian：*Orientalism and Modernism：The Legacy of China in Pound and Williams*，Durham and London：Duke University Press，p.170，1995.

日故人情。"费氏注释全用比喻，"浮云"喻友，"落日"喻己。庞德皆未取，而把重心放在"意"字上，用"落日"同喻友人和叙述者的心情，打破了费氏注释的局限。这里我们可以看出，庞德依然是以诗人眼光来解读原诗，重新想象李白的意境，但是受到英语语法的约束，用连词"like"把原来非连接的两个片语（浮云/ 游子意）连在一起。庞德此时还不愿意破除英语的规范，但对原诗的对偶形式还是有所顾忌有所保留。五、六句的比喻是迫于情感激烈，自然迸发，将情思一下投射到外物，语法形式的联结自然脱落消失，其语言单位之间的联结是靠中国独特的"对仗"的潜在联结形式。相对《渭城曲》而言，庞德对《送友人》的处理没有以逻辑联结为主，更接近中国诗律。末二句"挥手自兹去，萧萧班马鸣"亦见李白独到：不直接言别离，以移情手法将离愁托付"班马"，马之嘶鸣又胜言说悲怆万分。这种托物（或移类他者）抒情的方法，庞德十分欣赏，他的英译也非常传神。值得注意的是，这一手法以后便不断出现在他后来的写作中，成为他的一个常规模式。

庞德"别离组诗"最后一首是《送友人入蜀》。虽是五律，但叙事性极强。一开始就以口语口吻，以独白方式叮嘱友人："见说蚕丛路，崎岖不易行。"李白用谈话的方式把他的"蜀道难"讲了，还介绍了蜀国风光："山从人面起，云傍马头生。芳树笼秦栈，春流绕蜀城。"（沈：316 页）最后用"君平"典故委婉劝慰友人。在庞德看来，这首诗"人间"味十足，写得极美。他必然是把它看作白朗宁的戏剧独白诗才选定的。原诗对仗在三至六句，十分简练含蓄，省略极多。庞德处理时加进了许多细节，译文变成解释性的。看来一是力不从心，二是把这首诗作为叙事诗处理。庞德创译已经完全没有原诗的律诗对仗结构和意味。

以上分析说明，李白这几首诗，表达人与自然的会通交融都集中在对偶句，而且多用兴喻（或兴寄），通过自然景物表达情感。因此给庞德的印象就是中国诗人在表现"自然"和"风景"（自然景象）方面，胜过西方作家。庞德已经窥到一点中国诗的真谛：用"景"的特色。他用的英文是"scenery"，一般指自然景象、风光，若放到中国诗学考虑，这个词可以认同唐代论诗的关键词"境"。例如，皎然主张诗之高下在于"取境"

之高下；司空图主张“思与境偕”，其意近似刘勰的“神与物游”[①]。就庞德在李白诗中看到的“境”而言，王昌龄的三境说得最为清楚、贴切：

> 诗有三境：一曰物境。欲为山水诗，则张泉石云峰之境极丽绝秀者，神之于心，处身于境，视境于心，莹然掌中，然后用思，了然境象，故得形似。二曰情境。娱乐愁怨，皆张于意而处于身，然后驰思，深得其情。三曰意境。亦张之于意而思之于心，则得其真矣[②]。

庞德说中国诗人擅长描写“自然”和“风景”，说的就是王昌龄的“物境”，庞德谈到“他们”擅长与“自然情感会通”，说的就是“情境”和“意境”。其实，这三境在诗中，大多不可分离，而是相互关联。即使以物境开始，也势必走向情境和意境。这应是庞德选译“别离”组诗缘故。以《送孟浩然之广陵》作例：

> 故人西辞黄鹤楼，烟花三月下扬州。
> 孤帆远影碧空尽，惟见长江天际流。[③]

首二句写别离时节地点，客观现实，可看作“物境”。末二句，“孤帆”和“远影”已带进了情，二人形单影只，目送至天边；只见长江水流不见故人，便是寓意：悲欢离合，世事瞬变，一切都将消失在时间的长河，逝者如斯也！由此可见，李白的诗一幅画面，一层含义；靠“境”才写得如此自然天成。庞德的翻译完全照李白的结构，无非把律诗译成现代自由诗罢了。再举李白《送友人》为例。诗的最高境界必然是在情境和意境，李白“浮云游子意，落日故人情”即是。写境即写情写意，密不可分。“挥手自兹去，萧萧班马鸣”又是一境：朋友挥手而别，班马悲鸣，个中滋味，不可言传，留给读者去想象、体会。这就是老子说的“敛，故能广”的道理。李白用境寄情托意，用境收敛语言、蕴意，对庞德应是一大启发。李白诗句其实示范了庞德的诗学愿望：“每一概念、每一情绪以

---

① 萧华荣：《中国诗学思想史》，133页，上海，华东师范大学出版社，1996。

② 转引自萧华荣：《中国诗学思想史》，131页，上海，华东师范大学出版社，1996。

③ 金性尧（注）：《唐诗三百首新注》，331页，上海，上海古籍出版社，1981。

某种基本形式表现为生动的意识。”(GB:p.81)就李白而言，“基本形式”就是“兴寄”(或兴喻)，“表现为生动的意识”就是用诗中的“境”表现情和意而营造出“情境”和“意境”。这里，我们再一次看到中国传统诗学与庞德的现代主义诗学原理相通，但表现形式区别很大。庞德习惯用连接方式消解李白词语和诗句间无连接的结构，无意中已经局限或破坏了李白诗的审美空间、开放性、非确定性等品格。庞德还需更多中国诗的浸染才能真正领会李白这样的诗人。

四、陶潜《停云》：庞德误读与解读之分

庞德已经注意到中国诗人擅长表现自然景物，自然不会放过陶潜，东晋成就最大的诗人。陶潜约40岁退居家乡，耕读度过晚年，往往把乡村物什、农家日常生活写进诗。陶潜风格自然真率，堪称中国田园诗代表，对唐代诗人王维、孟浩然等都有影响。费氏笔记有陶潜诗六首。庞德只选了一首，《停云》。为何选这首诗？前面谈过，庞德以白朗宁的《男人和女人》为代表的西方牧歌传统作参照选译“人间诗”。表现畜牧为主的乡村的西方牧歌就等同于表现耕种为主的乡村的中国田园诗，谈的都是普通农家日常生活情趣。《停云》就是这类代表，所以选它。陶潜的序说得很清楚，“思亲友也”。春天到了，“园列初荣”，诗人抱着一坛佳酿，盼望好友来共享。久盼不至，感叹而作，同时也影射社会动荡，政局昏暗。这首诗写得朴素自然，情感真挚，也是打动庞德的地方。《停云》是四言古诗，《诗经》意味很浓。前二节四句重叠，像《诗经》一样仅在第四句换一字；先写景(阴雨连绵，道路险阻，同时暗喻时政)，然后言人事(诗人独居独饮，盼望知己的状况)。为便于分析，引《停云》首四句和庞德的译文如下：

霭霭停云，濛濛时雨。
八表同昏，平路伊阻。
……

霭霭停云，濛濛时雨。
八表同昏，平陆成江。
……(沈：79页)

The clouds have gathered, and gathered, and the rain falls and falls,
The eight ply of the heavens are folded into one darkness,
And the wide, flat road stretches out.
. . .

Rain, rain, and the clouds have gathered,
The eight ply of the heavens are darkness,
The flat land is turned into river,
. . . (CSP: p.153)

陶潜这一格式类似"兴起"结构。庞德在这里，却一反自己直接、简练的意象原则，不仅保留了起首的叠词，而且把重叠全部译出来："云积呀积，雨下呀下，/ 八重天叠成一个黑暗。"第二节有所变化，但还是用了重叠："阴雨，阴雨，层云重积。"这两节的起首，庞德基本遵照原诗的结构改译。"八表同昏"的译文偏离原意，是庞德的创造，但他为了这一句，煞费苦心，搜肠刮肚，营造了一个他终身难忘的意象。此后这句的译法变成庞德的一个表达模式，不断使用，直到 1945 年，庞德写《比萨诗章》时还在用它。值得注意的是，庞德在这里有一个很大的变化。《采薇》分析表明，庞德不喜欢中国传统的"兴起"结构，把重叠部分全都删掉。《停云》是这部诗集最后一首，却一定程度保留了兴起结构。为此，我可以说庞德对中国传统诗学已经有所接受。

庞德改动最大的是后二节，缩二为一。他把这两节看作是诗人与"自然情感"(庭树和飞鸟)交流融合的地方，但他处理的细节，有不少完全偏离原诗。由于改动太大，Kenner 特意挑出来分析，并且指出两个原因：第一，这首诗是由一位日本讲师讲解，水平远不如森槐南教授，故费诺罗萨以讹传讹，责任不在庞德；第二，有的偏离是庞德"睁着眼"做的，但他有他的道理①。Kenner 的话提醒我们注意如何看待庞德"误读"与"解读"或"重读"(reread) 的问题。此二者是有区别的，前者是无意，后者是有意，

---

① 参见 Kenner: *The Pound Era*, pp.208～214, Berkeley and Los Angeles: University of California Press, 1971.

不能一概论之为"误读"。我们应该证明的是，所谓"误读"从庞德的角度应当如何解释？对他的诗学有什么意义？有的人把庞德的创新简单归结为他对中国古籍的误读所致。由此而论，正读则无意义，只有误读才能创新。这是对中国传统文化的曲解，也是对庞德的误解。这是讨论庞德与中国文化的关系时应该注意的问题。庞德对《停云》的处理正好为我们分析这类问题提供了切合的实例。查对费氏笔记，末八句注释误词就有十个之多[①]。所以我们对庞德的判断，只能着眼于他对《停云》的解读才有批评意义。可想而知，庞德当时译《停云》，许多地方读不通，只能根据原诗大意，按自己的想象和意图改写，故应为他的解读，而非误读。其间庞德遇到的最大的麻烦还是中国古典诗中景物与人事之间的隔：

翩翩飞鸟，息我庭柯。
敛翮闲止，好声相和。
岂无他人？念子实多。
愿言不获，抱恨如何。（沈：79 页）

首四句写飞鸟集聚、合唱、欢快和谐是为反衬后四句：诗人孤独，无人可与之交谈。这二者之间的比喻(反比)是在文本以外，没有文本上的联系。这又一次使庞德迷惑。庞德历来重视情感在诗中的作用，尤其强调情感的一致和谐。于是他把这一节改成这样：

The birds flutter to rest in my tree,
　　and I think I have heard them saying,
"It is not that there are no other men
But we like this fellow the best,
But however we long to speak
He can not know of our sorrow."(CSP: p.153)

鸟儿纷飞息栖我的树上，

---

① 参见 Kenner：*The Pound Era*，p.214，Berkeley and Los Angeles：University of California Press，1971.

我想我听见它们讲：
“不是没有其他人，
而是我们最喜欢这个人，
可惜无论我们多么想讲话，
我们的忧伤他也无从知晓。”(CSP:p.153)

费氏笔记尽管有错误，也不至于错到如此地步。这分明是庞德“睁着眼”的偏离陶潜原诗。况且，消解情绪对立，使之和谐一致，庞德在处理《采薇》就已经做过。他在这里无非再次坚持自己的诗学原则而已，设法使欢快的庭鸟改成伤感的鸟，以便与悲哀的诗人保持情感一致。这样一来，庞德把诗人的忧伤转移到庭鸟身上，但是同时也消解了《停云》景物与人事的间隔。

这里我们再次看到庞德现代主义诗学与中国传统诗学的本质区分。二者都重视情景交融，但表现形式则完全不同。中国古典诗景物与情思的关系是放在诗外，即“兴在象外”、“境生象外”一类言说。司空图的诗话已将中国古典诗中物界与人界多种微妙的比喻关系准确地说出来。庞德则习惯强化二者的关系，要明显地放在文本中，否则便认为各不相干，没有理由存在诗中。由此可见，庞德的创译所涉及的并不只是语言知识、翻译技巧的问题，而主要涉及审美标准和诗学观念的问题。李白、王维、陶潜等的例子可以说明，由于中国传统“兴”的结构影响，中国古代诗人倾向于保持二者的无联结的间隔，将景物用作刺激读者想象的空白，用作对理解开放的非确定性，用作作者(或作品)与读者互动的动力点。正是二者非联结简单并置的结构才给予庞德按自己意图改写的可能。但是他的再创作同时也取消了原诗的审美潜力。至于原诗好还是庞德的再创作翻译好，这是难以共识的，取决于批评者的思维方式和审美倾向。总之，我们可以确定的是，就结构模式而言，中国诗歌传统允许片语与片语、诗句与诗句、诗节与诗节简单并置，允许有非联结的空白，而西方诗歌传统没有。这就是庞德为何总倾向用不同形式的联结消解中国古典诗的空白的缘故。

五、中国诗学的启示　从联结到非联结并列模式

中国古典诗的结构模式在庞德的处理中时有时无。他对《停云》的改译

首节保留原结构，末二节消解原结构。为证实中国诗学对他的影响，我们不妨再看一个例子。庞德还选了李白的《忆旧游寄谯郡元参军》，译作《流亡者的信》(Exile's Letter)。“信”字取自原诗的“寄”字，是庞德选诗的一个类别识别标志，故而也是以奥维德书信诗体为参照的结果。庞德对这首诗十分看重，曾与他译的撒克逊古诗《水手》(*The Seafarer*)放在一起发表，出版《中国诗集》又安排在诗集正中。庞德学者 M. Alexander 和 R. Bush 也都认为是诗集中最好的一首。庞德自己也说过，这首诗是“一切文学中最佳作品之一”，与《水手》一样，显现“一个完整的人生和个人生活经历及其时代”①。就李白代表作而论，庞德似乎有些夸大其词。这首诗之所以吸引庞德主要是李白自传性的叙事。庞德历来注重自传的真实，欣赏维农等人的自传性叙事。庞德若想了解李白生平和个人生活，这首诗无疑是十分值得研读的。这里李白摘下诗人面具，回忆与挚友元演四聚四别，时跨九年，披露自己较真实的一面：与官吏、道士、歌妓交往，放纵形骸，尽情享乐，而这一切都是因为他在长安功名失意。这首诗主要写友情，“贵义轻黄金”，人生不得意及时行乐。但在庞德看来，李白在这首诗中表现得真实、可爱，完全是一个道地的中国游吟诗人，无拘无束，热情豪放，所以要和他译的《水手》放在一起以展示表现真实的两种不同风范：李白的奔放与撒克逊古诗的严峻。

我们应该记住，美仍是庞德选诗的中心问题。这首诗最美处是李白写艺妓歌舞一段，女性美、歌舞、音乐、景物、自然(风、云)等互相交融，表 现恣意行乐、享受良辰美景的欢愉。此处最见李白诗仙风采。先引于下：

浮舟弄水箫鼓鸣，微波龙鳞莎草绿。
兴来携妓姿经过，其若杨花似雪何！
红妆欲醉宜斜日，百尺清潭写翠娥。
翠娥婵娟初月辉，美人更唱舞罗衣。
清风吹歌入空去，歌曲自绕行云飞。(沈：252 页)

---

① 转引自 Bush：“Pound and Li Po：What Become a Man”，见 George Bornstein(编)：*Ezra Pound among the Poets*，p.102，Chicago and London：The University of Chicago Press，1985.

前面谈过，中国古典诗一大特色就是，凡抒情激烈，无论喜怒哀乐，诗人大多转用兴喻(或兴寄)，取对偶格式，语法连接自然脱落，句型呈现无联结并列悬置结构。但一放到英文中就变成棘手的问题，因为英语传统没有类似无联结结构模式。所谓“英雄对偶句”(heroic couplet)一般只讲五个音节相同，二句相押韵，句子还是需要语法连接的，与中国的对仗完全不相同。庞德如何处理这段高度密集的无联结片语呢？这是他相当棘手的问题。他可以参考的仍是费氏注释：1. 逐字对译；2. 句子解释。这里仅举两句为例：

浮舟弄水箫鼓鸣

1. making-float/ boat/ play with/ water/ mouth organ/ drum/ sing play out，make noise.

2. Then we floated a boat，and played with the water (in hand)，sounding our flutes and drum.

微波龙鳞莎草绿

1. faint/ waves/ dragon/ scales/ water-floating/ grass/ green/ ripples

2. The small ripples resembled the scales of dragons，and the water grass was green. ①

庞德译文：

With boats floating，and the sound of mouth-organs and drums，

With ripples like dragon-scales，going grass-green on the water(CSP：p.146)

相比之下，我们可以清楚地看出，庞德的处理不是根据费氏句子，而是根据他的逐字对译，故接近李白诗句的排列。原因很简单，对于诗人庞德来说，费氏注释 1 是诗，注释 2 不是。庞德虽然加进自己的创造，但基本保留了片语并置的结构：“船只漂浮，箫随鼓响，/ 似龙鳞的涟漪，变成

① 转引自 Bush：“Pound and Li Po：What Become a Man”，见 George Bornstein(编)：*Ezra Pound among the Poets*，p.53，Chicago and London：The University of Chicago Press，1985.

草绿浮在水上。”尽管庞德还是用了英语的关联词(and, with, like)，但整体上已经接近李白原诗的结构和意味，而非费氏的句子。不止这两句，而是整整十多句都是这种片语并置结构。当然这些句子都是庞德的再创作，是被李白的句式逼出来的再创造。如此密集的片语并置在《中国诗集》之前，没有在庞德诗中出现。这一事实可以进一步说明我先前的看法：庞德通过费氏注释可以部分看出中国古典诗的原结构，作为诗人，他宁愿选择主要依照中国原诗结构改译，一定程度上接受了中国无联结的句式，并用以建构自己的片语并置结构模式。这种模式的建立对庞德诗学至关重要，是他打破意象诗的封闭静止，走向开放、灵活、循环、辐射型诗学的第一步，也是他创作长诗《诗章》的基本模式之一。

六、《中国诗集》的意义　中国传统的“兴”与庞德的“漩涡”

庞德在《中国诗集》有所创新是毋庸置疑的。问题的关键是，究竟是什么促成他的创新？这不仅关乎他选译《中国诗集》，而且关乎他涉及的其他中国文化题材。对于这一问题，我们必须考察相关的内在因素，分析庞德的具体操作、创作用意，才不至于把庞德有意图的改写说成“误读”所导致的奇迹。本章以《中国诗集》的核心部分为对象，从中国传统诗的体裁角度，联系庞德当时选诗的背景，对他的具体译诗过程进行分析，主要为了说明庞德接受中国传统诗学的情况以及中国诗学对他的影响。庞德在选译《中国诗集》之前，的确已经建构了自己的意象和漩涡诗概念，这对他整理《中国诗集》有一定影响。但是必须指出，庞德选译这个诗集的主要目的是为寻求非欧洲传统的范例，用以证实、强化他自己的诗歌理论和实践。《中国诗集》的主要意义在于庞德现代主义诗学与中国传统诗学的相遇和交融。决定庞德选诗的内在因素远远超过他的意象诗审美原则，更大程度上取决于他的国际主义视野、共相历史观和比较学研究方法。因此，庞德首先是以现代主义的批评眼光选、译中国古典诗的。

依据庞德1918年论中国诗的文章，庞德主要是以比较学的方法研究费氏笔记，以他自己的西方文学传统中的荷马叙事史诗、奥维德浪漫抒情诗、撒克逊民谣、白朗宁戏剧抒情诗等为参照，经过认真比较后才选择具有类同性质的中国诗歌进行整理。他的主要目的仍是要建立一种具有普遍意义的现代诗歌批评标准。这一目的决定了他的具体操作，就是对中国古典诗进行现代化和英语化而不仅是翻译或再创作。《中国诗集》是庞德诉求改良、激活英美现代诗歌话语的表现，是基于他“好诗永远是好诗”的历史主义价值观，因而也是他的新古典主义的具体体现。正是由于庞德的观念和工作，中国古典诗才得以成为英美现代诗歌的一部分，得以在中国境外的欧美文学话语中流传。

《中国诗集》的成就十分显著，连艾略特也不得不折服。1918 年艾略特在一篇评庞德的短文《庞德小议》(*A Note on Ezra Pound*）中这样说：

> 问题的关键不是庞德以自己洞见和辛劳，视情形而定，获得了普罗旺斯、中国、或者盎格鲁撒克逊的精神，而是他已经造出了杰作，一些是翻译，一些是再创作，通过他感悟这些时代及其语言与(我们)现代的关系，感悟以他们之有补我们之缺。①

艾略特是个历史感极强的诗人，也是个精明的博士，有感庞德发掘不同文学传统的成就，但不愿明说他的所指，把中国和西方混起来说。这样，读者也无从分辨他说的“他们之有”究竟是指法国文学传统、古英语文学传统还是指中国文学传统。此外，艾略特从他的历史主义着眼，在文中还特别指出：庞德之所以“总是‘摩登’(modern)，之所以永不重复前人”，就是因为他究读历史，通晓不同的文学传统，而且有“使过去复活的特殊天赋”②。若用当代的批评话语解释艾略特的话，《中国诗集》就是庞德现代化中国古典诗歌的结果，并且是庞德诗歌发展的一座里程碑：制作出“杰作”的标志。艾略特接着比较了庞德先前的诗集《人物》、《反驳》、《净化节》，然后这样说：“《中国诗集》进步更大”；在这里“庞德先生显现出是个成熟的天才”，因为“他已经获得把握情感表现的能力，意象运用更为严整”。以此而论，《中国诗集》的工作是使庞德诗学走向成熟的关键一步。在文中艾略特终于情不自禁，谈起了《中国诗集》的例子。他的评价是：“无论《戍边弓箭手》(《采薇》)还是《河上商人妻》(《长干行》)，其魅力并不在于异国情调，而在于其他。”③艾略特保守，一谈中国问题就闪烁其词，

---

① Eliot：“A Note on Ezra Pound”，*To-Day*，1918(4)，p.4.
② Eliot：“A Note on Ezra Pound”，*To-Day*，1918(4)，p.5.
③ Eliot：“A Note on Ezra Pound”，*To-Day*，1918(4)，pp.7～8.

不愿说出这些“其他”是什么。依据前面的分析，我们可以把他未说的说出来：《采薇》和李白的乐府《长干行》为庞德的文本奠基了真实、质朴、情感恳挚的诗质。这两首诗的共同特征就是叙事兼抒情，前者为史实叙事，后者为故事性叙事，而二者抒情皆以“物化”情感。所以它们的真实性、客观性、叙事性揭示了庞德当时选诗的首要标准——“散文价值”。庞德主要以这个标准，并参照从荷马到白朗宁的西方叙事诗传统，才做出选择。庞德选入《中国诗集》的诗大多是叙事或叙事兼抒情，而非一般批评认为的意象为主的诗。

我之所以一再引用艾略特是因为他是庞德的同时代诗人，对他们的时代感悟真实。他对庞德的评价是以 1910 年至 1930 年的英美诗歌状况为背景。艾略特明确指出，“英语诗歌，总的来说，可以说是越来越糟”，原因是“思想状况还停留在华兹华斯时代和丁尼生时代”。之所以糟糕是因为华兹华斯和丁尼生这两个诗人对自己的时代各有建树，而英美现代诗人却没有，因为思想幼稚，一味模仿①。以此而论，《中国诗集》不仅对庞德有启发，而且对整个英美现代诗歌都具有意义，有助矫正因袭维多利亚传统的泛情、矫揉造作、藻饰、浮华的诗风。中国古典诗突出视觉艺术效果，表现客观、简练、含蓄，叙事具体，抒情情景交融，叙事兼抒情。这些特色和手法，通过庞德的现代英语化为衰微的英美现代诗歌输入了新生命。

就庞德而言，李白诗内容丰广，体裁多样，手法多变，极大满足了庞德追求“综合艺术”的期待。庞德对中国诗的意象运用和比喻方式一直既感兴趣又迷惑：汉字表形表意，不表音，受语法限制少，每个汉字都是相对独立的自律体，再加上中国的古典诗格律，语言单位无联结并列、悬置，自然天成，但用英语表达就极为困难。这种并列或悬置组合现象不断刺激、启发庞德，逐渐形成他的句型结构模式。虽然庞德在操作过程中多用逻辑、连接方式消解中国诗的重叠、对仗、景物与人事的间隔，但也有遵循、沿用的情况，有所接受，而且已经开始使用密集片语并列结构。中国传统诗学对庞德的影响也表现于他的诗学建构：实现一种有效的集合机制，把“漩涡”用作一种有力的“组织者”，集合调节各种“能量”或“模式单元”，其目的是打破他原先强调密集浓缩的意象诗学的禁锢。因此庞德一

---

① Eliot：“A Note on Ezra Pound”，*To-Day*，1918(4)，p.3.

直为中国的“兴喻”结构吸引，欣赏兴喻的简朴含蓄，暗示联想，喻在文外的比喻，同时又反感兴式结构的间隔，拒绝情感的背离。因而大多数情况下，庞德设法消解兴的“隔”。这主要是受到他的漩涡概念的局限：漩涡仍然是一个向中心凝聚关系的集合机制，与向外发展的兴的机制相悖。相对庞德而言，兴喻结构的特征就是消除形式比喻，分散意象，使诗的文本肌理疏散，寓比喻于文本之外。因此，文本才能生成空间，留给读者想象的空白，才能有“象外之象”，才能有庞德诉求的“组合语言之外的话”(GB：p.88)，才能产生庞德期待的“拼贴”或者“蒙太奇”般混合艺术的效果。庞德的现代主义诗学构想在原理上大多与中国传统诗学相通，但他在这一时期的具体实践(写作、翻译)中，只有一些感悟，还不能完全理解。正因为如此，中国传统诗学才对庞德有刺激力，有吸引力。庞德诉求既有弹性又有张力，既疏散又有中心调控机制的诗歌结构，诉求适合写作开放、灵活、循环、辐射的长诗的方法，势必走向兴式结构的诗学方向。这是下章讨论庞德创作《诗章》的问题之一。

最后值得一提的是，庞德当年对中国古典诗的翻译也受到不少英美汉学家的指责和诘难，例如，韦利就把他译过的一些中国诗重译一遍，指责他不懂汉语。但是到20世纪60年代，美国大学首次开设翻译研究课，选用的教材主要就是庞德的翻译和他论翻译的文章。庞德因而对20世纪六七十年代美国的翻译理论研究产生了巨大影响[①]。这与庞德整理编辑费氏遗稿，翻译《中国诗集》是分不开的。

---

① 参见郭建中(编)：《当代美国翻译理论》，48～58页，武汉，湖北教育出版社，2000。

第四章
长诗开头:《诗章三首》与《诗章四》
中国传统诗学与《诗章》结构建构

庄周搅动大海，庄周也是
用这柄长月亮作搅棍……
——《诗章二》

我们谈论《诗章》可能首先遇到两个问题：一是《诗章》从哪里开始？二是《诗章》的基本形式结构是什么？庞德1917年就发表了最早的三首诗章，名为《诗章三首》(*Three Cantos*)，后被评论家称之为“元诗章1～3”(Ur Cantos Ⅰ～Ⅲ)，但1923年大做修改，十分之九被从后来正式出版的《诗章》版本删除。孰为《诗章》开头？庞德修改所谓的“元诗章”主要是为建构更好、更有效的长诗基本结构。因此，这两个问题也可以说是彼此关联到同一要点：寻求更为适合写作《诗章》的基本结构模式。它究竟什么样？庞德反对先入为主的抽象概念，有意不明说，任由它变成一个斯芬克斯的谜，让每个读这首所谓“庞然大诗”的人自己去猜。或者说，庞德说得太多，让人不知所云：“一个部落的故事”、“一首包容历史的诗”、“一首没有结尾、没有类型的诗”、“复调式的”诗、“孔子、但丁、希腊”三大主线的诗等等[①]。于是，批评界对《诗章》的基本结构模式也就有了相关的看法：荷马史诗式的、奥维德变形模式的、但丁三界结构寓言式的、白朗宁戏剧

① Cookson：*A Guide to The Cantos of Ezra Pound*，“Introduction”，pp. xvii～xxii，London and Sydney：Croom Helm Press，1985.

独白式的、汉字“会意”式等等。相对这首语言多种混合、文化多元复合的长诗，以上观点各有各的道理，各种解释都涉及它的某一层面，难以判断孰是孰非。我们还是像庞德建议的那样，先读具体诗章，然后“等它自己出来”吧。

第一节 《诗章三首》：长诗创作的挑战与中国文化的渗透

庞德曾说自己1904年就开始构思诗章，但实际上迟至1915年他才着手写诗章。倘若事实果真如此，这样长达11年的延宕主要就为没有适合的结构形式，像庞德说的，缺少“一个弹性足够容纳必要题材的东西”，或者他说得更加绝对的话，“一个不会因为什么不合适而被排斥的形式”[①]。无论如何，庞德1915年的确着手起草他的诗章，主要是为接受一种挑战——“是否可能出现一首意象主义或者漩涡主义的长诗”(GB：p.94)。因此，《诗章》创作首先就是接受这个挑战，不是庞德本人就是其他人向他的现代主义诗歌理论提出的挑战。

一、中国文化因素　长诗叙事代理

庞德的长诗起草构思涉及他整理编译费诺罗萨遗稿的工作。庞德首先整理的是费氏笔记中的日本古典戏剧，于1914年1月就在《诗刊》发表了《能乐剧》(*Noh*)的第一幕。庞德的翻译应是成功的。叶芝数月后也写了一部舞剧的脚本，并在伦敦上演，据说带有稍许《能乐剧》影响的痕迹。但是庞德并没有像叶芝希望的那样，把《能乐剧》的翻译工作继续做下去。到1914年11月，庞德的注意力却转移到费氏笔记中的国古典诗上。主要原因是他发现中国古典诗“对他远比《能乐剧》更有吸引力”。到1914年的圣诞节，庞德已经声称自己“从费氏中国诗的笔记搞出了一本很好的小书”[②]。他所说的应该是指他已经选定了他中意的中国诗篇。这本小书于1915年4

① Cookson：*A Guide to The Cantos of Ezra Pound*，“Introduction”，p. xxi，London and Sydney：Croom Helm Press，1985.

② Carpenter：*A Serious Character*：*The Life of Ezra Pound*，p.223，pp.265～266，London and Boston：Faber and Faber，1988.

月以《中国诗集》(*Cathay*)为名出版。同年5月庞德又发表了《能乐剧》的另一幕，但是整部《能乐剧》的主要翻译工作是在1916年间完成的。这一时期的庞德处于一种狂热的工作状态。除费氏遗稿外，他也在构思创作自己的诗歌。1915年12月庞德已经着手写作《诗章三首》的草稿，到1917年6月才在《诗刊》杂志连载发表，历时约一年半。因为《诗章三首》以戏剧独白为主要形式，故而引起批评界对庞德编译日本古典戏剧的重视。M. Slatin的意见就代表了这种批评倾向，他认为庞德编译《能乐剧》有可能为他解决长诗创作的困难提供了方法①。但是，这期间还有一件重要的事Slatin没有谈。1916年，庞德同时也在编辑整理费氏的论文遗稿《作为诗歌媒介的中国文字》，并于1917年1月完成了这项工作。这是费氏遗稿中有关美学和诗学的文字，理论性最强，因而对庞德影响极大，让他震惊，改变了他对日本文学的看法。庞德在这一期间一直与在纽约的John Quinn保持通信，Quinn是一个爱尔兰裔律师兼艺术品收藏家，曾经赞助过庞德。1917年1月10日他给Quinn写过一封信，主要话题就是他编辑费氏论文这件事。庞德说他刚完成费氏论文的整理，已寄出给杂志编辑，并且谈到他对中国文学和日本文学的印象：

> 中国是根本的，日本不是，日本是一种特别兴趣，像普罗旺萨或12至13世纪的意大利(但丁除外)。我并不是说费诺罗萨的日本资料没有有趣的东西。(SL：p.93)

庞德的意思很清楚：承认日本文学有趣，但不是根本的，不能同中国古典文学相比，不能同但丁的诗相比，因而不在他的新古典主义的兴趣与研究范围之内。这个看法来自庞德对自己编辑费氏论文的反思，而且也是他对编译《中国诗集》的感悟和总结。因为庞德在信中也谈到《诗经》的《采薇》和李白的《长干行》，给他的印象是“坚实的”，他的意思是说，这样的中国诗歌代表了东方文学的“坚实”根基。鉴于这段书信，我不禁要问，假如编译《能乐剧》对庞德起草诗章果真很有影响，庞德为何反而降低日本文学在他心目中的地位？我们讨论庞德最初的《诗章》构思与起草，不能不考

---

① Slatin：“A History of Pound's Cantos Ⅰ～Ⅲ，1915～1925”，*American Literature*，1963(35，2)，p.183.

虑中国文化因素对他的影响与作用。

《诗章三首》显然是实验性质的创作，其宗旨就是为庞德的这首无限延长的“现代史诗”找到合适的表现形式和题旨代理。上章分析表明，庞德研究中国古典诗和选译《中国诗集》是经过比较西方诗歌传统，尤其是现代诗人白朗宁代表的诗歌传统，才选译具有相应显著特征的中国古典诗。因而这些特征也相应成为庞德建构《诗章》开篇的考虑因素。因此，白朗宁仍然是庞德当时构思长诗《诗章》的焦点，与他建构结构模式的策划密切相关。庞德首先需要确定的是他自己的诗歌代言人，或者说他的长诗叙述者。在这个问题上，白朗宁的叙事模式一直萦绕庞德心头，对他影响极大。庞德一方面想模仿白朗宁的史诗《索德罗》(*Sordello*)，取索德罗式的人物形象作为自己长诗的叙述者，一方面又怀疑白朗宁的叙事模式是否适合自己的长诗叙事。《索德罗》之所以吸引庞德是因为白朗宁的这个人物实际上综合了西方传统中多种叙事方式，是在乔塞式的、博加丘式的、但丁式的基础上再根据白朗宁自己的需要而创造出的一种新形式：一种“沉思式的、准戏剧性的、准史诗式的”(3C：p.117)综合叙事方法。这是庞德反复研究白朗宁的结果。但是这一发现也使庞德自己陷入重重矛盾。重视历史因素、基于传统模式创新、主张古典与现代结合，这些观念是庞德一贯的主张；而了解过去避免重复，使历史服务于当下也是他一贯的主张。因此，庞德模仿白朗宁就意味着结构模式的重复，意味着与他自己的创新原则相悖。况且，白朗宁的时代与庞德自己的时代大不相同，例如，他在诗中对白朗宁的幽灵追问道：“你有一个完整的人？/ 而我有许多碎片，价值会不会更少？/ 啊，你有我这样的时代吗，/ 如此一个野兽一般、意见纷争的时代吗？/ 你有某种基础，有某种约定的信念。/ 还能让我宣教吗？”(3C：p.115)诸如此类的考虑使庞德陷入进退两难的困境。正如 J. Foster 所言：“有关一个合适的形式而犹疑不决构成了 1917 年诗章三篇中的一个基本问题。”①庞德这种自相矛盾的心理于是表现为他与白朗宁幽灵的大段对话呈现在诗中，并成为他后来删改《诗章三首》的主要原因。庞德 1923 年大举修改《诗章三首》时，主要就是把他与白朗宁的对话全部删掉，索德罗的影子也自然消失。这样做是为避免披露他当时的心态，也是出自结构形式的考

① Foster：“Pound's Revision of Cantos Ⅰ～Ⅲ”，*Modern Philology*，1966(63，1)，p.236.

虑，视《索德罗》的叙事方式为一种缺乏弹性的表现方式，不适合他的诗章写作。庞德的删改表明他最终决心摈弃白朗宁的叙事模式，转用荷马史诗的叙事模式和一种集合模式取而代之。正是在后者的建构过程中，中国传统诗学经费诺罗萨的解释开始对庞德的创作机制发生影响。这是以下讨论的中心问题。

二、“视觉诗艺”与东方艺术

庞德在起草他的“元诗章”时陷入犹豫不决的心态，一方面想模仿白朗宁的戏剧独白风格，一方面又想以自己的意象诗学、漩涡诗学建构诗章写作的基本模式。这种自相矛盾的心理在《诗章三首》中表现为一种莎士比亚式叙事风格：叙事者以哈姆雷特式的口吻，以犹豫不决的态度，反复追问自己，不断同自己争辩。庞德与白朗宁幽灵的交谈便组成《诗章三首》的主要内容，并且成为叙事发展的主要线索。但是，这种线型结构并不能满足庞德的表达需要，不断被其他题旨切断，插进其他相关的片断。庞德在《诗章》开头的实验中主要想确定他的长诗叙事代理，但是同时也在实验一种综合艺术的表现模式，像他说的，寻找一个“碎布头布袋”（rag-bag）、一个“模式源”(font)、一个有弹性的并能够容纳索德罗之外的题旨的结构。1915 年间，漩涡主义的动力形式和综合艺术仍是庞德诗学的首要考虑，即诉求一种能够兼容多种表现特征的结构模式。庞德曾说：“最前的 11 首诗章是为准备我的调色板，我得把我写这首长诗所需要的颜色和因素都确定下来。”(SL：p.180)这一心愿最初的实践就是庞德的《诗章三首》。第一首元诗章可以说是一个漩涡派艺术的画展，呈现庞德需要的颜色(诗质)：希腊史诗、埃及文化、中国艺术、中世纪的叙事方式、白朗宁的独白、华兹华斯的修辞、毕加索的拼贴艺术等等。庞德在综合古代和现代的表现方法的同时，也强烈期望能依靠自己创造出独特的结构模式。正是这一期求使他重视孔子的教诲，期待自己能像但丁一样创造出融会古今的表现风格，而且使他注重东方艺术的表现形式。庞德在诗中表达了这一心愿：

> How shall we start hence, how begin the progress?
> …
> Exult with Shang in squatness? The sea-monster

Bulges the squarish bronzes.
(Confucius later taught the world good manners,
Started with himself, built out perfection.)
　　　　　　　　With Egypt!
Daub out in blue of scarabs, and with that greeny turquoise?
Or with China, *O Virgilio mio*, and gray steps
Lead up beneath flat sprays of heavy cedars,
Temple of teak wood... (3C: pp.119～120)

我们将如何从此开始，如何开始这一进程？
……
因为商的敦实而狂欢？那头海怪
隆起这些方形的青铜。
(孔子后来教给世界良好的姿态，
从自己开始，创造完美。)
　　　　　　　　用埃及！
用圣甲虫的蓝色涂染，还是用那青绿的海龟？
或者用中国，啊，我的维吉尔，灰白的石阶通向
上面浓郁杉树枝下的
柚木庙宇……

"我们将如何从此开始，如何开始这一进程？"谈的就是他的长诗《诗章》如何开始，如何进行下去。这首长诗本质上是庞德探索世界、表达自己思想的媒介。庞德在这里谈论的是艺术表现，探讨不同文化的特质。圣甲虫(scarabs)是古埃及象征复活的崇拜物，青铜器为中国古代文明的象征。以上引文说明，庞德一开始设计《诗章》开头，考虑如何开始他的长诗写作时，就将中国文化同希腊文化、埃及文化一起看作写作这首长诗的基本题材和题旨。值得指出的是，庞德一开始创作《诗章》就已经考虑到东西方文化的交融，考虑到在长诗中引入不同的东方艺术的表现方法：埃及文化和中国文化。这两种艺术的特征，用戈蒂尔的话解释，就是金字塔象征"令人敬畏的高直"，中国商周青铜器象征"浑圆成熟"(GB: p.20)。商周青

铜器艺术给庞德的感觉是一种“敦实”，一种怪异而具有动感的表现力。商周时代的艺术特征给庞德的印象如此之深，以致他将“周”(Chou)字用作一个批评术语，例如，用来注释戈蒂尔模仿商周青铜艺术风格的雕塑作品：“牡鹿”和“男孩与兔”(GB：p.29)。这就是庞德为何要在《诗章三首》的首篇再提“商”和青铜器的缘故。

《诗章三首》显示了庞德对综合艺术的追求，而且是以自创独特的表现形式为目的。这就是庞德为何要在诗中借孔子和但丁之名强调“从自己开始”的用意。在诗中，庞德对孔子的评价是“教给世界良好的姿态”，这是他的国际主义观念使然。之后插入了“啊，我的维吉尔”。这一引语取自但丁《神曲》，是诗人呼唤自己的向导维吉尔，指引他穿越“谬误的黑树林”，登上“欢乐峰”[①]。庞德在此借这一典故暗示将以孔子和但丁为自己的向导，穿越谬误的人间黑暗抵达他的精神“欢乐峰”，完成这首史无前例的现代史诗。庞德在下面对自己的“欢乐峰”的描写呈现的是一种人、神、自然三者相融合的快乐境界，其中突出的是“观音”(Kwannon)女神形象，站在白莲花瓣的船上，飘然出现在飞鸟和精灵之中(3C：p.119)。我们知道，孔子形象来自庞德阅读翟理思的译介和 Pauthier 翻译的法文《四书》，观音形象则来自他新近对日本古典《能乐剧》的翻译。由此可见，庞德设计《诗章》蓝图时，不仅考虑到东方艺术的表现特征，而且设计了意义深远的东方题旨。孔子代表的儒家思想和伦理此后成为《诗章》全篇的主干主题之一(这是下章讨论的中心问题)，而观音形象则作为“仁慈妇女的神性模式”和象征反复出现在后来的《诗章》中[②]。

再者，《诗章三首》的首篇是庞德着重尝试他所谓“视觉诗艺”(phanopoeia)的地方，最为突出的是绘画的表现形式和拼贴综合艺术的技巧。在庞德1915年的“调色板”上，除西方文化的因素外，他至少放上了三种东方“颜色”(诗质)：古埃及的直线坚硬美感、中国商周青铜文化的“浑圆成熟”美感、观音形象代表的日本艺术的纤巧细腻美感。就表达形式而言，庞德除了尝试白朗宁模式的“沉思性、准戏剧性、准史诗性”的叙事方式外，同

① Dante：*The Divine Comedy*(《神曲》，J. Ciardi 英译)，见 Mack 等(编)：*The Norton Anthology of World Masterpieces*，p.766，New York and London：Norton and Company，1987.

② Bush：*The Genesis of Ezra Pound's Cantos*，p.138，New Jersey：Princeton University Press，1976.

时也在尝试毕加索、路易士的绘画新方法。这就是他在诗中说的，“以写作绘画”的方法(3C：p.121)。

三、“音乐诗艺”：琵琶女与莱斯比亚

以上分析可以说明，庞德的《诗章三首》部分是以但丁的《神曲》为潜文本，因而在首篇结尾呼唤《神曲·炼狱》篇中的音乐家卡塞拉(Casella)以暗示下篇的音乐题旨。庞德的词语也相应由绘画术语换成音乐术语。叙事者一开始缅怀历史，审视现代人与古代文化传统的相遇和承传：“我们从他们那里获得了什么／很多／还是很少？／我们在何处与这些古人相遇?”(3C：p.180)庞德虽然由诗歌的视觉性转移到音乐性方面(声律美)，转到他所谓的“音乐诗艺”(melopoeia)，但是他的共相历史观仍然是他设计《诗章》蓝图的指导思想。庞德在此重复了他一贯的看法，优秀的诗歌传统在现代社会几乎丧失殆尽，只剩一部“乐谱”，由普罗旺斯游吟诗人传到现代的一种民歌形式，有可能指他用过的《晨歌》调式①。沿着诗歌音乐性的思路，庞德也想到了中国传统，并写下了15行有关“琵琶女”的故事。这是根据白居易的《琵琶行》改写的。这首诗经翟理思的译介，诗中的歌女已经成为一个英美现代文学的形象，称之为“琵琶女”(the lute girl)。庞德对翟氏的译文肯定有所了解，但他用的日文音译地名可以说明他的改写主要根据费诺罗萨的手稿。庞德的改写十分随意，不受原文词语和结构的约束，完全不同《中国诗集》的改写方法。庞德主要取《琵琶行》的两段：首段的叙事和写景，以及中段歌女的身世自叙。《琵琶行》无疑是中国古典诗中描写音乐的上乘之作，尤以写演奏琵琶一段为最(“轻拢慢捻抹复挑……铁骑突出刀枪鸣”)。庞德却没有涉及这一段，那么，他引用白居易的诗用意何在?

前面谈过，庞德选用中国古典诗，总以某一西方传统为参照，这里也一样。他的改写集中在诗人与歌女的对话，暗示的是同病相怜：“同是天涯沦落人，相逢何必曾相识。”《琵琶行》这一段改写之后，转写古罗马诗人卡图卢斯(Catullus)模写萨福(Sappho)的诗句，接着是卡图卢斯对情人的倾诉。卡图卢斯最为著名的作品是他献给情人莱斯比亚(Lesbia，一译莉丝比亚)的抒情诗，而萨福出生于莱斯博斯岛(Lesbos)，由于有关萨福同性

---

① Bush：*The Genesis of Ezra Pound's Cantos*，pp.118～119，New Jersey：Princeton University Press，1976.

恋的传说，这个岛名派生出的词 Lesbian 已成为女同性恋的特殊指称。庞德的间接手法十分委婉，但用意是明确的，就是在不同文化传统中寻找母题的重现。庞德在白居易诗中读到的是，诗人同情歌女的遭遇而联想到自己的贬谪，从而激发出创作激情，写下这首千古绝唱的《琵琶行》。同理，卡图卢斯的传世之作也是由莱斯比亚激发的情爱而写成的。莱斯比亚是有夫之妇，放纵情欲，在旁人眼中简直就是一个“荡妇”，但卡图卢斯却对她情有独钟，为她写下了大量诗篇，既赞美她的美丽又诅咒她的邪恶，对她始终怀有不可抑制的热恋，如在诗中的描写：“当我看你时，莱斯比亚 / 我顶上空白一片，/ 我的舌头变得沉重，我的血管/ 流动着暗火，耳后升起雷鸣……”(3C：p.181)由此可见，庞德把《琵琶行》的段落与卡图卢斯的诗句并置是为暗示二者的潜在类同：即情感(激情)是诗歌创作的原动力。这是庞德的核心诗学原则之一：“情感是形式的组织者，不仅组织视觉形式和色彩，而且组织听觉形式(声律、节奏模式)。”(SP：p.345)庞德历来重视情感在诗歌创作中的作用，视其为意象、形式、基调、节奏韵律等形式的根本。无独有偶，白居易也视情感为作诗之根本：“诗者：根情，苗言，华声，实义。”[①]白居易的言说可追溯至《毛诗(大)序》的“情动于中而形于言”一类的传统观点。庞德与白居易在这一观念上的不谋而合，再次证明庞德的现代诗学观念与中国的传统诗学有所通约。这就是为何中国因素不断在庞德创作中出现的缘故。在《中国诗集》阶段，庞德主要展示各具特色的中国诗歌典型：战争诗、人间诗、别离诗、闺怨诗等。在《诗章》的最初设计中，庞德开始灵活运用他已掌握的中国文学知识，注重东西方艺术的糅合，尝试将东方题材、题旨融入西方传统的语境中，例如，孔子与但丁的向导维吉尔并举，观音出现在《神曲》的“欢乐峰”语境中，白居易的琵琶女移植入卡图卢斯赞美莱斯比亚的情诗中。

1923 年庞德修改“元诗章”时，《诗章三首》约有十分之九被删除。但是，庞德尝试综合艺术的方法、尝试东西方文化糅合的方法并没有随之删除。庞德最初设计《诗章》考虑的要素：结构模式、题材、诗质、表现形式等一直贮存在他的脑中，并以不同的方式反复出现在他后来的《诗章》写作中。这也包括了他对中国文化、中国题材、中国题旨、中国诗学等的考虑

① 白居易：《与元九书》，见赵则成等(编)：《中国古代文论译讲》，177 页，长春，吉林人民出版社，1984。

与尝试。庞德对中国文学传统的理解与接受也相对进了一步，中国因素已经进入庞德诗学中的“视觉诗艺”和“音乐诗艺”的范畴。

四、《诗章》开头：叙事模式与集合模式

前面谈过，以什么结构模式，以什么叙事方式开始《诗章》是庞德最初设计他的现代史诗的首要考虑。这一问题构成《诗章三首》末篇的主要内容。庞德以白朗宁的独白方式探究各种表现方式，谈到了 John Heydon(17 世纪英国作家)、乔塞、华兹华斯等代表诗人，然后集中在中世纪作家 Andreas Divus 用中古拉丁文翻译的希腊文荷马史诗《奥德赛》中的一段，叙述奥德赛率领部下乘船逃离喀耳刻女巫（Circe）的岛屿的经过。庞德为何特别重视这段史诗？这里有两个原因：首先，他认为这一段是荷马史诗中成形“最早、最原始”的一段；其次，这一段暗示了奥德赛通过祭酒使地狱的亡灵显形[①]。由此可见，共相历史观仍然在庞德的诗章设计中发挥作用：呼唤“过去”、呼唤亡灵、呼唤历史对庞德意味着发现传统表现方式的重复与演变。这里庞德企图以他的诗章实现一种古今承传而相融合的叙事：由荷马希腊文开始的古代叙事，经 Divus 的拉丁文的中世纪叙事，再到他本人的英文现代叙事。故而庞德对他的长诗的整体考虑反映出他将《诗章》看作是呼唤历史、过去、亡灵、传统等与现代人会通的媒介。因此庞德 1923 年大修改时，保留了《诗章三首》末篇的大部分，尤其是荷马史诗的这部分，而且 1925 年正式发表长诗第一辑《诗章十六首初稿》(*A Draft of XVI Cantos*)也基本保持这一段的原样，并用作第一首诗章的开头。由此可见，当庞德决定用“(奥德赛)然后跑到下面的船上”(And then went down to the ship)这一句作为《诗章》的首句，他已经最终决定放弃拜伦的唐璜，放弃白朗宁的索德罗，而采用荷马的英雄奥德赛做自己史诗的叙述人[②]。庞德的现代史诗叙事也相应从白朗宁式的戏剧独白转变为希腊史诗的叙事方式。

然而，从《诗章》的实际创作时间看，庞德 1923 年确定的荷马史诗叙事模式并不是最早的。他最早建构成形的模式应该是《诗章四》的形式模式。

---

① Carpenter：*A Serious Character*：*The Life of Ezra Pound*，p.291，London and Boston：Faber and Faber，1988.

② Slatin：“A History of Pound's Cantos Ⅰ～Ⅲ，1915～1925”，*American Literature*，1963(35,2)，pp.184～185.

前面提过，庞德于 1915 年 12 月开始写作《诗章三首》，但据 Stalin 考察，同在 12 月他也在起草《诗章四》的草稿，并于 1919 年 10 月首次发表了这首诗章。1925 年重印的正式版本与 1919 年的基本相同，未作多少修改，因而《诗章四》实际上比《诗章三首》早四年定型。此外，《诗章四》的结构模式也与《诗章三首》的完全不同，是以意象为主的集合结构，而非叙事为主的结构。由此可见，庞德的《诗章》设计实际上有两套方案：一套是沿着他"散文价值"的思路发展，以《诗章三首》实验叙事模式；一套是基于他的"明亮具体"、"意象"、"漩涡"等视觉艺术概念发展诗学，以《诗章四》为开端，实验集合结构模式。前者是受小说创作的启发从而借鉴诗歌传统的叙事方法发展自己的诗学和创作方法；后者则源于他自己的诗学核心"明亮具体"，更加强调"从自己开始"的创新精神。因此，《诗章四》的结构模式更能说明庞德诗学与他的长诗《诗章》基本结构生成的关系，及其中国诗学的影响与借鉴，因而是我以下讨论的中心。

五、费氏论文《中国文字》对庞德的影响

Slatin 是研究《诗章三首》的先行者之一。他在文章中指出，庞德 1915 年 12 月已经为创作《诗章四》写下了一些草稿，但是后来或者扔掉了，或者遗忘了[①]。C. Froula 后来的实证研究却证明：庞德并没有放弃这些草稿，而是一改再改，1919 年草稿已经基本定型，并于 1920 年 6 月发表了《诗章四》，此后未再做大的修改；而 1917 年发表的《诗章三首》迟至 1923 年才最后确定。这创作史实向我们提出的问题是：庞德为何将注意力转移到《诗章四》的草稿上？为何首先确定它的结构模式？长诗《诗章》的最初设计和创作自 1915 年延续到 1925 年正式发表首辑，约有十年之久。在此期间，庞德除诗章的写作外，还发表了两部诗集。一部是他根据古罗马诗人普罗普尔休斯(Propertius)的拉丁文挽歌集改写的诗集，1917 年发表的《向色克特斯·普罗普尔休斯致敬》(*Homage to Sextus Propertius*)；一部是总结他的伦敦生活而创作的诗集，1920 年发表的《H. S. 莫伯利》(*Hugh Selwyn Mauberly*)。这两部诗集，同他的《中国诗集》一样，都可以看作是他为创作《诗章》的准备工作，对他的长诗写作都有一定影响，尤其是他总结伦敦

---

① Slatin："A History of Pound's Cantos Ⅰ～Ⅲ，1915～1925"，*American Literature*，1963（35，2），p.187.

生活的组诗。英国当时的首席批评家，牛津大学教授 F. Leavis 就持这样的观点[①]。值得注意的是，除创作实践外，这一时期的庞德还有理论方面的影响。他同时还整理编辑了费氏论文遗稿《作为诗歌媒介的中国文字》(*The Chinese Written Character as a Medium for Poetry*)。这篇论文相当独特而且较长，庞德是 1916 年着手编辑，1917 年 1 月已完成初稿，1918 年 9 月首先以连载形式在《小评论》(*Little Review*)杂志发表，1936 年又以单行本在伦敦出版成书。庞德对这篇论文评价极高，称之为"我们时代最重的论文之一"(SL：p.93)。前面谈过，庞德在创作《诗章三首》时以实验叙事模式为主，为了写出长诗，已准备放弃他原先的意象诗概念。但是他在写《诗章四》的草稿时，却改变了主意，如他所言，"发现自己又回到原先开始的地方"[②]，意思是又回到他的意象诗学观念上。再者，费氏论文于 1918 年发表，《诗章四》于 1919 年底定型，于 1920 年 6 月发表，二者时间相隔很近，而且《诗章四》的结构模式与费氏的诗学主张密切相关。费氏论文很有可能是促使庞德改变观念的主要因素，值得我们讨论。

费诺罗萨(Ernest Fenollosa，1853～1908) 生于美国麻省，父亲是西班牙人，母亲是美国人，故为西班牙裔美国人。他 1874 年毕业于哈佛学院(后来的哈佛大学)，继而在剑桥大学主修哲学和神学一年，再在波士顿美术馆艺术学院深造。费氏于 1878 年到日本，时值日本开始大量引进西学。费氏先在东京帝国大学教哲学、政治经济学，为东京帝国大学首任哲学讲师。在职期间，他开始对东方文学、艺术产生浓厚兴趣，并学习研究日本、中国古典文学，搜集东方艺术品。费氏有感于日本当时崇尚西方文明，西化风盛行，视本土文化传统为"落后"，故而竭力倡导重视本土文化，保留本国民族传统。费氏这方面的活动引起了日本政府重视，后被任命为"日本政府艺术专员"。此外，费氏在日本还获得逻辑学教授、美学教授的头衔。文学方面，费氏主要师从东京帝国大学的森槐南教授研究中国古典诗歌，师从另外两位日本专家研究日本传统戏剧。所谓费氏遗稿主要

---

① Leavis："Retrospect"，见 Sullivan(编)，*Ezra Pound：A Critical Anthology*，p.132，Harmondsworth：Penguin，1970.

② Froula：*To Write Paradise：Style and Error in Pound's Cantos*，p.21，New Heaven and London：Yale University Press，1984.

就是他这一时期的学习笔记和心得[①]。庞德在文中序言部分称这篇论文为“美学基本原理的研究”，称费诺罗萨是以语言研究美学的先驱，是“自己不知，也不为人知的先驱”(FP:p.3)。费氏自己也说：“我的主题是诗，不是语言。但是诗根植于语言。”(FP:p.6)从费诺罗萨的背景看，他的主要研究兴趣是哲学和艺术，又是东京帝国大学的首任哲学讲师，费氏的专业决定了他研究中国汉字的性质：以汉字为美学研究的对象，探讨艺术(诗歌)表现的媒介，而非语言学研究。这是我们讨论费氏论文的前提。在这个前提下，纠正费氏的汉语“误读”，并无多大意义。费氏对中国文字的研究是由词、句、语法等推及思维方式和表现形式的讨论。他首先注意的是汉字的象形特征，认为汉字不仅反映事物本身，而且反映事物的运动过程，是一种“运动和过程的速记式图画”(FP:p.8)。他特别欣赏汉语的组字方式，尤其是会意字的组合，认为由“日”和“月”合成“明”的方法和意义是一种“做诗的方法”，因为这种组合暗示的是语言和表达“二者之间的根本关系”(FP:p.10)。有关句子，费氏观察到汉语的句子组合不依赖语法联结，而依靠一种时间和空间顺序，例如“人见马”，不仅没有词形变化，而且主谓宾的关系不取决于人为的词形变化，因而是取决于一种“自然”顺序和自然组合的方式。费氏相信“自然本身没有语法”，所以汉语的词、句的组合方式能够“使语言接近事物”(FP:p.17)。此后，费氏由语言转到谈论诗学。他认为“最好的诗不仅涉及意象，而且涉及高尚的思想，涉及精神联想和隐晦关系”(FP:p.21)。费氏极为重视事物的相互关系，认为：“关系比相互联系的事物更为重要”，并且信奉爱默生的超验自然主义：“大自然显现自身的线索。”对费氏而言，理解真理主要通过存在的物象显现，通过对潜在关系和隐蔽真理的解释。他认为隐喻的过程就是“用物象暗示非物的关系”的过程，因而主张“隐喻(metaphor)及其象是自然的揭示者，是诗的材料”。费氏还认为汉语由于其特有的象形性和“直接想象”(会意字)的功能完全能够传达隐喻的过程，而使用隐喻就是用“已知的解释隐晦的”，因为

---

① Carpenter: *A Serious Character*: *The Life of Ezra Pound*, pp.218～219, London and Boston: Faber and Faber, 1988. Stock: *The Life of Ezra Pound*, pp.185～186, New York: Pantheon Books, 1970. 庞德整理费氏遗稿之前，费氏遗孀玛丽在 Binyon 和两个日本学者的协助下，历时三年整理，于 1912 年出版了一部两卷的费氏遗著《中国与日本艺术的时代》(*Epochs of Chinese and Japanese Art*)。对费氏著作一般有两种意见：一是远东艺术文化的开拓者，一是伪造者。

客观世界的美和自由已经为我们提供了范例：大自然的“生命充满艺术”(FP：pp.22～23)。

关于思维方式，费氏列举了两类：一类是“根深蒂固的分类逻辑”思维；一类是由个别推导一般的中国式思维方式。为此他举了一个中国式的例子，人们通过观察“樱桃、玫瑰、落日、铁锈、红鹳”而抽象出“红”的概念。(这个例子后来经过庞德反复阐释已经成为西方汉学界人所皆知的例子)[①]。费氏认为这种抽象概念有坚实的事物为基础，因此这种思维方式才是科学的，而“诗歌与科学一致，不与逻辑一致”(FP：p.26)。费氏进而谈论自己对中国诗的感悟——“中国诗通过呈现生动的形象而回归自然界的运动过程”，并且提出这样的建议：“假如我们用英文来遵循这种方法，我们必须使用高度意蕴的词，而词的暗示性应该像大自然那样与人产生互动。”(FP：p.31) 费氏最后仍然以超验自然主义观念评论诗和艺术的法则：

> 在所有诗歌中，一个词就像一个太阳，有它的光环和色层；词与词集合在一起，用启示的外延相互重叠，致使语句变得明朗，发出连续的光束。(FP：p.32)

随后费氏提出“诗优于散文”的观点，并指出其优越性就在于用词与并置组合的方式：

> 诗优于散文，尤在诗人选择、并置蕴意丰富的词，蕴意相叠，融为精致透明的和谐。所有艺术都遵循这一法则，精致的和谐取决于蕴意的巧妙平衡。(FP：p.32)

费氏这篇论文主要是以爱默生的自然神秘论阐释他对中国文字的理解。从美国文化传统上看，庞德也特别崇拜爱默生和惠特曼，而后者是前者哲学思想的继承与发展。因此，庞德一定程度上也接受了爱默生以自然神秘论为特征的超验主义思想，像费诺罗萨一样，一脉相承地受到美国新

---

① 我记得一次讨论会上，发言者提到这个例子，只开了个头“cherry”，参会的西方学人就众声回应，大声说出“rose，sunset，iron and flamingo”，其熟习程度令人吃惊。

柏拉图主义思想的影响，倾向于探究事物本源，崇尚大自然的启示意义[①]。具体表现就是，费诺罗萨和庞德都热衷于探究语言与表达的关系，探索诗歌传统的现代复现。他们的研究都体现了一种终极价值取向：诉求普遍美学价值，探索宇宙奥秘。正如费氏论文所言："创造语言的史前诗人们发现了大自然整体和谐的体系，并用他们的颂歌唱出大自然的律动过程。"(FP:p.32)庞德之所以欣赏费氏观点主要就是基于他们的共同思想倾向。因此他们都十分重视探究概念的本源，探究一般与个别的关系。费氏的探索从"事物"(things)开始，而庞德从"具体"(detail)开始；而且他们都建构了各自的表达媒介：费氏用"隐喻"(metaphor)，庞德用"意象"(image)。费氏以语言探讨美学的言论无疑吻合庞德好探究事物本源的习性，庞德因此能感受到他们认知上的共场，感受到在审美上与费氏极为亲近，所以费氏论文对庞德的诗学建构影响深远。费氏在这篇论文中演绎的以具体事物传达抽象概念的方法无疑是庞德后来建构"会意方法"(ideogrammic method)的思想来源。费氏对中国文字与诗歌表现关系的观点与解释应是启发庞德重新审视他的意象、漩涡诗学观念的主要因素，促使他再次将自己以视觉形象为主的诗学原则用作建构《诗章》基本模式的主要因素。以上分析可以说明，庞德很有可能是按费氏诗学观念首先修订《诗章四》的草稿的。

第二节　《诗章四》:集合模式与中国传统诗学

《诗章四》对庞德的长诗创作和诗学建构都至关重要。原因有二：其一，是真正的长诗《诗章》的首篇；其二，是庞德实践、建构适合长诗写作的集合结构模式的所在。《诗章四》的创作史复杂延宕，长达四年。其间庞德犹豫、徘徊于他的"散文价值"概念与意象、漩涡概念之间，同时他的诗学观念、表现方法均发生较大变化，故为众多论者关注。我在这里主要延续中国传统诗学的影响，探讨中国诗学如何渗透、参与庞德长诗写作基本模式的建构，进而说明具有意义的中国诗学影响的生成点不是在《中国诗集》的改译，而是在《诗章四》的创作。前面讨论的费氏论文的基本概念为我们分析《诗章四》的基本结构特征提供了一定线索，为理解它的表现特色

---

① Elliott："The Eidolon Self：Emerson，Whitman and Pound"，见 Jacquline Kaye(编)，*Ezra Pound and America*，p.43，New York：St. Martin Press，1992.

示明一个方向，尤其是费氏对诗与散文的见解："诗优于散文，尤在诗人选择、并置蕴意丰富的词，蕴意相叠，融为精致透明的和谐。"从这个"诗优于散文"的角度，结合庞德以视觉形象为主的诗学观念以及他的"会意"集合概念分析《诗章四》，我们将得出一个与《诗章三首》完全不同的结构模式。

一、变形神话母题探索　无联结并置　叠词重声

《诗章四》以探索希腊变形神话母题的延续与演变为主要题旨，但显现出一种全新的风格和结构模式。与《诗章三首》的叙事截然不同，《诗章四》一开始就是意象并列并置。翻译势必改变原结构，故仅引原文：

> Palace in smoky light,
> Troy but a heap of smouldering boundary stones,
> ANAXIFORMINGES! Aurunculeia!
> Hear me. Cadmus of Golden Prows!

仅这四行就表明了庞德创作的大变化：1. 以意象并列结构开头；2. 四行都是片语(fragments)，不是句子，而且没有语法连接，简单并列并置；3. 语言高度浓缩，表达十分隐晦，因此理解取决于读者阅读期待视域的大小。首二行似乎模仿中国古典诗的兴起结构：先写景物(或背景)以引起吟咏人事，手法与庞德改译李白《送友人》首二句相同("青山横北郭，白水绕东城")，只不过换为特洛伊城遭战火焚毁的背景。第一节的要点在"倾听我"(Hear me)的呼唤，表明诗人要与历史、与古代对话的强烈愿望。因此，三、四行只用呼语招呼历史，唤起读者对神话与历史的回忆。第一个呼语"阿纳克西福敏吉斯!"

"Anaxiforminges" 取自古希腊诗人品达(Pindar)的"颂歌"组诗题名，被誉为"抒情诗之王"的组诗；第二个呼语"奥兰库蕾亚!""Aurunculeia"取自卡图卢斯婚礼颂歌中的新娘名；第四行呼唤的腓尼基王子卡德摩斯"Cadmus"，为希腊神话中斩恶龙，缔造底比斯城的英雄（CT：p.11）。因此，庞德一开始就暗示他的现代史诗要继承西方古代最优秀的抒情诗歌传统，与之对话，与之交融。这里已经显现了费氏论文的影响。费氏反对语

法连接，主张“自然”并列、并置，强调蕴意、暗示、联想、隐晦关联等观念，都已经明显地运用在这四行中。在第一节，庞德以不同来源的典故和诗歌传统暗示母题的重叠，暗示潜在、隐晦的相互联系，为他以下的写作发展提供了巨大的创作空间。他继而以综合艺术的方式描绘、点染了一幅色彩斑斓的历史、神话、自然交融的拼贴画面：

> The silver mirrors catch the bright stones and flare,
> Dawn, to our waking, drifts in the green cool light;
> Dew-haze blurs, in the grass, pale ankles moving.
> Beat, beat, whirr, thud, in the soft turf
> 　　　under the apple trees,
> Choros nympharum, goat-foot with the pale foot alternate;
> Crescent of blue-shot waters, green-gold in the shallows,
> A black cock crows in the sea-foam; (C4:p.13)

> 那一面面银镜照住光亮的岩石熠熠发光，
> 晨曦，唤醒我们，飘进那碧绿清凉的光；
> 雾霭弥蒙，草丛里，苍白的脚踝匆匆。
> 砰砰，嘭嘭，嗡嗡，嘣，在柔软的草坪上，
> 　　　在那些苹果树下回响，
> 精灵在合唱，山羊蹄与苍白的脚步交替；
> 湛蓝的海湾，绿莹莹的金子躺在浅滩，
> 一只黑公鸡在海沫上鸣唱；

表面上庞德是在写景，实际上已经糅进了历史、文化典故。例如，“Beat, beat, whirr...”这行取自惠特曼；“Choros nympharum”（精灵的合唱）取自萨福的诗句；“黑公鸡”鸣唱则宣告爱与美神阿弗洛狄忒从大海的泡沫中复活(CT:p.11)。所以，庞德在第一节以写景的形式，巧妙地将景物描写与文学典故糅合在一起，为他以下的神话母题探索铺垫。

前面谈过，庞德在《诗章》初构阶段，一直在探索不同的表现手法和结构模式。其中之一是并置表面差异极大的事物以暗示潜在联系的方法，例

如，“琵琶女”的故事与莱斯比亚情节的并置以暗示二者相同的题旨：激情是诗歌创作之根本。庞德在《诗章四》又一次运用这种方法，但表现又有所不同。第二节出现一位神秘的老人讲述美人的故事，以揭示贯穿西方古代和中世纪文学传统的命题：以变形为特征的爱情、谋杀、复仇的过程。引文在下：

Ityn!
Et ter flebiliter, Ityn, Ityn!
And she went toward the window and cast her down,
All the while, the while, swallows crying:
Ityn!
"It is Cabestan's heart in the dish."
"It is Cabestan's heart in the dish?"
"No other taste shall change this."
And she went toward the window,
　　the slim white stone bar
Making a double arch
Firm even fingers held to the firm pale stone
Swung for a moment,
　　and the wind out of Rhodez
Caught in the full of her sleeve.
. . . the swallows crying:
"Tis. Tis. Ytis!" (C4:pp.13～14)

哎叮！
泪流不止，哎叮，哎叮！
她走向窗户，跃下去，
这期间，这期间，燕子一直叫唤：
哎叮！
“这盘里是伽伯斯丹的心。”
“这盘里是伽伯斯丹的心？”

"什么味道也换不了这道菜。"
于是她朝窗户走去，
　　　　白薄石条
砌成的双拱
坚毅的手指抓住坚硬的白石
悠荡片刻，
　　　　罗德兹高原的风
扬起她的双袖。
……燕子在啼叫：
蒂斯！蒂斯！艾蒂斯！

这一命题是通过两个故事来说明的。一个取自奥维德的长诗《变形记》中的神话故事。色雷斯国王帝留斯强奸了妻妹菲洛梅拉，其妻普洛克涅为了报复而杀害儿子艾蒂斯(Itys)，并烹煮了他的肢体送给丈夫帝留斯吃。姐妹俩后来在逃避帝留斯的追捕时，普洛克涅变成燕子，菲洛梅拉变成夜莺，不停地叫唤着冤屈的"艾蒂斯"。第二个故事取自薄伽丘的《十日谈》。为罗斯隆城堡雷蒙公爵服务的游吟诗人伽伯斯丹(Cabestan)爱上了公爵夫人塞蕾蒙达。公爵发觉后，杀了伽伯斯丹，并命人烹调他的心送给夫人吃。塞蕾蒙达拒绝吃，遂跳阳台自尽。菲洛梅拉的故事源自希腊神话，是西方家喻户晓的悲剧。庞德因而以第二个故事为主，由塞蕾蒙达重演自尽一段。而菲洛梅拉姐妹的悲剧仅作潜文本，由诗中的鸟啼引起读者注意，暗示这两个故事的潜在联系。这就是费氏论中说的"泛音"(overtone，也指隐晦的言外之意)方法。费氏这一观念的作用可以从庞德的修改看出。

与这段相关的草稿是"片断 A"①。从草稿看，庞德的原意是塞蕾蒙达直接呼唤普洛克涅，揭示她的变形和悲剧，然后通过雷蒙公爵与夫人的对话暗示她与情人的关系，逼迫她吃伽伯斯丹的心，再描写塞蕾蒙达自尽。庞德修改时，删掉许多细节，让普洛克涅、伽伯斯丹、雷蒙全部隐退，只剩下塞蕾蒙达一人重演自尽的悲剧，仅以她的动作暗示变形为鸟的蕴意："坚毅的手指抓住坚硬的白石；/ 悠荡片刻，/ 罗德兹高原的风 / 扬起她的

---

① Froula：*To Write Paradise*：*Style and Error in Pound's Cantos*，p.80，New Heaven and London：Yale University Press，1984.

双袖。”此外，在这个片断的前后，都特别突出燕子的啼叫“艾蒂斯”。由此可见，菲洛梅拉姐妹变形的神话其实是通过塞蕾蒙达的暗示和鸟啼传达的。这种言此意彼，以另类“他者”(鸟)寄托思情(冤怨)的表达与中国传统的比喻手法十分相像。庞德在这里有可能运用他早先改译《中国诗集》的方法。例如，李白以“萧萧班马”传达离别之愁，陶潜以庭鸟欢鸣寓思友的心情，中国传统诗学对庞德的长诗写作的影响在此已可略见一斑。

塞蕾蒙达的悲剧结束后，变形的主题并没有完结，而是随变形鸟的鸣啼声继续发展。以后的两节(33～68 行，C4:pp.14～15)，庞德继续从奥维德的《变形记》选用亚克提安(Actaean)的变形故事与普罗旺斯文学中的相似传说人物维达尔(Vidal)重叠在一起。第一故事还是希腊神话。青年猎人亚克提安在打猎时，无意间在一个山谷的水泉边遇见正在沐浴的狩猎女神狄安娜(Diana)。女神又惊又怒，将他变成一只牡鹿，遂被他自己的猎犬追咬至死。狄安娜因此而成为贞洁女性的象征。维达尔呢，为了取悦情人，披上一张羊皮，假扮成羊去吓唬情人，结果也是被他自己的猎犬咬死(CT:p.12)。庞德把这两个故事交织在一起，是为了表现传统母题的重复与演变。在诗中，他以亚克提安的情节为描述明线，维达尔的故事仅作暗示陪衬的潜文本。这段描写十分生动、优美而传神，表现出一种精致艺术的追求。为了突出母题重叠这一性质，庞德显示了他特有的意象诗品味，而且着重突出了他的“音乐诗艺”(melopoeia)。正是在这一点上可以看出庞德的一些本质变化。在这里，庞德一反自己前期现代主义诗歌改革的做法，大量使用传统的头韵，而且为了声律美的缘故，甚至不惜重复词语、片语。诗句整体的律动显现一种类似中国古典诗的韵律感，其疏朗、空灵、飘逸的意味远远超过他 1915 年的《中国诗集》译文。这一变化不能不归于庞德对费氏论文的整理编辑工作。费氏在文章中指责逻辑关联、语法联结为诗歌写作一大弊病。庞德有感费氏这一观念，放弃他根深蒂固的联结习惯，例如，不再使用他惯用的“and”、“with”、“like”等连词，开始运用单纯的非联结并列、并置方法写作《诗章》。我这样说并非主观臆断。我们只要把《诗章四》的句式与《中国诗集》的句式作一比较，就能证明这一本质变化的存在，尤其是韵律近似的段落，例如，庞德据李白《忆旧游寄谯郡元参军》改译的《流浪汉书信》(Exile's Letter; CSP:p.146)。这首诗语言流动感也很强，但却用了大量的连词(with、and、like)，而《诗章四》却没有这类连词，其语式韵律比他译的中国诗还更加中国化。

再一个显著变化是重叠。描写狄安娜的段落已经不再出现暗示菲洛梅拉变形的鸟啼，但是这种暗示却通过韵律、节奏、词语的重复，不断提示读者变形神话的蕴意。这种暗示“泛音”手法可以看作庞德“复调”概念的作用，同时也可以看作他改译《中国诗集》的反馈影响。上章分析表明，庞德曾把中国传统的押韵、对仗、叠词、叠句等视为累赘，视为矫揉造作的修辞手段；因此在具体改译中，总是想方设法消解，而且往往用逻辑联结取代原有的诗律联结。因而《中国诗集》很少有词句重叠的运用。费诺罗萨在文章中对中国文字的组合方式和诗学的解释对庞德应该是有影响的。整理费氏论文后，庞德显然调整了自己的观念，开始重视传统手法的作用。《诗章四》相应出现了明显的变化，大量运用重叠句式，一是为突出母题重复、历史再现的题旨，二是为强调他的“音乐诗艺”。具体做法就是通过片语意象的集合，通过声律、词语的叠合。《诗章四》因而出现类似中国传统的叠韵、叠词、叠句的写作方式。阿克托安被猎犬追逐的描写就是这种重叠格式的例子：

The dogs leap on Actaeon,
　　　　"Hither, hither, Actaeon."
Spotted stag of the wood
Gold, gold, a sheaf of hair,
　　　　Thick like a wheat swath
Blaze, blaze in the sun,
　　　　The dogs leap on Actaeon.
Stumbling, stumbling along in the wood.
Muttering, muttering Ovid:
　　　　"Pergusa... pool... pool! ... Gargaphia."
"Pool... pool of Salmacis."
The empty armour shakes as the cygnet moves. (C4:pp.14～15)

如画线部分所示，这么多的词语，不押韵就重叠，或者二者兼有之。随着这种重叠韵律的运动，庞德巧妙地将奥维德《变形记》及希腊神话中有关变形的故事糅合在一起。庞德从《变形记》中取了三个湖名，同时也就取了三个典故。Pergusa(佩尔格萨)是西西里的一个湖，传说宙斯之女佩塞芬尼(Persephone)在此湖边被冥王狄斯(Dis)劫走，娶为冥后。Gargaphia(伽尔盖非亚)是亚克提安撞见狄安娜女神裸浴的山泉名。Salmacis(萨尔玛西斯)是小亚细亚的一个湖名，也是湖中的神女名，传说在湖畔企图诱奸一男童而未遂(CT：p.12)。这些有关湖畔情欲的神话最后以库克诺斯(Cygnus)化为天鹅的神话统一。海神尼普顿之子库克诺斯被无敌英雄阿喀琉斯战败，摔在地上，其父将他化为天鹅逃走，地上只剩一堆空铠甲。由此可见，《诗章四》是庞德以诗歌形式探讨西方神话母题的延续、重复、演变，故而采取相应的重叠表现方法。值得指出的是，如上面引文所示，庞德不仅密集使用叠词、叠句，而且多数还是倒装句式。这一事实，不能不使我们联想到中国古典诗的相同模式，尤其是庞德选译过的汉《古诗十九首》中的《青青河畔草》。其最为显著的是六句首置叠词连用，应该是庞德的叠词倒装的范例。庞德正是用同样的叠词首置的手法，以视觉聚焦的效果将狄安娜、佩塞芬尼、莎尔迈西斯的神话蕴意编织在一起，再引入库克诺斯的典故突出“变形”的主题。

庞德以戏剧抒情方式表现的“变形”神话结束后，在第六节、第七节(69～88行)开始以沉思抒情的方式表达自己的感悟。庞德在这里再次显示了他以《诗章》为探索世界和表达自己思想的媒介这一意图。在他看来，文学表现因时代变迁而演变，因民族和文化传统相异而演变，但是人的本性(爱情、情欲、仇恨、报复等)却潜伏在人类心理深层，保持不变。窥视到这一点就是对事物本源的洞见。“于是，天光倾注，阳光飞泻。”(C4：p.15)诗人对变形神话和传说的母题探究于是转移到对自然生命隐秘演变、重现的冥思。庞德的抒情也再次显现费氏观点影响的痕迹：“已知解释隐晦，宇宙充满神话的活力。”(FP：p.23)从这个观念看，“变形”神话问题的思考必须与自然神秘生命的象征结合在一起；诗人因此强调“一重叠一重的生命依然包裹大地”，并以相关的意象暗示自然生命的循环演变：落花似脸，飘落山泉，随波流逝；流水冲积沙丘，再长树开花。事物彼此关联、演变，自然生命循环不止。诗人由自然生命的永恒又联想到神性。于是，花瓣化为火焰，化为观音的白莲，化为许门(Hymen，姻神)的橘红拖鞋①；于是，生命长存，长青，就像《能乐剧》中歌颂的松树；于是诗人禁不住歌唱："看那生命之树！/ 枝杈顶上，犹如燃烧着白莲。/ 一重叠一重 /水滩浪涨波涌 / 在这些神祇的膝下。"(C4：p.15)庞德在这里委婉表达了他的诗学观念。诗歌创作的激情是智慧与探索的激情；直觉审美必须与智性探索结合才能撞击出"创造的热情"，才能产生"诗的能量"。庞德对神话问题的探索融合了对自然的直觉感悟，在此写下了一段人界与神界联姻，情理并茂的优美诗段。

这段抒情诗明确无误地显示了东方文化对庞德的影响，显示了庞德整理费氏遗稿的工作对他创作实践的实际影响。庞德 1915 年选译《中国诗集》，1916 年翻译日本古典《能乐剧》，1917 年编辑《作为诗歌媒介的中国文字》论文，到 1919 年重新修订《诗章四》时，他已经获得了一定的东方文化知识，而且成为他的东方"颜料"，供他表现对事物本源、普遍真理的思索。因此，他在探讨西方神话母题的诗性表达中，巧妙地融入了他的东方"颜料"，从而产生了东西方文化因素高度融和，智性思辨与直觉审美精微结合的美感，因而形成《诗章四》的一大特征。具体来说，第六、七节的抒情，主要是庞德糅合费氏自然神秘论的观念和他整理《中国诗集》和《能乐剧》的记忆而写作的。例如，作为庞德诗语标志的隽语"一重叠一重"(ply over ply)，虽然是先由白朗宁的《索德罗》诗中得来，但其特有的蕴意是在翻译陶潜《停云》中的"八表俱昏"而确立的，这个由陶潜诗演变的蕴意首先用在《诗章三首》之二②，此后成为一个他在《诗章》中反复使用的意象。此外，庞德在这段的主要意象，"生命之树"(the tree of the Visages)③，以及暗示的观音的白莲，都来自于他翻译《能乐剧》的记忆。由此可见，费氏遗稿为庞德的《诗章》写作不仅提供了东方因素，而且有可能提供了可参考的结构模式：《中国诗集》中的表现方法和《能乐剧》的叙事方式。

---

① Saffron sandal，橘红拖鞋，是希腊神话姻神许门的象征。

② 参见本书第二章 Froula：*To Write Paradise*：*Style and Error in Pound's Cantos*，p.13，New Heaven and London：Yale University Press，1984.

③ "Visage"原意为"脸"，是费诺罗萨把"命"误读为"脸"所致的误译。参见 Terrell：*A Companion to The Cantos of Ezra Pound*，pp.13～14，Berkeley and Los Angeles and London：University of California Press，1993.

二、宋玉《风赋》 诗歌表现与风格

《诗章四》的分析也说明了庞德在运用东方题材方面已有进一步发展，已经超越了翻译和再创性翻译的局限而进入了自由发挥、东西文化因素交融的阶段。这一点可以由庞德处理宋玉《风赋》的分析进一步说明。第八节（第89至99行）是被称为“风诗”（the wind poem）的一节，来自费氏遗稿所记萧统《文选》中宋玉的《风赋》（CT：p.14）。费氏录了大约原文的前五分之三，庞德用得更少，仅10行，而且不照原文顺序和意思，完全根据他的需要任意发挥。因此这一段为考察庞德如何运用中国素材提供又一依据。吴广平据最新考古发现证实《风赋》确实为宋玉所作，并非拟托，并且根据他自己的研究重新界定了宋玉（前298？～前222）在中国文学史上的地位：“赋体文学的开山祖师”及其“代表作家、创作圣手”。他继而指出真正的“赋祖”与“赋圣”非宋玉莫属，并非传统承认的荀况和司马相如[①]。“不歌而诵”的赋以对偶排比、铺张扬厉、文采瑰丽、韵散并兼为特色，具体到宋玉又多了纵横家说辞的雄辩巧谈和夸张闳衍[②]。《风赋》正是这样的典型范例。楚襄王赞风，宋玉对之发挥成自己的雄风、雌风说；明美襄王，实为刺之；襄王治下，天地之风皆有贵贱，其他可想而知。这种由《诗》衍行的“美刺”意义对庞德并不存在，因为费氏遗稿未记作为对此来说是前提的雌风，只记了襄王与宋玉的对话和雄风的描写，由此可见，费氏重视的是宋玉的机智、诙谐及赋体的文采风格。就费氏涉及的中国文学作品而言，《风赋》应是文饰最丽，比喻最多，表达最为复杂的作品。费氏注释错误也很多，颇令庞德迷惑。他在早先的一份草稿中，勉强译出35行后，写下一个注：“不足以信的辩证。”[③]庞德后来修改《诗章四》时，很可能由《能乐剧》的“生命之树”段描写的松树、松涛（“pine-wind”）又联想到了宋玉的《风赋》[④]，便把它移植到自己的语境中，以“风”代表造化，表现一种公正的威

① 吴广平：《宋玉研究》，174页，187页，长沙，岳麓书社，2004。

② 吴广平：《宋玉研究》，137页，长沙，岳麓书社，2004；徐传礼、董康成：《古今名赋析注》，4页，合肥，安徽文艺出版社，1987。

③ Froula：*To Write Paradise*：*Style and Error in Pound's Cantos*，p.102，New Heaven and London：Yale University Press，1984.

④ Froula：*To Write Paradise*：*Style and Error in Pound's Cantos*，p.101，New Heaven and London：Yale University Press，1984.

严。因此,庞德的改写与宋玉的用意完全不同,是根据自己的需要自由运用中国素材:贬宋玉,褒襄王。在庞德笔下的《诗章四》中,“骄奢淫逸而又昏庸无能”的楚襄王(前298～前263在位)变成了平等民主思想的君王:

And So-Gyoku, saying:
“this wind, sire, is the king's wind,
　　This wind is wind of the palace,
Shaking imperial water-jets.”
　　And Hsiang, opening his collar:
“This wind roars in the earth's bag,
　　it lays the water with rushes.”
No wind is the king's wind.
　　Let every cow keep her calf.
“This wind is held in gauze curtains...”
　　No wind is the king's... (C4:pp.15～16)

然后宋玉,说:
“这风,先生,是王风,
　　这风是王宫的风,
摇动王家的水喷。”
　　襄王,解开衣领:
“这风呼啸于土囊中,
　　急速平息荡水。”
无风是王风。
　　让每头母牛养育她的牛犊吧。
“这风缠止于罗帷……”
　　无风是王风……

对照原文,庞德无非按自己的需要从费氏笔记中的《风赋》残篇摘取有用的语句,断章取义地服务于他的题旨,移花接木,把宋玉描写雄风的词语放到襄王头上。例如,“宋玉对曰:‘夫风生于地……侵淫溪谷,盛怒于土囊之口……跻于罗帷……’”[①]但是庞德在这里要突出的就是平等的民主思想："无风为王风"(No wind is the king's wind)，"让每头母牛养育她的牛犊"(Let every cow keep her calf)。后一句是庞德用英谚翻译襄王的话："王曰：'夫风者，天地之气，溥畅而至，不择贵贱高下而加焉'。"[②]庞德在这里明显表现了一种运用中国题材的新式样。但是这里问题的症结是庞德为何这样做？《风赋》对他的《诗章四》究竟有什么意义？我们还需寻找这样的答案。

三、王维《桃源行》 "烟笼清漆"审美 "桃花源"诗艺

接下来的第九节(100～110 行)似乎是与襄王、宋玉对话毫无相关的景物描写，用不同文化、不同地域的指称融会成一幅色彩斑驳、迷离扑朔的拼贴画面：中东古城、桃树夹崖的溪流、回荡狗吠的渡口、祭神的石柱门：

The camel drivers sit in the turn of the stairs,
    Look down on Ecbatan of plotted streets,
"Dana ! Dana!
    What wind is the king's?"
Smoke hangs on the stream,
The peach-trees shed bright leaves in the water,
Sound drifts in the evening haze,
    The bark scrapes at the ford,
Gilt rafters above black water,
    Three steps in an open field,
Gray stone-posts leading... (C4:p.16)

赶骆驼的商人坐在楼梯的转角，

① 宋玉：《风赋》，见徐传礼、董康成：《古今名赋析注》，4 页，合肥，安徽文艺出版社，1987。

② 宋玉：《风赋》，见徐传礼、董康成：《古今名赋析注》，4 页，合肥，安徽文艺出版社，1987。

望着埃克巴顿城里规整的街道，
"达那厄！达那厄！
什么风是王风？"
烟雾笼清溪，
桃树闪亮的叶子纷落溪水，
水声在晚霭中回荡，
野渡传来犬吠，
镀金的木筏浮上黑水，
旷野露出三级石阶，
一排灰色的石柱通向……

但是从这一节可以看出庞德引用《风赋》的用意。庞德的方法其实与他引用白居易的《琵琶行》有些相似。前面谈过，中国文学的"琵琶女"与希腊文学的莱斯比亚并置，是为了暗示二者之间的类同关系。但在《诗章四》，襄王与达那厄(Danae)的并置，意在暗示二者的对比关系。襄王在这里象征自然的神秘力量和天的权威。"达那厄!"的呼语意在引起对其父阿戈斯城国王阿克雷西斯(Acrisius)的联想：希腊神话中反抗神谕以失败告终的典故。阿克雷西斯由神谕预知自己将死于女儿生下的儿子之手。于是先将女儿达那厄囚禁在一座铜塔顶上。宙斯却化为金雨淋在达那厄的膝上，她因此受孕生下柏尔修斯(Perseus)。阿克雷西斯悉知后，将母子二人装进木箱投入海中。柏尔修斯几经险难返回故里，无意中还是杀死了自己的祖父。这个神话表面是讲宙斯的意志是不可抗逆的，同时也隐晦传达了古希腊由大地繁殖神祇崇拜向天界神祇崇拜的转换，并隐喻了天地姻联的意义，是西方"圣姻"传统的源头(CT：p.14)。由此可见，襄王在《诗章四》中其实成为天地意志的象征符号，与之相对的是由达那厄联想的阿克雷西斯所代表的个人意志。由于这一节写得十分隐晦含蓄，评家歧义颇多，尤其是紧接达那厄呼语后的设问"什么风是王风?"。有评论者认为"王风"指众神之王宙斯对达那厄的激情。我的看法是，庞德在这一节继续了神话母题的探讨，但同时也以《风赋》的蕴意另辟了表现方法这一题旨。中国诗学意义的"风"(风格)的意指姑且不说，单凭上下文而论，庞德也是用"风"(wind)字来引起对自己的长诗《诗章》的风格和表现方法的探讨。

这一节的内容提炼于两篇早先的草稿，“片断 3B 和 4B”[①]。这两篇草稿都是庞德凭记忆写作的，回忆他读王维诗和 D. Goldring 的诗。Goldring(1887～1960)在庞德居伦敦期间是 M. Ford 的助理，协助编辑《英文评论》(*English Review*)，写过游记、小说、诗歌。1914 年至 1915 年在《诗刊》发表过三首诗，与庞德的草稿有关。Froula 追溯了庞德用语与 Goldring 作品的一些联系，但同时认为，这些诗“枯燥乏味，似乎不可能留给庞德如此深刻的印象”，并且总结道：“庞德记住的不是 Goldring 的话，也不是他的诗，仅只是那些诗唤起的(维也纳)可爱的地点。”[②]Froula 实际上排除了 Goldring 作品影响的可能性，反而强调庞德在此重复了他先前不照原文仅凭记忆的创作方法。这样看来，庞德早先的题材来源主要与王维的《桃源行》有关。此外，Qian Zhaoming 认为，还可能与王维的《田园乐》部分有关[③]。虽然第九节的题材来源尚待确定，我们可以确定的是这一节的创作的确与王维诗有关，的确与宋玉的《风赋》有关，而且“风”(wind)的设问主要是引起对《诗章》的文体、风格的讨论。这样说并非臆断。庞德的这一题旨就出现在他修改《诗章四》用的草稿“片断 4B”的开头：“什么是诗?”(What's poetry?)[④]。通过运用宋玉的《风赋》，这一设问演变为“什么风是王风?”(What wind is the king's?)，其蕴意已超出了一般批评的看法，即“风”指阿克雷西斯无法抑制的宙斯的威力。这一设问实际上指向宋玉雄风的蕴意：“所谓大王之雄风也”。宋玉对雄风的精湛描写启发了庞德，故而转以雄风即王风的隐喻来探讨诗歌的表现和风格。在此隐喻的背后潜伏着中国古典诗学与庞德现代主义诗学的通约。宋玉以他独特的赋格描写的“雄风”，文采瑰丽，气势恢弘，铺张扬厉，一定意义上示范了庞德的漩涡主义诗学观点，揭示了一种创作的动力感。庞德再由宋玉联想到王维不同的诗风，浮现在他记忆中的是两种不同的诗风和审美。庞德因此把宋玉雄风式的写作视为阳刚美的“雄风”，而把王维诗风视为阴柔美的“雌风”。这

---

① Froula：*To Write Paradise*：*Style and Error in Pound's Cantos*，pp.103～104，New Heaven and London：Yale University Press，1984.

② 参见 Froula：*To Write Paradise*：*Style and Error in Pound's Cantos*，pp.42～43，p.136，New Heaven and London：Yale University Press，1984.

③ Qian：*Orientalism and Modernism*：*The Legacy of China in Pound and Williams*，p.105，Durham and London：Duke University Press，1995.

④ Froula：*To Write Paradise*：*Style and Error in Pound's Cantos*，p.104，New Heaven and London：Yale University Press，1984.

样推论并非纯属臆度，而是有一定依据的。庞德的这一意图清楚地记录在他早先的草稿“片断 3B”中：

When you find the feminine contact
　has no longer the richness
　of Omakitsu's verses,
Know then, O man,
　that the Cytherean has turned from you,
When the night air no
　　longer clings
　　　to your cuticle,
When the air has in it no
　　　mystery about her...[1]

当你发现那女性的接触
　　不再有王维诗歌的
　　丰富蕴意，
你知道，啊，人，
　　基西里娅已经离你而去，
当夜风
　　不再缠绕
　　　你的皮肤，
当晚风，
　　不再出现
　　　基西里娅的神秘……

希腊神话的基西里娅(Cytherea 即罗马神话的维纳斯)是爱与美的女神，而王维诗给庞德的总体印象就是基西里娅般的美与神秘，因而他要把这种美纳入他的长诗设计中。这段草稿记录了庞德对王维诗阴柔美的感

① Froula：*To Write Paradise*：*Style and Error in Pound's Cantos*，p.103，New Heaven and London：Yale University Press，1984.

悟。值得注意的是，王维诗留给庞德的印象是如此玄奥、精微，以致他无法用分类陈述的方式来定义，只能用描述的方式来传达他的感悟："The smoke hangs on the lacquer"（烟笼清漆）。这句话就是庞德对王维诗的总体评语，起先用于他 1919 年之前写作《诗章四》的草稿，标为 MS B[①]。有趣的是，在言不达意的逼迫下，庞德无意间吻合了中国的诗话传统批评方式，以感语描述进行诗学批评。这句话因而在他脑际蒂固根深，成为他的一个恒态概念，一个模式性的批评术语，反复出现在他的写作中。所以在《诗章四》，这句话就变成"Smoke hangs on the stream"（烟笼清溪）。在他 1920 年的一篇论文中，评价法国象征诗人代表古尔蒙（Remy de Gourmont，1858～1915）时，庞德又一次用到这一术语，并且与王维比较：

> 我认为我强调古尔蒙的美感并不过分。雾绕清漆。他的精神是王维的精神；他的故乡是靠近那首无法翻译的诗中的桃花源。（LE：p.343）

相比之下，庞德的用词略有改变，从时间顺序看：由"The smoke hangs on the lacquer"变为"Smoke hangs on the stream"，再变成"The mist clings to the lacquer"。但是，smoke 和 mist 皆与中文的"烟"字有关。"lacquer"本意指"清漆"，也有日本和中国漆器、漆艺的蕴意。这个特殊的词没有改变，这句话用作评论的功效没有改变，而且此二者与王维的关联也没有改变。因此庞德在这篇文章中仍然是将这句话用作批评术语，特指王维诗的美感。我引这段话是为说明前面提出的有关文体风格的问题。这段话确凿无疑地表明王维诗学对庞德的意义：首先，在庞德看来，古尔蒙的象征诗精神就是王维的禅诗精神；其次，王维诗风（及宋玉的诗风）已经成为庞德批评的一个参照；再次，影响英美现代派的法国象征诗歌和中国古典诗歌都具有玄奥精微的特征，其生成显现了中法文化传统的一定相似性。

这些相关的背景有助说明庞德在《诗章四》运用王维意象的用意。他说的那首"无法翻译的诗"就是费氏遗稿中的王维的《桃源行》。这首诗据陶潜

---

① Froula：*To Write Paradise*：*Style and Error in Pound's Cantos*，p.92，New Heaven and London：Yale University Press，1984.

《桃花源记并诗》而作。陶潜诗文是中国经典，翟理思早有译介，庞德对“桃花源”的第一印象就来自翟氏翻译，他在上段引文中用的“桃花源”(peachblossom-fountain)就是翟氏用语；再用这一词语指涉王维，说明庞德知晓陶潜散文与王维诗的联系。此外，陶潜的《桃花源记》应是中国文学传统中“乌托邦”的原型，对后世的影响极大，王维、韩愈、王安石、苏轼均以诗重写“桃花源”母题。陶潜文中隐居的秦人在王维诗中已经变成“仙”(“初因避地去人间，乃至成仙逐不还……不辨仙源何处寻”)。庞德译过郭璞的游仙诗，对日文音译的“仙”字(sennin)是敏感的，更感“桃花源”的神秘玄奥。这些都是形成庞德的“桃花源”美学概念的潜在因素。然而，直接影响庞德形成他对王维诗风的印象的媒介是费诺罗萨逐字对译的《桃源行》。例如，首四句：“渔舟逐水爱山春，两岸桃花夹古津。坐看红树不知远，行尽青溪不见人。”[①]费氏笔记是这样直译的：

> Fishing boat driving water love mountain spring
> Both banks peach flower fold between them departure ford
> Sitting seeing crimson tree not know how far distant[②]。

费氏直译有误，例如：“逐”、“坐”，加上这样照原文语句的排列，在庞德看来，王维的诗简直就是迷离扑朔，神秘玄奥，读而不解，何谈翻译。庞德几经揣摩，欲解而不能，于是判断为“无法翻译的诗”，但同时又以关键词“桃花源”形成了一个王维式的审美概念，用以表达一种诗歌创作方法。这就是庞德由王维诗的直观感悟而升华出的“桃花源”诗艺(peach-blossom-fountain poetic)：并列表面相异的片语和意象以刺激读者想象与联想的写诗方法。庞德首先演示这一诗艺的地方就是《诗章四》。这一方法的形成与庞德漩涡诗学的观念直接关联，因为他当时的创作主要基于他自己的核心诗学原则：“意象本身就是言说”，“意象是组合语言之外的话”(GB:p.88)。这一事例再次说明庞德诗学与中国传统诗学在原理上的通约性。庞德的诗话竟然与司空图的诗话相似得惊人：

---

① 金性尧(注)：《唐诗三百首新注》，134页，上海，上海古籍出版社，1981。

② Froula：*To Write Paradise*：*Style and Error in Pound's Cantos*，p.41，New Heaven and London：Yale University Press，1984.

> 戴容州云："诗家之景，如蓝田日暖，良玉生烟，可望而不可置于眉睫之前也。"象外之象，景外之景，岂容易可谈哉？然题纪之作，目击可图，体势自别，不可废也。①

对照之下，庞德论王维诗的话语"The smoke hangs on the lacquer"，"Smoke hangs on the stream"，"The mist clings to the lacquer"似乎是从"蓝田日暖，良玉生烟"化出来的，而他的意象诗术语"the image is itself the speech"，"the image is the word beyond formulated language"竟然与司空图的"象外之象，景外之景"异曲同工，雷同得惊人，简直就是对司空图诗话的现代解释。虽说这仅是我个人的臆度②，但是庞德与司空图的关联在于二人话语生成具有一种实在相似性(或者说可比性)。他们俩都是迫于一种言不达意的窘境，欲言无词而又要表达自己的感悟，传达一种朦胧美，一种只可意会不可言传的艺术，一种言有尽意无穷的诗性表达。于是，司空图借戴叔伦的话，发挥自己以诗评诗的话语。庞德则通过"误读"(或个人解读)费氏对王维诗句的注释，悟出一句"烟笼清漆"的中国诗话式的评语。因此，我们可以把这种相似看作中国传统诗学与庞德现代主义诗学有所通约的一个例子。

四、东西方文化对话

以上分析，主要是为回答先前提出的问题：庞德为何要在《诗章四》创用宋玉赋文和王维的《桃源行》诗句？中国题材的引用对他的《诗章四》创作具有什么意义？《诗章四》的写作史至少有四年，以希腊神话为潜文本，东西方文化因素混合，意象与象征并列，晦涩难解，故而争议颇多，尤以第九节为最。据前面分析，庞德在第九节已经由神话母题的题旨转移到诗歌表现与风格的题旨上。"烟笼清溪"(Smoke hangs on the stream)一句显然演化于他对王维诗的感悟和诗话评语："烟笼清漆"(the smoke hangs on the lacquer)或者"雾绕清漆"(the mist clings to the lacquer)。因此，诗中

① 司空图：《与极浦书》，见王济亨、高仲章(编)：《司空图选集注》，108页，太原，山西人民出版社，1989。

② 我一直深疑庞德这类话语应与司空图有所关联，却穷于资料考证，故在此抛砖引玉。

的“烟笼清溪”一句实际上是对上句设问“什么风是王风”(What wind is the king's?)的应答，用他的“桃花源”审美观来回答什么是现代诗歌应有的风格。他在这一节不仅暗示王维的诗风，同时也演示了他自己的“桃花源”诗艺：无联结意象并列的朦胧含蓄方法。因而下面几句相应出现王维《桃源行》的意象：桃树清溪，犬吠野渡等。这一节也相应以非确定的想象开放方式结束：“灰色的石柱通向……”任凭读者自由联想。庞德其实也以这段诗句暗示了《诗章四》整首的风格特征。由此可见。庞德对中国传统诗学的接受又近了一步。他对《风赋》的改写移植，回忆《桃源行》以建构阴柔美的风格，展现无连接并列的朦胧方法正是为了进一步发展自己的漩涡诗学，实践综合艺术，建构出适合创作长诗的结构模式。因此，庞德在构建《诗章》的初期，已经开始接受中国审美方式和表现方法，故而中国诗学不仅进入了他的美学范畴，而且进入了他的创作结构机制。

《桃源行》的蕴意也相应延伸到结尾的第十节(111～128 行)，以配合《诗章四》的东西方文化融合的题旨。庞德在这一节想象了法国耶稣会神父杰克斯(Henri Jacques)到一个蓬莱似的海岛与“仙人”(sennin，桃花源的隐居者或者郭璞的游仙)谈话。这一情节其实暗示了庞德《诗章》的国际主义题旨：东西方文化的对话。对话的内容就是对《诗章四》的总结：情欲是衍生美女神话母题的根本。庞德在结尾一节以隐喻、象征的手法，借用更多的文学作品中的相似神话、传说中的人物，重复、强调前面演示过的情欲、诱惑、谋杀、复仇的神话母题的生成与演变。波尔霍纳克(Polhonac)子爵无意中促成宫里的游吟诗人引诱自己的妻子。与这个故事押韵的是吕底亚国王(Candaules)的传说。国王领自己的贴身卫士盖吉斯(Gyges)入卧室，炫耀妻子的体美。王后察觉认为受辱，遂唆使盖吉斯杀死国王，娶自己为妻。于是结尾的传说与开头的神话相互重叠演变：帝留斯(Tereus)国王重演了伽伯斯丹(Cabestan)的故事；达那厄(Danae)与斯蒂芬诺(Stefano)画中的美女玛多娜(Madonna)相重叠，神奇地出现在埃克巴顿(Ecbatan)城中金塔的顶上，“等着那金雨的降临”，做神的新娘(C4:p.16)[①]。于是，人群中爆发欢呼，迎来了崇美庆典的仪仗队列(由《仿屈原》化来的意象)。这样，结尾再次呼应开头的美女神话主题的隐喻，暗示摧毁特洛伊

---

① Brooks：*A Critical-Textual Study of Cantos* Ⅰ - Ⅻ *of Ezra Pound*，pp.94～95(PhD dissertation submitted to the University of Toronto，1981).

城堡的海伦和卡图卢斯颂诗赞美的新娘奥兰库蕾亚(Aurunculeia)。庞德在这里委婉地传达了自己的思考和发现：美丽是一种可怕的力量，摧毁自己，或者摧毁他人，或者激发出诗歌、绘画、音乐等艺术的创作激情。继续这种探索，表现艺术创造的美就是庞德给自己现代史诗设定的使命。这就是他以“人马兽”(庞德的诗歌象征)和“角斗场”在最后两行表达的隐喻：诗歌深陷大地的浮土，诗人则坐在循环重叠的“角斗场”看台上观看。

五、《诗章四》的意义：从意象到意形(ideogram) 从漩涡到会意

《诗章四》主要围绕西方神话、传说中的美女形象典故探索神话母题的延续与演变，但是庞德同时也在继续他由《诗章三首》开始的长诗结构模式的建构。《诗章四》的结构表明庞德已经决定采取与自己意象诗和漩涡诗原则相似的方法创作，目的就是要对“一首意象主义或漩涡主义的长诗”这一挑战做出有力的应答。从庞德的实践中我们能看出费氏论文观点对庞德的影响，尤其是费氏基于他对中国文字和中国古典诗的研究而提出的“诗优于散文”的观点。庞德因此在《诗章四》刻意“选择、并置蕴意丰富的词”，而通过“蕴意相叠”企图“融为精致透明的和谐”(FP:p.32)。费氏观点促使庞德重新审视自己以视觉形象为主的诗学，修正观念，以集合方法作为写作《诗章》的基本模式之一。《诗章四》的整体结构就如庞德用“角斗场”(arena)暗示那样，呈现圆形循环重叠的运动，多重意象或多重象征的隐喻相互重复、叠合，而以“泛音”(overtone，或蕴意)的方式突出美女神话母题延续演变这一题旨。此外，费氏对中国文字组合方式的感悟也影响了庞德的创作方法。在费氏看来，汉字保持了它们的原始图像形式，所以能够显现“经哲学、历史、诗歌的运用”而沉积的多重蕴意。诗歌的语言就应像汉字一样自然而蕴意丰溢。故而“诗歌的语言永远传送出重重蕴意，回应自然的相似”(FP:p.25)。庞德在《诗章四》的实践一定意义上就是对这一观念的演绎。意象、词语蕴意密集相叠，以致到了一个人名、一个地名就是一个典故的地步。表达具体形象而意蕴深厚；无语法连接，精工而似自然。这首诗显示了庞德“明亮具体”概念与费氏“意形复合”(ideogram)概念的结合，体现出一种“意图”(thought-picture)的语言特征，体现出以“已见”指“非见”的表达功能。《诗章四》的表现已经有了根本变化，超越了庞德早期意

象诗的概念。意象不再是主体客体的瞬间会通交融，而是“自然(神秘)的揭示者”(the revealer of nature)，具有隐喻能指的功能。因而庞德在此使用的“意象”绝大多数都作用于文学传统中的潜文本，作用于唤起集体意识的回应，引起作者与读者的互动。

庞德经过《诗章四》的创作和修改建构了一种循环复沓的集合结构模式，对他的现代史诗写作意义深远，因为这种新模式具有足够的弹性包容不同文化的题材，并以艺术方式传达各式各样的题旨，其表现功能远远超过了线型的叙事结构。因此，J. Foster认为庞德在1919年至1920年初修改《诗章四》时已经找到了“会意结构”(ideogrammic structure)的形式[①]。Froula则说得更绝对，她认为庞德在《诗章四》建构的模式是“这首长诗《诗章》的决定性的(表现)形式”，是一种“散片拼贴，或者散片的意形复合(the ideogram of fragments)的形式，是以集合表现历史、自然、语言延续与演变的意象”[②]。无论以什么名称描述这个形式，《诗章四》的形式都具有模式意义，而且对庞德的长诗《诗章》写作至关重要。值得指出的是，这一结构形式的构建应当与费诺罗萨分享。费氏不仅提供了理论基础，并且用汉字的组合方式演绎了这一模式，其核心概念就是用具象(或具体事物)传达抽象概念的会意汉字的组合方式。比如，未言及的题旨是“明”，传达“明”的概念则是在诗中呈现“日”和“月”的具象。再如，若将中心主题看作“日”字，其含意则是通过个别意象和片语的相似蕴意相互重叠、复沓、串联而表达，如“日 昇 東”(FP:p.34)。费氏将这一句解读为日字串联重叠此三字而表达一完整的意思：太阳从东方升起。这些例子足以说明中国文化通过费氏的解释对庞德创作《诗章》具有深刻的影响。

再者，从庞德写作的实际情况看，这种影响的存在更为明显。庞德编辑费氏论文的工作改变了他早先对中国传统诗学的看法，他因此开始从中国传统的视角审视诗歌的表现形式。我们只要对《中国诗集》和《诗章四》作一比较，就能看出这种变化的存在。第三章的分析表明，庞德选译《中国诗集》主要强调的是“简朴、明净、真实”等诗质，但他最为突出的是诗歌的“散文价值”，即散文的精确和叙事性，故而《中国诗集》大部分诗是叙事

---

① Foster："Pound's Revision of Cantos I～III"，*Modern Philology*，1966(63)，p.237.

② Froula：*To Write Paradise*：*Style and Error in Pound's Cantos*，p.38，New Heaven and London：Yale University Press，1984.

为主。在处理原诗的对仗、叠词、叠句以及无联结的并列诗句，庞德总是设法用解释性的、逻辑的、语法的关联手段去消解原结构，使之变得“散文化”，且符合英文的连贯表达方式。当时主导庞德创译的原则不是中国诗学观念，而是他自己的诗学观念和西文诗歌传统的规范。相比之下，《诗章四》整体上远比他翻译的《中国诗集》更接近中国古典诗的韵味和结构。整首诗几乎没有语法连接，主要以无联结的并列句式，以节段并置为组合方式，因而显现出中国传统诗歌的疏散、空灵的特色。由此可见，费氏对中国文字及其与诗歌媒介关系的阐释开阔了庞德的眼界，使他明白中国传统诗学的真谛何在。庞德已经接受费氏的主要观点，视诗歌语言为汉字式的“意形”(ideogram)语言，能够复制事物，反映自然律动的过程，因此诗歌语言的组合应该像汉语的组合方式一样，遵循“自然”排列秩序而非语法规律。《诗章四》就是这一观念转变的具体表现。

《诗章四》是庞德建构集合结构模式成功的第一步，对他的现代史诗创作至关重要。A. Brinks 认为《诗章四》的结构形式建构与庞德“漩涡诗学”密切相关，显示了思想的“辐射性束节”和“密集艺术”(intensive art)的特征[①]。Froula 也持相似的观点，认为庞德在创作《诗章四》的过程中建立了《诗章》的结构概念，将整首长诗看作一个组合意象的意形复合字(ideogram)，因而获得一种“外延”(extensive)形式，用以表达他的意象主义和漩涡主义长诗要求的那个“密集(intensive)大意象”[②]。这两个例子可以说明一种批评倾向，不少位论者在讨论《诗章四》时，不可避免地涉及“ideogram”这个关键词，但不愿讨论它的来源，反而固守庞德早期的意象或漩涡概念。这两位论者都强调了庞德 1919 年的《诗章四》创作与他 1914 年漩涡诗学的关系，并且都用庞德的术语“extensive”和“intensive”解释《诗章四》的结构形式。但是，他们都忽略了(或者不愿谈及)庞德 1916 年至 1917 年编辑费氏论中国文字与诗歌媒介关系的论文这一事实，因而他们的论述都不足以说明导致庞德诗学本质变化的根本原因。据我以上对《诗章四》的分析，费氏论文的观点是讨论《诗章四》结构形式生成必不可少的因素，费氏在论文中特别强调的正是个别与一般，具象与抽象的内在联系，并且间

① Brinks："On Pound's Fourth Canto"，*Paideuma*，1990(19，1～2)，p.144.

② Froula：*To Write Paradise：Style and Error in Pound's Cantos*，p.44，New Heaven and London：Yale University Press，1984.

接演绎了意象诗学的“密集艺术”如何能成为“意形复合字”(ideogram)的“外延”艺术,即适合长诗写作的雅致而有弹性的集合形式。具体说,就是只表现个别以暗示彼此之间的潜在联系。在费氏观点的影响下,庞德意识到诗人必须首先敏捷地领悟事物的内在联系,再留给读者理解而不是呈现在诗中。这就是他对类比(analogy)方法的重新认识。庞德因此将无联结并置用作自己写作长诗的主要结构形式,其作用与中国传统的兴喻结构相似。这种模式庞德并不陌生,早在他改译《诗经·采薇》、李白、陶潜、王维等的诗作就已经接触过,只不过不重视而已;再读王维的《桃源行》、宋玉的《风赋》,又刷新了他的记忆,加上费氏论文的解释,庞德肯定了兴喻式的结构和暗示联想方法,开始在《诗章四》大量使用。

第二章、第三章已讨论过庞德早期的诗学特征。他 1912 年的“意象”概念和 1914 年的“漩涡”概念,都强调相关事物的凝聚和形式上的比喻,因而呈现一种向心凝聚(centripetal)的运动,只适合短诗写作。《诗章》的长诗结构建构是由 1917 年的《诗章三首》和 1919 年的《诗章四》的实验为标志。其间,庞德意识到自己先前的意象、漩涡、白朗宁的叙事模式并不适合表达《诗章》的题材,不能反映历史与现代的关系。若要坚持自己的漩涡诗学,就必须首先浓缩情思,转化为具象和散片,再分散到文本中。这就是庞德在一份草稿中表达的愿望:“漩涡,分散,将它投向历史。”[①]费氏论文的观点激化了他的这一意愿,引导他走向以并置、以散片化(fragmantation)、以潜在联系为主的“会意”(ideogrammic)集合模式。中国传统的兴喻结构本质是“离心分散”(centrifugal)的方法:以并置表面相异的物象疏离其内在联系,寓比喻于文本之外。因而庞德在《诗章四》致力于“外延”集合模式的努力其实就是走向中国传统诗学“兴喻”结构的方向。

因此,在费氏论文的影响下,庞德开始重视中国诗学,重视中国文化题材的运用。他在《诗章》的初期设计中不断从费氏笔记和翟氏著作汲取中国题材,引进了孔子、观音、庄周、琵琶女、襄王、宋玉等人物原型,创用了《风赋》、《桃源行》的诗句以暗示他理想的诗歌风格。同时庞德也运用了他改译中国古典诗形成的表达模式,例如:《仿屈原》的“礼仪队列”(processions),《停云》的“一重叠一重”(ply over ply)等等。由此可见,中国文

① Froula: *To Write Paradise: Style and Error in Pound's Cantos*, p. 25, New Heaven and London: Yale University Press, 1984.

化已经成为庞德知识的一部分，他可以信手拈来运用。再者，《诗章四》的另一特征就是庞德在此表现出诉求一种“烟笼清漆”的中国式朦胧审美，追求一种“桃花源”的神秘诗风，欣赏宋玉铺张扬厉的赋格，认同王维禅诗的玄秘审美和表现风格。庞德认为王维同李白一样代表了“迄今视觉诗艺的最高成就”(LE:p.27)。值得指出的是，正是这一诉求使庞德由反传统的现代诗人又回归传统。《诗章四》的创作表明庞德一反他早期的做法，开始大量运用叠词、叠句、意象并列、散片并置以致产生了类似中国传统叠韵复沓的声律美。因此，中国文化因素已经超越庞德早期的题材作用范围，而进入了他的“视觉诗艺”、“音乐诗艺”、审美范畴、结构机制的范畴。中国传统诗学对庞德的真正影响并非从《中国诗集》的选译开始，而是从《诗章四》的创作开始。

六、《诗章》基本结构：“会意”集合模式与荷马史诗叙事模式

Froula 在其著作中称《诗章四》成形最早，是“先于其他诗章”的诗章，而且是“现代主义诗歌的一座里程碑”①。《诗章四》对庞德的长诗写作至关重要是毋庸置疑的。它第一次明确地显示了庞德创作现代史诗《诗章》的基本结构概念：以具象并列、散片并置为特征的集合性诗艺，而非叙事为主的散文性表现方法。《诗章四》因而成为庞德以后修改、写作其他诗章的参照和原型模式。相对《诗章四》的风格和结构，他 1917 年完成的《诗章三首》显得松散、平淡、藻饰，直接暴露了庞德寻找结构形式的焦虑，对叙事代言人选择的犹豫不决，对坚持自己诗学原则举棋不定、优柔寡断、自相矛盾的心理。《诗章四》定型后，庞德再看《诗章三首》，必然感觉后者矫揉造作而平淡，并且对他所谓的“散文价值”的平直也开始不满，开始质疑，正如他在一篇放弃的草稿中写道：“我太平淡，太爱用脚注，太在乎告诉你，如何、为何我要说文艺复兴在这里。”②由此可见，《诗章四》的创作过程给予庞德一个机会以新的角度重新审视自己的审美和诗学观念。这一过程表明庞德当时的观念转化，表明他当时追求一种非确定性的神秘美感，生动

① Froula：*To Write Paradise*：*Style and Error in Pound's Cantos*，p.11，New Heaven and London：Yale University Press，1984.

② Froula：*To Write Paradise*：*Style and Error in Pound's Cantos*，p.25，New Heaven and London：Yale University Press，1984.

可触而又难以言状，只能用“烟笼清漆”，用“桃花源”这样类似中国传统诗话的语言描述。庞德当时渴望一种诗风，像宋玉《风赋》描写的雄风那样铺张扬厉、文采瑰丽，那样富于隐喻的风格。庞德诉求一种诗力，能够在历史恢弘的广阔背景中反映、折射、虚化现实的艺术表现力，犹如海面上漂浮、闪烁、曲折、蜿蜒的月影。在庞德看来，诗就是这样的月影，而诗人就是庄周，拿起这柄变形的月亮就能搅动历史与现实的大海。庞德对诗学的思索不知不觉已经联系到庄子的“道”的概念：梦觉不辨、物我为一。对写作《诗章》开篇的庞德而言，诗歌的表现并不在于客观现实，而在于客观现实的变形(陌生化)与虚化(神秘化)，在于刺激读者的联想与想象，在于意象、隐喻与历史、造化的重叠暗合。诗就是实现一种“目击道存”的直观作用。庞德的这一思绪首先记录在一份草稿上①，后来修改为“庄周搅动大海，庄周也是/ 用这柄长月亮作搅棍”，用在《诗章二》，其真实意义则体现在《诗章四》，庞德的现代史诗的真正首篇。

庞德在《诗章四》建构的审美和结构概念因而成为他删改《诗章三首》的原则和参照。他在 1923 年删除了所有诗人与白朗宁的对话，几乎删掉《诗章三首》第一首和第二首的全部，以及第三首的大部分，完整的只留下前面谈过的写奥德赛的那一段，修改后用作正式《诗章》的开头。原来计划作为《诗章》开篇的《诗章三首》证实为庞德创作尝试的失败经验。但是他在最初构思、实验中形成一些意象、片语、词句、题旨、形式等都保存在他的记忆中，不断出现在他后来的诗章中，甚至 1945 年以降他写的诗章都还有《诗章三首》的影子。庞德用奥德赛开头表明他决心采用这位希腊史诗英雄作为自己长诗的叙事人，作为他的诗人面具，同时用荷马史诗的叙事模式作为《诗章》的基本形式之一。

由此可见，庞德在 1915 年最初的《诗章》蓝图设计中实际上拟定了两套方案：明的一套以“散文价值”概念为原则，以荷马史诗和白朗宁史诗的叙事模式为实践；暗的一套以他自己的意象、漩涡概念为主，实验“会意”集合模式。后者于 1919 年首先确定，比前者早四年。这两种结构模式基本主导了庞德以后的长诗写作，供他平行、交替、混合使用。例如，《诗章一》以叙事为主，而《诗章二》和《诗章四》以会意集合为主，《诗章三》则是两种

---

① Froula：*To Write Paradise*：*Style and Error in Pound's Cantos*，p.74，New Heaven and London：Yale University Press，1984.

模式的结合，先集合，后叙事。但是大多数的诗章不容如此整齐划分，应视具体写作情况作具体分析。原理上讲，“会意”模式主导并包容叙事模式，其重叠、循环、并置的功能容许一首诗章的意象、片语、句子、蕴意、题旨隐喻、甚至整个散片在另一首诗章重现以回应相同的主题，就像汉字的部首在不同的汉字中再现。正是在这一《诗章》基本结构模式的生成过程中，我们看到了中国文化因素经费诺罗萨的阐释、译介进入庞德诗学的核心部分。

第五章
《诗章十三》与《诗章四十九》儒家伦理母题的建构与显隐表现

这杏树盛开的花朵
　　　　从东方飘到西方，
我已尽力不让这杏花落散。
　　　　　　　　——《诗章十三》

第四：清静的维度。
和那抑制野兽的力量。
　　　　　　　　——《诗章四十九》

长诗《诗章》有一个明显的中国文化维度。这个维度的建构以孔子形象开始，也以孔子形象和儒家思想最为突出。Daniel Pearlman 教授因此在他颇有影响的著作《时间之钩：论庞德诗章的统一性》中称儒家思想为"《诗章》全诗的哲学思想支柱"①。儒家思想，尤其是朱熹阐释的新儒家学说和伦理观念，不仅涉及《诗章》的主题性问题，而且涉及审美与表现的问题。我继上章讨论的孔子形象问题，着重分析《诗章十三》儒学母题的生成及其作为潜文与貌似"道家"意味的《诗章四十九》发生联系，起到潜在互文作用，致使后者隐蔽促成庞德现代史诗中儒家思想的滥觞，为《诗章》的中国历史、传说、儒学等题旨的书写与扩展奠基了基石。

---

① Pearlman: *The Barb of Time: On the Unity of Ezra Pound's Cantos*, p.51, New York: Oxford University Press, 1969.

第一节 《诗章十三》:儒家思想与《诗章》“主干伦理”母题的建构

庞德在他最初的《诗章》构思和实验中就种下了一粒儒家思想的橡籽，橡树苗在《诗章十三》开始生长，后来长成一棵硕壮的儒学大树。庞德于1923年开始写作《诗章十三》，于1925年随较为正式的长诗第一辑《诗章十六首初稿》发表，从而确立了《诗章》儒家伦理主干主题这一母题，对他以后的长诗写作意义深远。然而，这一母题的建立不是一蹴而就的。庞德对孔子的思考，对儒学题旨的酝酿，延续至少八年之久。

一、孔子的启示：“从自己开始，创造完美”

上章谈过，1915年庞德开始构思、起草《诗章》头三首时就想到孔子，将之与文艺复兴时期的大师但丁并举，作为依靠自己开创新风的思想家和艺术家的典范，并且把他们看作自己的楷模。这一念头一直深藏庞德心底，并同其他零星的思想记录在他最初的一份草稿中，表达他的崇拜之情——“从自己开始的灵魂，创造完美，/ 孔子、但丁”[①]。庞德后来实际写《诗章三首》时又一次想到孔子，赞赏孔子从自己做起的观点，认为这是具有普世意义的处世态度，值得效仿：“孔子后来教给世界良好的态度，/ 从他自己开始，创造完美。”(C3:p.119)这些印象都是庞德阅读《四书》的译介而形成的，自此萦绕庞德脑际，从未离去。James Legge 早在1892年就翻译出版了朱熹的《四书集注》，英文书名是《孔子》(*Confucius*)。庞德当年还没有 Legge 的英文版，读的是 Pauthier 译的法文《四书》译文，还有一本拉丁文的《诗经》，这是他写作《诗章十三》的主要资料。庞德1923年6月给母亲写过一封信，信中谈到他在写一首有关孔子的诗章，还谈到他对孔子伦理的印象，说他感到“非常新颖”，与基督教的说教不同。基督教总是教人“要先关照邻居的事，再做自己的事”，孔子却教人一切先从自己做起[②]。

---

① Froula：*To Write Paradise*：*Style and Error in Pound's Canto*，p.74，New Heaven and London：Yale University Press，1984.

② Carpenter：*A Serious Character*：*The Life of Ezra Pound*，p.420，London and Boston：Faber and Fabe，1988.

通过二者的比较，庞德形成自己对孔子思想的总体印象就是“从自己开始，创造完美”(started from himself, and made perfection)。这一认识如此准确，竟然与章太炎对中国哲学的总结不谋而合：“儒道名法，变易万端，原其根极，唯‘依自不依他’一语。”[①]由此可见，庞德仍然是用他一贯的比较方法阅读孔子，在与基督教教义比较后才形成他的这一看法，故而对他后来的写作影响深远。

《诗章十三》的创作表明这首诗章是庞德用儒家伦理为他的现代史诗建构一个他所说的“主干伦理”(the backbone moral)主题线索的起点。此外，孔子学说对庞德的影响也可以说是立竿见影的。庞德 1923 年对《诗章三首》大做删改，其动机引起评者的种种猜测。前一章曾谈过，庞德在编辑费氏论文的工作之后重新肯定了自己原创的诗学理论，1919 年底确定了《诗章四》的表现形式，并于 1920 年 6 月正式在《日晷》(Dial)杂志发表。《诗章四》转而成为他修改 1917 年发表的《诗章三首》的主要参照。然而，究其根源，促成庞德大举删改已经发表的《诗章三首》的根本原因，还与他对孔子思想的深刻认识有关。首先是孔子“依自不依他”的教诲启发庞德决意以自己的意象、漩涡诗学作为写作这首长诗的基本原则和结构基础。加之费氏论文又肯定了庞德以隐喻联想为主的诗学观念，论证了诗性表达优于散文性表达，更是坚定了庞德的决心：放弃他人的模式，建构自己的结构模式。因此，《诗章十三》的创作对他的现代史诗的设计、实验、修改、定型都具有一定意义。再者，从写作时间看也可说明这一问题。庞德在 1923 年 6 月间开始写作《诗章十三》，紧接着在 8 月间就删改《诗章三首》，并且确定了他的长诗的开头。约一年半后，在 1925 年 1 月正式发表了包括《诗章十三》在内的长诗第一辑《诗章十六首初稿》(*A Draft of Cantos* XVI)[②]。据此推论，庞德应该是在完成《诗章十三》的写作之后才最后下定决心删改已发表的“元诗章”(Ur Cantos)。其根本原因应是他对孔子哲学的反省与再次肯定：“从自己开始，创造完美。”

---

① 转引自辛小征、靳大成：《中国二十世纪文艺学学术史：第二部(上卷)》，194 页，上海，上海文艺出版社，2001。

② Slatin：“A History of Pound's Cantos I～III, 1915～1925”, *American Literature*, 1963 (35, 2), p.191.

二、《论语》与儒家人物形象

庞德创作《诗章十三》意在刻画孔子，塑造一位代表中国伦理、哲学思想的历史人物。庞德当时有自己对历史人物的选择标准。他要描写的历史人物必须是既有一般"智性建设意义"又有"私人(生活)意义"的人物[①]。孔子无疑是按这一标准选择来塑造的：既是关心治国的哲人又是身体力行道义的绅士。庞德写《诗章十三》，以《论语》为主表现孔子，这是十分明智的做法。分析庞德如何选用《论语》章句可以看出他建构孔子形象及其主题的创作过程和用意。庞德要写孔子必先读《论语》，原因有二。其一，与其他经典不同，《论语》不仅记录孔子的哲学、伦理思想，而且真实反映孔子的情感。《论语》记录孔子衣食住行等日常生活细节，描写孔子对人对事的态度，表现孔子喜怒好恶的神情，呈现一个活生生的孔子。《论语》较为忠实地记录了孔子的生活、言行，实际上相当于一部孔子传记。为此蒋伯潜、蒋祖怡父子引梁启超语评价《论语》："孔子个人有多少价值，《论语》便也连带地有多少价值"，并特别推荐《论语》为十三经中值得"先研读的一部书"[②]。其次，《论语》的表现形式也与其他经典的辩证、形而上的陈述大相径庭，是以"问答"为主，以孔子和弟子的只言片语，以零星的学习、生活谈话的片段集合而成。蒋氏父子依何异孙说，认为《论语》有弟子记夫子之言者，有夫子答弟子问者，有弟子自相答者，又有时人相言者，有臣对君问者，有师弟子对大夫之问者，皆所以讨论文义，故谓之"论语"。而以"伦"训"论"，谓《论语》所记皆伦理之言，实为后儒强加之意，非此书"当时命名之本意"[③]。《论语》的散片集合的形式特色对当时正在实验散片整合结构模式的庞德无疑是有启发意义的。再者，庞德对孔子的刻画采取以对话为主的表达方式，也说明庞德比较学视野的特征：保留《论语》的"问答"(对话)形式以暗示孔子门徒与苏格拉底、柏拉图的门徒一样，视"对话"(dialogue)为传达各自大师哲学思想的最佳方式。所以《诗章十三》表面是一篇散漫的谈话，其实仍沿用庞德"会意"集合模式为其基本结构：由《论

---

① Slatin："A History of Pound's Cantos I～III，1915～1925"，*American Literature*，1963(35，2)，p.194.

② 蒋伯潜、蒋祖怡：《经与经学》，124～125页，上海，上海书店出版社，1997。

③ 蒋伯潜、蒋祖怡：《经与经学》，113～114页，上海，上海书店出版社，1997。

语》、《大学》、《中庸》摘取章句改写的散片集合为一整体。

《诗章十三》的前部分(1～41 行)由《论语》片段组成，是这一章的主体。庞德首先设计了一种庄严神圣的背景来介绍孔子："孔子走来，/ 经过王朝的庙宇，/ 穿过柏树林，/ 来到下流河畔。"伴随他的有子路、冉有、公西华、曾皙四弟子。庞德遵循《论语》的手法，先以夫子与弟子的问答来刻画孔子。但是，他们的对话却是从《子罕第九》的一节开始："达巷党人曰：'大哉孔子！博学而无所成名。'子闻之，谓门弟子曰：'吾何执？执御乎？执射乎？吾执御矣。'"(朱熹：83 页)庞德仍用他写作《诗章三首》的手法，断章取义，编织自己的文本。他从这一段截取"无所成名"、"执御乎"、"执射乎"等句，加以改写以引起后面夫子与弟子的问答：

And "we are unknown", said Kung,
"You will take up charioteering?
　　"Then you will become known."
"Or perhaps I should take up charioteering, or archery?
　　"Or the practice of public speaking?" (C13:p.58)

"我们都不出名呀，" 孔子说，
"你愿去驾战车？
　　那么你就会出名，"
"也许我应该去驾战车，去当弓箭手？
　　或者去演习公开讲演？"

这一段主要是为渲染争论的气氛，引起述志的话题。庞德随后就跳到《先进第十一》四子述志的一段：

And Tseu-lou said, "I would put the defence in order,"
And Khieu said, "If I were lord of a province,
I would put it in better order than this is."
And Tchi said, "I would prefer a small mountain temple,
"With order in the observances,

with a suitable performance of the ritual," (C13:p.58)

子路说，“我愿去整顿国防，”
求说，“假如我是一个郡主，
我会把这个郡治理得比现在更好。”
赤说，“我宁愿有座小山庙，
把祭祀主持得有条不紊，
按礼举行仪式，”

庞德没有遵照原文，省略许多细节，仅简单概括了名人的志向：子路想从军，冉有想从政，公西华想主持宗祠，司礼仪。《先进第十一》这一节，因孔子特别赞许曾皙，四弟子对答中，重点在曾皙，故有细致描述：

“点！尔何如?”鼓瑟希，铿尔，舍瑟而作。对曰：“异乎三子者之撰。”子曰：“何伤乎？亦各言其志也。”曰：“莫春者，春服既成。冠者五六人，童子六七人，浴乎沂，风乎舞雩，咏而归。”夫子喟然叹曰：“吾与点也!”(朱熹：112 页)

曾皙的回答与其他三人完全不同。一是没有说什么大志向，没有言功利；二是没有直接回答问题，仅描述自己想做的平凡事。但是孔子却为前三人叹息而独赞曾点。这一段最见《论语》述而不论的文体特色。曾皙的对答意在言外，其行为描写胜过语言；解释在读者，而不在著作。我们对曾点的理解应着眼于他的行为描写。夫子与弟子问答过程中，曾皙始终在弹瑟暗示了“乐”的概念，他的言行主要暗示了“修身”的意义，表现了自我完善的形象。因此曾皙的行为体现了孔子的伦理标准：“兴于《诗》，立于礼，成于乐。”(朱熹：77 页)曾皙的言行、形象实际上突出表现了儒家非功利的一面：“人欲尽处，天理流行。”(朱熹：143 页)尽管朱熹用了“天理”二字，这一说法其实与道家无欲的观念意义相同。

《论语》表现曾皙的手法无疑引起了庞德的注意。他的改写也相应突出曾皙，而且特别强调了“乐”的作用：

And Tian said, with his hand on the strings of his lute
The low sounds continuing
after his hand left the strings,
And the sound went up like smoke, under the leaves,
And he looked after the sound:
"The old swimming hole,
"And the boys flopping off the planks,
"Or sitting in the underbrush playing mandolins." (C13:p.58).

然后点说，他的手拨弄着瑟弦
轻柔的音乐响着
然后抬起手来，
那乐声像轻烟升起，散在树叶下，
他的目光追随着那音乐：
“那个游泳的老水塘，
有的男孩在跳板上扑腾，
有的坐在矮树丛里弹曼陀林。”

不管庞德如何理解这一段，值得注意的是他完全遵照了《论语》间接表达的方式，同样没有直接回答孔子的问题，而是按他自己的理解把“莫春者，春服既成”这一段描述改成他的话语，传达同样的悠游自在、怡然自得的意念。他对这一段的把握相当准确，刻意描写了曾皙弹瑟，倾心音乐，无意功名的神态。他的改写着重强调的仍是音乐的意义。庞德在这里列举了四类儒家人物：学以从军、学以从政、学以司仪以及修身致善的典型。庞德并借孔子的口评道：“他们答得都对，/ 就是说，各适其性。”(C13:p.58)庞德接着挑出另类人物原壤来批评，借以说明儒家经世致用的思想：孔子举起手杖对着原壤，/ 原壤年纪大了，/原壤坐在路边，/ 假装领悟智慧。/ 孔子说 /“你这个老傻瓜，别再发愣啦，/ 站起来去做点有用的事……一个 50 岁的人什么也不知道 / 不值得人尊敬。”(C13:pp.58～59)这段改写来自《宪问第十四》。庞德显然读了朱熹的注释，视原壤为老庄一类人物：“母死而歌……自放于礼法之外者。”(朱熹：153 页)庞德因此与他早先的仿中国诗《古代智慧，相当宏观》中的庄子相联系，用“假装领悟智慧”来讽刺原壤，意在批评这类“无用”的犬儒派人物。由此可见，庞德对儒家人物的描写与介绍旨在强调儒家经世致用的一面。

三、修身　治国　中庸

《论语》人物描写结束后，庞德转向《大学》、《中庸》探讨儒家伦理与治国的关系。作为诗人的庞德首先希望的是一个好国君也是一个慷慨赞助艺术家的富人：“亲王把所有臣仆如艺术家／都招纳在自己身边时，他的财富才能用其所值。”(C13：p.59)这一愿望使庞德像古代的儒生一样主张国家应该由圣贤君王治理，主张以道德的力量治国治家。这就是庞德读《大学》时对儒家三纲之一“明明德”的感悟。他已经领悟到儒家“修身”与齐家、治国的关系：

And Kung said, and wrote on the bo leaves:
　　If a man have no order within him
He can not spread order about him;
His family will not act with due order;
　　And if the prince have not order within him
He can not put order in his dominions.
And Kung gave the words “order”
and “brotherly deference”
And said nothing of the “life after death.” (C13: p.59)

孔子讲过，还在竹简写下：
　　假如一个人内心没有法度
他就不能以法度感化他身边的人；
他的家人也不会按适当的法度行事；
　　假如一个亲王内心没有法度
他就不能在他的城邦推行法度。
孔子讲了两个字“治”
和“悌”

对“死后的生活”只字未提。(C13:p.59)

庞德在这里强调了儒家伦理与治国安邦的关系，用《大学》和《论语》的章句为我们拼贴了这段话。这是他通过Pauthier法文翻译改写的段落，中心词是“治”，主要来源是《大学》一段：

古之欲明明德于天下者，先治其国。欲治其国者，先齐其家。欲齐其家者，先修其身。(朱熹：1页)

庞德的改写无疑是参照了法文译文。对照译文可以看出，庞德按他自己的逻辑思维把译文中的治国、齐家、修身改为修身、齐家、治国的顺序[①]。庞德在《诗章十三》的写作对于我们理解他接受儒家思想的情况极其重要。在庞德看来，儒家伦理的核心是“修身”，这是齐家、治国的前提。但是汉字的“齐”与“治”之间的细微区别，庞德是看不到的，因为他读的是法文和英文翻译版。在Legge英文版本和Pauthier的法文版本中，这两个用作动词的字都变成了同一个名词概念：法文用“le bon ordre”，英文用“good order”，但都用来指涉“齐家”和“治国”的概念[②]。轮到庞德，他便去掉修饰词，只用“order”(治)来指这两个概念。明白这种译传的影响，我们就能看出庞德最初对孔子思想的理解。《大学》“明明德”这一段是庞德了解儒家学说的主要来源，也是他形成孔子“从自己开始，创造完美”这一概念的来源。庞德的这句话其实就是他早先对儒家伦理核心的解释。所谓“started from himself”其实是庞德阅读与“修身”有关的译文而形成的概念。他准确把握了儒家伦理的核心：家庭、国家、个人的完善皆由个人的“修身”开始：即正心、诚意、致知、格物，尔后才有齐家、治国。正因为有了这样的领悟，庞德在诗中才特别引用“治”和“悌”二字来对《大学》第一纲领做总结。“治”指涉伦理与治国的关系；“悌”指涉伦理与齐家的关系，其蕴意是“孝悌”。庞德的来源应是《论语》中的《学而第一》：“有子曰：‘其为

---

① Terrell: *A Companion to The Cantos of Ezra Pound*, pp.62～63, Berkeley and London: University of California Press, 1993.

② Terrell: *A Companion to The Cantos of Ezra Pound*, p.62, Berkeley and London: University of California Press, 1993.

人也孝弟，而好犯上者，鲜矣……孝弟也者，其为人之本与！'"（朱熹：2页）由此可见，庞德特别关注儒家学说的方面是有关人性的本质问题，因此才特别强调儒家学说是一种人的哲学而非神的哲学，宣扬孔子关注的是人世的问题，而非神鬼的问题。这一评价的来源是《先进第十一》："季路问事鬼神。子曰：'未能事人，焉能事鬼？''敢问死。'曰：'未知生，焉知死？'"（朱熹：106页）庞德对孔子重视世俗人间的评价不是一个偶然的印象，而是经过与西方哲学比较后才得出的结论，故而给他的印象深刻持久，乃至1950年出版他自己翻译的《论语》一书，还特意在序言中引用伏尔泰的话以说明儒家学说为世俗哲学而非神学这一特征："伏尔泰称赞孔子是不接受神灵启示的第一人。"①

有趣的是庞德在孔子只言人事不言鬼神后续上的却是"中庸"的概念：

> And he said
>   "Anyone can run to excesses,
> It is easy to shoot past the mark,
> It is hard to stand firm in the middle." (C13:p.59)

> 孔子说：
>   "任何人都会逾越，
> 射箭容易越过界标，
> 坚守在正中很难。"

据 Terrell 考，这三句的来源都是《论语》。一是《先进第十一》："子贡问：'师与商也孰贤？'子曰：'师也过，商也不及。'曰：'然则师愈与？'子曰：'过犹不及。'"（朱熹：101页）一是《雍也第六》："子曰：'中庸之为德也，其至矣乎！民鲜久矣。'"（朱熹：59页）孔子是在谈论中庸，但根本没有提到什么射箭。此说是否牵强附会？其实不然。这里涉及的又是译传的问题。庞德读的不是原文，而是 Pauthier 解释性的法文翻译，并且加进了他自己的直观感悟和诗人想象的发挥。我们再看庞德在《孔子》中他自己对

① Pound（译）：*Confucius：The Great Digest，The Unwobbling Pivot，The Analects*，p.191，New York：New Directions，1969.

这两段的翻译，就能看出其中的联系。他把“中庸”译作“那个不摇摆的中轴”，并用“师越过了界标”(Shih goes past the mark)来描述“师也过”这一句[①]。在《诗章十三》，庞德也一样发挥他的诗人想象力，用射箭作比喻，用更加诗性的语言，所表达的仍是他的中庸概念，即朱熹说的“中者，不偏不倚，无过不及之名。庸，平常也”。(朱熹：1 页)这一概念的形成对庞德意义深远。他后来翻译《中庸》，篇名用的仍是这一形象：《不摇摆的中轴》(*The Unwobbling Pivot*)。这是庞德由“中”字感悟而来的形象概念，结合“中庸”的蕴意，这个“中”字及其衍生的“the unwobbling pivot” 后来成为他常用的一个特殊“文字意象”和隽语，反复出现在他以后的《诗章》写作中。

四、建构儒学核心：仁

庞德介绍了中庸的概念以后，开始建立“仁”的概念。仁是儒学的核心概念，庞德要为自己的长诗建构儒学主干主题，非谈仁不可。但“仁”字不好解释，Legge 译作“perfect virtue”(完美的道德)，Waley 译作“goodness”(善)，总让人感到缺少了什么，与仁的本意有所偏差。庞德为传达仁的概念必定费了一番心思，结果是放弃陈述的方式，而采取《论语》的“问答”方式，以“会意”的概念和模式来传达。具体做法就是选择有关仁的轶事，《公冶长第五》，加以剪裁、改写、创造来暗示仁的概念。庞德的改写结果是这样的：

> And they said：If a man commit murder
> 　　Should his father protect him，and hide him?
>
> And Kung said：
> 　　He should hide him.
>
> And Kung gave his doughter to Kong-Tch'ang
> 　　Although Kong-Tch'ang was in prison.

---

① Pound(译)：*Confucius*：*The Great Digest*，*The Unwobbling Pivot*，*The Analects*，p.218，p.240，New York：New Directions，1969. 庞德翻译的《四书》缺《孟子》。

And he gave his niece to Nan-Yong
although Nan-Yong was out of office. (C13:p.59)

他们说:假如一个人犯了谋杀,
他父亲应不应该袒护他,掩藏他?
孔子说:
他应该掩藏儿子。

孔子把女儿嫁给公冶长,
尽管他被监禁。
他把侄女嫁给南容,
尽管南容被免了职。

庞德在这里的用意是十分明确的,用公冶长和南容的例子说明孔子判断人的好坏不是依据法律准则和目前的处境,而是依据他自己的道德准则:公冶长"虽在缧绁之中,非其罪也",而南容,"邦有道,不废"(朱熹:38页)。再者,庞德在这里提出了一个尖锐的问题:当法律与仁爱发生冲突时,假设孔子会如何做?这当然是出自庞德的诗人想象。他让孔子选择了偏袒、掩护儿子。方法偏激,却切中了仁的肯綮。"仁"在孔子那里,本意就是关爱人,尤其是关爱宗亲族人。由此可见,庞德对于仁的理解是十分准确的。

庞德对"仁"的把握为何如此准确?光读《论语》是读不出这层意思的,这应该是庞德读《中庸》的体会。于是后二句续上了《中庸》的内容:

And Kung said "Wang ruled with moderation,
In his day the state was well kept,
And even I can remember
A day when the historians left blanks in their writings,
I mean for things they didn't know,
But that time seems to be passing. "(C13:p.60)

孔子说"王怀柔而治，
　　在他的时代，王国治理得很好，
我甚至记得
史官在史书中留下空白的那个时代，
我是说因为他们什么也没听说，
但是那个时代似乎正在流逝。"

上章分析表明，庞德好用潜文本。《诗章四》的潜文是卡图卢斯的《变形记》。这里也一样有一个潜文。这一段的潜文是《中庸》和《论语·卫灵公》。首二句应是他读《中庸》"夫政也者，蒲卢也"的法文翻译的印象①。这里的"王"指文王或武王，儒家尊为圣贤君王的偶像，无为而治的典范，因而庞德仍在进一步解释仁与治的关系，其潜文是《中庸·右　十九》：

> 哀公问政。子曰："文武之政，布在方策。其人存，则其政举；其人亡，则其政息。人道敏政，地道敏树。夫政也者，蒲卢也。故为政在人，取人以身，修身以道，修道以仁。仁者，人也，亲亲为大，义者，宜也，尊贤为大。"(朱熹：121 页)

这一段为我们理解庞德对儒学的接受提供了又一线索。庞德无疑是读过《中庸》这段的翻译文本。"为政在人，取人以身，修身以道，修道以仁"。这四句说明儒家为政之道，其根本在于仁。这其实是对《大学》"明明德"大纲的进一步解释：儒家治国之策强调的不是法治，而是道德教化人的内在力量。其次，儒家主张仁人合一，仁的最高准则是关爱亲人、尊重贤德。这不仅是对一般人的要求，也是对君王的要求。这里，庞德之所以赞誉文王武王圣贤，师造化而治，国泰民安，是为与现代社会对比，是为评价他的现代时代。这样他的思想从《中庸》又跳回《论语·卫灵公第十五》："子曰：'吾犹及史之阙文也，有马者借人乘之，今亡矣夫！'"(朱熹：161 页)孔子这段话颇为费解，但他感叹今不如昔的意思是明确的。庞德在这里无非借孔子来对他自己的时代作一评价，因为"翻译"(translation)也

① Terrell：*A Companion to The Cantos of Ezra Pound*，p.63，Berkeley and London：University of California Press，1993.

是庞德的一个诗人面具。相比之下，今不如昔的主要原因就是道德衰落，仁与人的分裂。这是孔子对自己“礼崩乐坏”的时代的评价。庞德在此借来批评日趋商业化的“摩登”时代，因而以强调“修身”的重要性作为结论：

> And Kung said, "Without character you will
> 　　be unable to play on that instrument.
> Or to execute the music fit for the Odes."(C13:p.60)

> 于是孔子说："没有人格(仁)，
> 　　你就不能弹奏那个乐器(瑟)。
> 或者弹出的音乐也合不上《诗》。"

这段写作的依据是《八佾第三》："子曰：'人而不仁，如礼何？人而不仁，如乐何？'"(朱熹：20页)孔子的意思是人仁合一的人才配以礼乐相待，礼乐也才有意义。这一段，Pauthier的翻译比英文的高明，用具体的人(homme)译“人”，用抽象的人(l'humanité)译“仁”，较贴近原文[①]。庞德接受了Pauthier的法文译法[②]，但也发挥了他的诗人想象，用“character”(人格)表示“仁”，并联系到前面提到的曾皙，因此后面这一节呼应前面的“修身”概念。在庞德看来，曾皙是“乐”的象征，是“修身”的体现，是仁的典范；只有曾皙那样的人才配弹“瑟”，弹奏的音乐才合得上《诗》的韵律。庞德在此对孔子学说的理解颇有几分儒学真传的意味。由此可见，同孔子一样，庞德认为他的时代的主要弊病就是人伦丧失，内在仁与外在人的分裂，用马克思的话说，就是资本主义工业化社会造成的人的异化。因此治国的根本不在于外在法律的强制手段，而在于内在的道德力量，在于从每个人开始的“修身”：完善自己，完善家庭乃至国家。这就是庞德为贯穿《诗章》写作而建立的儒家主题思想的要旨。于是，庞德最后以“杏树”的蕴意结束这一诗章，暗示孔子在杏坛讲学，并且明确表示了他自己的心志，将像孔子一样宣扬仁的精神，以伦理道德为稳定社会、治理国家的力量，

---

① Terrell: *A Companion to The Cantos of Ezra Pound*, p.64, Berkeley and London: University of California Press, 1993.

② 庞德后来就是用由 l'humanité 转化来的 humaneness 和 humanitas 译“仁”字。

用他的长诗《诗章》保持这种东方文化的生命活力，使之在西方流传：

The blossoms of the apricot
　　blow from the east to the west,
And I have tried to keep them from falling.（C13：p.60）

这杏树盛开的花朵
　　从东方飘到西方，
我已尽力不让这杏花落散。

以上分析表明庞德运用中国题材写作的一些特点。《诗章十三》的写作已经脱离了他是先按原文改写和再创性翻译的写法，完全是以他个人的创作需要为主导。所有《四书》的引用并未按原章句的题旨发展，而是根据他的写作需要从自己的记忆中信手拈来，加以想象，发挥为巧妙的诗性表达。整体结构仍以“会意”集合模式为主，集合《四书》相关的片语。全篇衔接精工而不留斧凿痕迹，显得天衣无缝，但同时又暗合了《论语》的散片特点与“问答”文体，实为一个内外皆顾的有机整体。《诗章十三》是庞德为自己的现代史诗建构“孔子、但丁、希腊（神话）”三大主干主题之一——儒学母题的基点。庞德在这里极有见地建立了最为核心的儒学概念。他首先抓住了“修身”的概念，也就抓住了所谓儒学“八目”最关键的一目。之前是修身的内容与方法：格物、致知、诚意、正心；之后是修身的目的：齐家、治国、平天下。这其实已经是儒家“学以致用”的整个内涵[①]。庞德从“修身”着手，辅之以“乐”的概念，并引出“治”的概念，强调了儒家的伦理与治国的关系，进而建立“仁”的概念，辅之以“孝弟”的蕴意，并用《论语》、《大学》、《中庸》章句从不同方面强化“仁”的内涵，以致建立了以“仁”为核心的儒学蕴意。同时，庞德还顾及到“中庸”的概念，初步确定了他以“中”字为特征的意象而演化出依自不依他、不偏不倚、“止于致善”等儒学蕴意。《诗章十三》仅77行，每行几乎都指向儒学的核心概念，包容了丰厚的儒学意蕴，致使《四书》成为一个实在的潜文本。正因如此，从这里发轫的

① 禹克坤：《引言》，见刘俊田、林松、禹克坤（编）：《四书全译》，3页，贵阳，贵州人民出版社，1991。

儒学题旨才得以在他后来的长诗写作中不断延伸发展，尤其是为后来的“中国诗章”(53～61)、“比萨诗章”(74～84)、“晚期诗章”(Later Cantos)的中国文化题旨与书写奠基了母题基础。《诗章十三》是庞德苦心孤诣营造儒学主题之母体(matrix)的场所，也是他匠心独运尝试专以中国题材书写诗章的成功之例。

第二节 《诗章四十九》:“潇湘八景”与“七湖诗章”山水诗审美与儒家伦理

庞德在《诗章十三》建构的儒学主题属于他第一阶段的长诗写作，以1925年发表的长诗第一辑《诗章十六首初稿》为标志。但是，这一主题在他的第二、第三阶段，1930年的第二辑和1937年的第三辑，均无发展，一直到1940年发表了第四辑，所谓“中国诗章”(53～61)，才又续上儒家人物尧、舜、禹和孔子等，并且开始了《诗章》中儒学的大量涌现。儒学因素和题旨在1945年发表的“比萨诗章”(74～84)及以后的“后期诗章”中也反复出现，不断增长。然而，在此之前，还有一首诗章，《诗章四十九》，也涉及中国题材，而且写得如此精美，批评界称之为《诗章》的美之典范，称之为“七湖诗章”，故而引起众多评家的关注。《诗章四十九》以表现山水、自然景象为主，呈现一种“无人”(no-man)的审美，因而通常被视为一首“道家”意味的诗章。联想到庞德在《诗章十三》的创作，这种观点有悖儒家母题的建立。为此我在这一节试对《诗章四十九》作另一种解读。

一、儒家与道家之“道”

G. Kearns这样评道：“《诗章四十九》是抒情的，道家意义重于儒家意义，但是庞德很可能没有意识到他用来写作的那些诗和画的本质：道教和佛教在《诗章》中总是负面符号。”[1]他的意见有三点值得注意：其一，这首诗章以道家意义为主；其二，庞德用来创作的资料(诗和画)本质属于“道教和佛教”；其三，道、佛在他的《诗章》中是“负面符号”，所以庞德在此显得自相矛盾。这三点意见虽然偏颇，却代表了对《诗章四十九》的某些批

① Kearns: *Ezra Pound*: *The Cantos*, p.59, Cambridge and New York: University of Cambridge Press, 1989.

评倾向，故而值得我们重视。这首被称之为“七湖诗章”的诗(Seven Lakes Canto)的确很美，很有魅力，吸引了不少评家一评再评。自 Kenner1972 年再次评论它后，相继有 A. Palandri (1974)、S. Kodama (1977)、D. Tryphonopoulos (1990)等庞德学者对它再评[①]，可见“七湖诗章”的确神秘、动人。Palandri 说她之所以走上庞德研究的道路就因为当初读了这首诗章激发起研究庞德的兴趣。著名学者 Pearlman 教授也选用“七湖”的诗画作他的《时间之钩》一书的插图。这首诗章的创作过程也是一个谜，隐秘曲折，多少年解不开。因此，Kenner、Palandri、Kodama 的研究主要对庞德的资料考证、诠释，为后来的研究提供了不可缺少的前提。然而，对于《诗章四十九》的本质问题，它究竟是道家思想还是儒家思想的表现，尚无定论。因而也无从确定结尾两句的晦涩蕴意。这是我在这里的讨论重点。

视《诗章四十九》为道家思想表现而排斥儒家题旨的考虑主要是以儒道对立的观念看待这首诗章。这种观念的形成大多是因袭汉儒宋儒解释儒家文本的缘故，受董仲舒、二程、朱熹等独尊儒学为正宗的影响。就儒、道著作本身而言，儒道相通的地方很多，例如，“道”字就相通。孔子、老子、庄子都用“道”谈论自己的哲学，并都以“道”指最高的绝对法则。再如，上节谈过的曾皙，“莫春者，春服即成，冠者五六人，童子六七人，浴乎沂，风乎舞雩，咏而归”，这样适其居，乐其有，“与天地万物上下同流”，胸襟如此坦荡的人，何尝不是一个不求功名的道家人物，而孔子独赞许之。对于儒道相通的本源，P. Rule 在《孔子是道家吗?》一文中评道：“孔子的道更加玄奥，更加道教(more Taoist)，超过了一般的认识，……道家思想(体系)是在(先秦儒家文本)这个主干上的嫁接，是儒学的异说，只是后来才变成‘正统’意识形态的明显确实的对抗者。”[②]南怀谨也持有相似的看法：“现代人对道家的观念，是汉、唐以后的人所持有的观念。在秦汉以前，现在所谓的‘道家’与孔孟之学的所谓‘儒家’，原来没有分开

---

① 分别见庞德学刊 *Paideuma*：Kenner，“More on the Seven Lakes Cantos”，1972(1)，pp.43～46；Palandri，“The ‘Seven Lakes Cantos’ Revisited”，1974(1)，pp.51～54；Kodama，“The Eight Scenes of Sho-Sho”，1977(2)，pp.131～145；Tryphonopoulos，“‘The Fourth Dimension of Stillness’：D. P. Ouspensky and Fourth Dimensionalism in Canto 49”，1990(3)，pp.117～122.

② Rule：“Was Confucius a Taoist”，*The Journal of the Oriental Society of Australia*，1991(22～23)，p.146.

的，统统是一个‘道’字，而这个‘道’字，代表了中国的宗教观，也代表了中国的哲学。”[①]由此可见，历代学者注释儒学的偏见，不仅影响了现代国人，而且影响了西方的汉学学者。我们审视儒道这两大思想体系时，必须抛开诠释者强加的偏见，才能看到儒道学说的本源。正因为儒道有所相通，我们才有内圣外王、内道外儒的显著文化传统。倘若二者毫不相通，此“内”与“外”又如何统一？事实上，古代文人学士大多儒道并兼。例如，前面谈过的李白，既是地道的道门弟子，又奔走于朝廷，热衷于功名成就。王维身居高官，又参禅伴佛，亦官亦隐，又是一例。庞德又何尝不是这样的人物？他写《诗章》的一大动机就是要以文学形式参与政治。因此，我们讨论他的“七湖诗章”，首先应该避开儒道二元对立的观念，而取儒道相兼相融的视角，才能解析它的本质问题。我的看法是，庞德在《诗章十三》苦心建构的儒家主干主题不会不与他的“七湖诗章”无关，更不会创作一篇纯“道家”的诗章与自己的《诗章》主干儒家题旨相忤。他在这里无非是用山水情景代替社会政治话语以避免直接表现自己的儒家题旨罢了。这不过是他的诗艺使然。

二、宋迪“潇湘八景”母题与“七湖诗章”

《诗章四十九》由两部分组成。上部分据山水诗创作而成，下部分据两首中国古诗改写。先谈上部分。第一个难题是庞德创作依据的那些“中国诗”(Chinese poems)是谁写的，无法确定。第二章曾提过，庞德父母收藏了一本可以折叠的画册，把它叫作“中国书”(Chinese book)。据 Palandri 考，1928 年 3 月 1 日，他父亲把这本画册寄给住在意大利的庞德。该年 5 月 17 日，有一位中国女士曾葆荪(音译 Tseng Pao-Sun)到拉巴洛的寓所拜访庞德，并为他“破译”了画折上的汉诗，口述诗意，由庞德记下，以后再整理成可供他阅读的文字。这就是庞德创作上半部的资料。那些画上的题诗是写湖南的“潇湘八景”，而这位曾女士正是湖南籍贯，并且是孔子弟子曾子的后裔，曾祖父是赫赫有名的曾国藩，父亲曾广春(音译 Tseng Kuang-Chun)居台湾，是个作家。曾女士可想而知家学深厚，而且受过极好教育，先后毕业于杭州国立女子师范学院和伦敦大学，应该是庞德有幸

① 南怀谨：《老子他说》，5 页，上海，复旦大学出版社，1996。

遇到的最理想的翻译。庞德家收藏的画折是诗画相兼的“潇湘八景”，由北宋画家宋迪(1011～1072)首创，取湖南潇水和湘水汇流处永州一带的湖光山色。宋迪画轴已佚，仅留下八个画题，经画论画史流传，供后人传摹[1]。庞德学者 Kodama 又作进一步研究，考证了八个具体的画题画诗，而且证明“潇湘八景”题不仅为中国骚人墨客竞相题摹，即使在日本也是十分出名的传统画题。日本不断有僧侣、宫人、文士以“八景”为题作诗绘画，蔚然成风。此外，他还找到了一部由日本书法家编辑于天和三年(1683)出版的《玄竜书八景诗并歌》。书有八幅画，每幅画上有汉诗和日文诗各一首，竟然与庞德家的画折上的诗文完全对应，只有绘画和书法笔法不同。因此，Kodama 的结论是：庞德家的“中国书”上的画和诗全都出自日本文人之手[2]。此外，Pearlman 和 Palandri 也持相同看法，认为庞德的画折是日本文人依日本的汉学传统所作的一种临摹和复制。这样一来，庞德家的“中国书”实属一本日本临摹本，《诗章四十九》上半部的创作与中国文化似乎没有直接联系，只有精神联系。

然而，北宋文人画家宋迪所作的《潇湘八景图》，其价值意义并不在画轴本身，而在他创立的这个山水诗画母题。这个母题以“潇湘”景致为名，吸纳了深厚的楚文化和中国传统文学底蕴，上可溯至屈原、贾谊、陶潜、刘禹锡、柳宗元等的诗文，下传承一批南宋“潇湘八景”临摹图。虽然宋迪画轴已佚，他的“八景”母题却对宋代以降的画坛影响极大。例如，宋代沈括(1031～1095)就将“八景”画题录于他的《梦溪笔谈》：“平沙雁落”、“远浦归帆”、“山市晴岚”、“江天暮雪”、“洞庭秋月”、“潇湘夜雨”、“烟寺晚钟”、“渔村落照”[3]。南宋画家夏圭、牧溪、玉涧等皆作有各自的《潇湘八景图》。据说南宋时期有日本画僧来中国习画，离开时带走了南宋画家作的《潇湘八景图》。也有学者考证宋迪的“八景”题自南宋始传入高丽、日本，以致在这两国引起为数颇丰、各具特色的“潇湘八景图”的创作。沈括记录的“八景”题与 Kodama 考证在日本流传的“八景”画题完全相同。此外，令人不解的是，南宋画家所画的《潇湘八景图》原作，中国收藏甚少，却大多流散在日本，为权贵争相收藏。而且早在江户时代(1603～1867)中期，

① Palandri：“The ‘Seven Lakes Cantos’ Revisited”，*Paideuma*，1974(1)，pp.53～54.

② Kodama：“The Eight Scenes of Sho-Sho”，*Paideuma*，1977(1)，pp.131～134.

③ 衣若芬：《研究成果简介》，10～12 页，载 www. sicica. edu. tw。

“‘八景图’曾一度被整体临摹复制”①。推而论之，庞德家收藏的“潇湘八景图”应是近代日本画家对江户时期所临摹的“八景图”的再临摹。其源头仍是中国的珍本：即宋迪母题与南宋画家画制的“八景图”。日本画家的创作仍以宋代山水画的画法、以中国山水诗风格、以中国书法为范例和水准。从这个意义上看，《诗章四十九》的表现方法、神韵、蕴意又与宋代“潇湘八景”这一山水人文画的母题和传统有着一脉相承的关系。

文人画皆出自文人士大夫之手，以画寄托文人情趣，隐寓文人思想，故重神似不求形似。文人画派尊王维为南派宗师，以诗入画，故诗画并重。至宋，更加强调文与画的结合，又以书法入画。元朝重武轻文，文士更是移情词曲书画，借画隐志，以画逸情遁世，反而造成文人画的兴盛，印信也随之入画，形成诗书画印四位一体的综合艺术。宋迪开创的“潇湘八景图”原型，自南宋传入日本，只有诗书画三体，无印。所以庞德家传的“八景图”和 Kodama 考证的“八景图”虽属不同时期的日本临摹复制品，主要还是诗书画三体。这三体中，书法和绘画只是庞德的参照，他主要依据的是人文画上的诗，所以，庞德的“八景图”又是“八景”诗。前面提过，他的这册“八景图”，每幅上有两种诗：一种是地道的七绝“汉诗”，一种是日诗，由平假名夹汉字写成，每首仅两行，全是对相应上面七绝“汉诗”的局部模仿，无甚深意。“汉诗”均无署名，日诗有三首署上“据说”之名。尽管 Kodama 说这些汉诗也是日本人作的，但写的内容完全是“潇湘八景”的湖南景致，浓郁的中国山水诗意味，毫无日本地域、文化标准。汉诗和日诗意境、韵味相差如此之大，真不敢相信同出一派诗人之手。况且他考证的版本是由一位日本书法家编纂，不是诗人，也不是画家，而且诗文与庞德画册上的完全一样，不同的是书法和绘画。因此，也有可能是几个日本书法家照抄了流入日本的某一南宋《八景图》上的原作七绝，以显示不同的书法艺术和绘画艺术。为方便讨论，先把 Kodama 认为“庞德曾看见过，部分曾研读过”的“潇湘八景”题记引录在下：

① 锻炼：《在纽约追寻南宋山水画》，载“世艺网艺术论坛”，见 www.cl2000.com。

平沙落雁
古字书空淡墨横
几行秋雁下寒汀
芦花错作衡阳雪
误向斜阳刷冻翎

远浦归帆
鹭界青山一抹秋
潮平银浪接天流
归樯渐入芦花去
家在夕阳江上头

山市晴岚
一竿酒旆斜阳里
数簇人家烟嶂中
山路醉暝归去晚
太平无日不春风

江天暮雪
云淡天低糁玉尘
偏舟一叶寄吟身
前湾咿轧数声橹
疑是山阴乘兴人

洞庭秋月
西风剪出暮天霞
万顷烟波浴桂花
渔篷不知羁客恨
直吹寒影过芦花

潇湘夜雨

先自空江易断魂
冻云黏雨湿黄昏
孤灯篷里听箫瑟
只向竹枝添泪痕

烟寺晚钟
云遮不见梵王宫
殷殷钟声诉晚风
此去上方犹远近
为言只在此山中

渔村夕照
薄暮沙汀惑乱鸦
江南江北闹鱼虾
呼童买酒大家醉
卧看西风雩荻花[①]

有了“八景”题诗的原型，我们才能分析《诗章四十九》上部与中国山水诗的关联。要说明两者的内在联系势必经过比较，故先按节引录《诗章四十九》：

For the seven lakes, and by no man these verses:
Rain; empty river; a voyage,
Fire from frozen cloud, heavy rain in the twilight
Under the cabin roof was one lantern.
The reads are heavy; bent;
and the bamboos speak as if weeping. (C49:p.244)

致此七湖，并无人所作韵文：

① 转引自 Kodama:“The Eight Scenes of Sho-Sho”, *Paideuma*, 1977(1), pp.134～138.

(黏)雨；空江；孤旅，
火光现冻云，疾雨落黄昏
茅棚顶下一渔灯。
芦苇重重；弓垂；
那(斑)竹低语似泣。

庞德以解题开始。“七湖”，原文并未提及，应来自庞德观赏他的“八景图”上湖光山色的总体印象。“by no man”是双关用法，既指画上的七绝均无署名，无名氏也，又暗喻这些诗文由山水所作。一说指他的《诗章》长诗叙事代理奥德赛，因为他曾声称自己名为“无人”(no-man)[1]。但是，庞德在这首诗章并没有提到与奥德赛有关的事。这种说法令人颇感穿凿。从“七湖诗章”的实际语境看，整个上半部没有人的介入，庞德主要暗示这首诗章不是人写的，而是山水景物写的。可见《诗章四十九》与中国山水诗传统有着内在“神似”。第一节主要写“水”。庞德取“八景”中的《潇湘夜雨》为他的“七湖诗章”开头。这一选择无疑是经过全面考虑，并且寓意深刻，暗示“潇湘八景”组诗的总题，也暗示宋迪“潇湘”母题的意蕴。宋迪以潇湘为题取的是荆楚文化的底蕴。“潇湘”首先让人联想的是神秘、瑰丽、浪漫的湘楚风景和文化，是与之有关的神话、传说、文学。人们会想起屈原的《九歌》中的《湘君》、《湘夫人》，想起刘禹锡的《潇湘曲》，想到与湘水息息相关的斑竹和动人的传说等。帝舜娶帝尧二女娥皇、女英为妃。舜巡南方，死于苍梧。娥皇、女英闻讯赶至湘水，在江边为夫君痛哭，泪洒湘江竹，染竹成斑；后投江而死，变成湘水女神，人称湘灵。我们不必去考证“湘君”究竟是天帝之女还是尧之女，有这样动人的传说就有湘水文化的生命。正因为这样的传说才打动刘禹锡写下：“斑竹枝，斑竹枝，泪痕点点离相思。楚客欲听瑶瑟怨，潇湘深夜月明时。”[2]“潇湘八题”的无名氏也才会有感这样的传说写下：“孤灯篷里听箫瑟，只向竹枝添泪痕。”这些湘楚文化沉积的词语、意象(斑竹、泪痕、箫瑟等)才能经历巨大的时空考验，

---

① Cookson：*A Guide to The Cantos of Ezra Pound*，p.53，London and Sydney：Croom Helm Press，1985.

② 刘禹锡：《潇湘神》，见唐圭璋、周汝昌等(编)：《唐宋词鉴赏辞典》，25页，上海，上海辞书出版社，1988。

经千百年不变，跨越地域文化界线，继而辗转高丽、日本、美国，再由在意大利的庞德写下“那竹低语似泣”。娥皇、女英的精魂就是这样萦绕潇湘、斑竹，千年不散，而且她们的名字后面总是闪现帝尧、帝舜这两位古代圣王的英灵。庞德既然选择《潇湘夜雨》开头，也就设定了“潇湘”传说的蕴意。在形式上，他沿用《诗章四》的“会意”模式，并列黏雨、冻江、孤灯等意象，传达一种哀怨幽思的诗情；最后一句暗示了与尧、舜有关的斑竹传说。庞德写水后，转向写山：

Autumn moon; hills rise about lakes
　　against sunset
Evening is like a curtain of cloud,
　　a blurr above ripples; and through it
　　sharp long spikes of the cinnamon,
　　a cold tune amid reeds.
Behind hill the monk's bell
　　borne on the wind.
Sail passed here in April; may return on October
Boat fades in silver; slowly;
Sun blaze alone on the river.

Where wine flag catches the sunset
Sparse chimneys smoke in the cross light (C49:p.244)

秋月；山丘升出平湖
　　背映夕阳
晚暮像一道云帘，
　　轻笼漪涟；那桂树的
　　长尖枝杈刺破暮云，
　　一声冷曲发自芦丛。
山后响起僧钟
　　载上晚风。

帆船四月经过这里；应是十月返
船行淡化入银；悠缓；
太阳独自在江上炽燃。

酒旗攫位夕阳的地方
几缕炊烟乱斜光

庞德在这一节创作十分随意，没有集中在“八景”组诗的某一首，而是综合了与山景、日月有关的几首诗，摘取他中意的意象、情景，加以再创造。但是他写山的意图是明显的。他依据的诗主要有《洞庭秋月》、《烟寺晚钟》、《远浦归帆》三首，十分主动地发挥自己的想象，既保留了原作的某些意境，又创出了自己的新意。在这一节，庞德虽然沿袭了组诗总题的哀怨、凄凉的冷调，但逐渐转向一种炽热的情怀，投放在他刻意营造的日月同时出现的这个意境中。这里又一次显现了费氏《中国文字》论文的观点对庞德的影响。这一节的描写其实是庞德隐晦表达他所理解的汉字“明”的诗意画面：开头是秋月映夕阳，结尾是船行入月色而夕阳在江上燃烧。庞德依汉字会意解释“明”，视“日”、“月”为光之源，为光明与智慧之源，为人类与自然的希望之源。因而日月同现这一意境不仅与他在后面引用的《卿云歌》“日月光华”相呼应，而且从此成为一个特殊的庞德式(Poundian)意象，以不同的方式反复出现在他的《诗章》写作中。这是值得注意的地方。中间两行是过渡，仍是写山——“酒旗攫位夕阳的地方/几缕炊烟乱斜光”。这两句显然化自《山市晴岚》：“一竿酒旆斜阳里/ 数簇人家烟嶂中。”从英文的表达来看，他的改写已胜过原句。第四节由山景再返水景：

Comes then snow scury on the river
And a world is covered with jade
Small boat floats like a lanthorn,
The flowing water clots as with cold. And at San Yin
　　they are a people of leisure.
Wild gees swoop to the sand-bar,
Clouds gather about the hole of the window

Broad water; geese line out with the autumn
Rooks clatter over the fishermen s lanthorns,
A light moves on the north sky line;
    where the young boys prod stones for shrimp.
In seventeen hundred came Tsing to there hill lakes.
A light moves on the south sky line. (C49:p.245)

时过境迁，雪花纷扬江上
一个白玉覆盖的世界
小船漂游像一盏渔灯，
流水似冻如凝。在山阴
    他们是一群悠乐的人。
大雁掠降沙汀，
云聚遮蔽舱孔
水荡荡；大雁一行逐秋去
乌鸦呱咕渔灯上，
一道光游动在北方的天际；
    那里有男孩拨弄滩石捕虾。
十七世纪“清”来到这片山湖。
一道光游动在南方的天际。

庞德在这一节利用了剩余的几首诗描写江上雪景，以《江天暮雪》为主，兼用《渔村夕照》和《平沙落雁》中的意象。对照“八景”组诗，他的改写似乎七拼八凑，其实有他自己明确的意图。他这一节的创作虽然主要写冬景，但未沿《潇湘夜雨》和《洞庭秋月》哀怨离愁的低调发展，而是按一种自然和美的题旨来创作这一节。开头的冬景描写选择了“山阴趁兴人”那种怡然自得的精神来发展，表现漫天纷雪仍赏景吟诗、寄情山水的隐士逸人风范。结尾以《渔村夕照》为原型，描绘出一幅渔家乐的画面。此二境旨在表现一种人与自然和谐的美感，呈现一个宁静、平和、光明的世界。庞德最终道出了南北天际出现一道光，而“清”也降临这片湖光山色。这个“清”字用得微妙晦涩，蕴意模糊。有可能指清朝康熙六下江南巡视，皇恩浩荡为民带来福祉，因为庞德一直把清代看作以儒家伦理治国的典范时代，把康熙(1654～1722)看作他理想的儒家式皇帝，这就是他在《诗章九十八》中描述的康熙形象。此外，还有一种可能是“清”指“清静”，与后面他强调的英文“still”和“stillness”对应。因此解读这首诗的关键就落在这个“清”字上。

《诗章四十九》上半部显然集中了“八景”组诗的山水景物描写。这一部分可以说是庞德参照以宋迪《潇湘八景》母题而作的山水诗画，一脉相承地以山水表达诗人的思情。庞德是否对中国的“山水诗”传统体裁已有系统认识，尚不敢断言，但是我能肯定的是，中国古典诗以山水、自然景物表达思情的特征，庞德并不陌生。“山水诗”作为别裁演自《诗经》、《楚辞》、汉赋的自然景物描写，无论后人把它解读为“比兴”也罢，“比德”也罢，诗骚赋均存有大量精美微妙的景物描写。魏晋前后，经曹氏父子，经陶潜，尤其谢灵运，确立了“山水诗”别裁。至唐则大为兴盛，王维、孟浩然自成一派大家，李白、王昌龄，甚至杜甫、白居易都写下了大量的山水诗。就庞德而言，他确实揣摩过《诗经·采薇》，读过“昔我往矣，杨柳依依；今我来思，雨雪霏霏”(此四句为以景物写思情的原型模式之一)；改写过屈原的《山鬼》，或许也读过他的《湘夫人》；研究模仿过宋玉的《风赋》；而且刻意研究过陶潜、王维、李白、白居易等人的表现手法。作为诗人兼评论家，庞德绝不会不对这些中国诗中的“山水”、自然景物描写无动于衷的。如前文所示，早至1918年他在《中国诗》一文就明确指出中国古代诗人有一大“成就”，尤其在“与自然情感会通”方面，在“描写自然景物”方面，均胜西方诗人一筹[①]。

所谓“山水”，在庞德看来就是“自然”(nature)和“风景”(scenery)这两个概念。对于中国古代诗人表现山水，庞德特别观察到两种情况：一是诗人“抒发与自然情感的会通”(speak of their sympathy with the emotion of nature)，一是“描写自然景物”(describe natural things)。庞德信奉新柏拉图主义，追寻爱默生崇尚自然神秘的生命，相信人一旦能够阅读自然这部大书，自然就充满生命，充满情感。在庞德眼里，自然是有生命的，有情感的。这是我们理解庞德思想观念中“自然”或者中国所谓“山水”的前提。他早已感悟到中国古代诗人特别擅长表现景物，借景物传达思情。这两种

① Pound：“Chinese Poetry”，*To-Day*，1918(3)，p.95. 详见本书第三章论述。

特征都关联到表现景物的关系，用王国维的话解释就是“写境”与“造境”的关系：

有造境，有写境。此理想与写实二派之所由分。然二者颇难区别。因大诗人所造之境，必合乎自然，所写之境，必邻于理想故也。①

诚然，真正的诗之境界是分不出孰为理想，孰为写实，二者都必须基于真情实感，否则无境：“境非独谓景物，感情亦人心中之一境界，故能写真景物，真感情者谓之有境界，否则谓之无境界。”②以此观照，庞德在《诗章四十九》据“八景”组诗的原型创作的上半部，亦写境亦造境，营造了一派自然和美而又充满生命活力和激情的山水画面，寄托他对人生和世界的一种真实感悟。

三、山水意境与尧舜蕴意

这种自然和美究竟要传达什么题旨呢？我们还需要再看他的下部分才能回答这个问题。首先庞德改变了前面抒情的方式，第五节转用陈述：

State by creating riches shd. thereby get into debt?
This is infamy; this is Geryon.
This canal goes still to TenShi
though the old king built it for pleasure(C49:p.245)

创造财富的国家应该因此负债吗？
这就是丑闻；这就是吉里昂。
这条运河依然静流到杭州③
尽管那老王为享乐才修建了运河。

① 王国维：《人间词话新注》(滕咸惠编注)，34页，济南，齐鲁书社，1989。

② 王国维：《人间词话新注》(滕咸惠编注)，36页，济南，齐鲁书社，1989。

③ 原文“Ten Shi”指大运河流经的一地名，因无从确定具体名称，姑且按意译为“杭州”。参见Terrell：*A Companion to The Cantos of Ezra Pound*，p.180，Berkeley and London：University of California Press，1993.

庞德在这一节变得声严词厉，讽刺、抨击政体。吉里昂(Geryon)是希腊神话中一个三体相连长翼的妖魔，在庞德的语境中特指高利贷吃人，是高利贷金融体制的象征。在他看来，资本主义文明的最大弊病就是高利贷体制，是造成英美现代社会贪欲横流，巧取豪夺，金融界贪污腐败丑闻不绝的根源[①]。与此对比的是隋炀帝修建的大运河，仍然静静地流着，沟通南北商旅，造福于百姓。庞德完全清楚隋炀帝开凿大运河是为了游览江南美景，所以赞美的是这条历史上建造最早的运河本身。他的用意是不言而喻的，用他理想化的中国帝王工程和福泽于民的事实反衬西方现代社会盘剥民众的资本主义经济体制。这种理想化的帝王功绩继而延伸到下面两节，并且开始与上半部山水诗的潜文相联结。第五、六节均取自费诺罗萨遗稿中的中国古诗。第五节是按费氏笔记中的日文发音照录古诗《卿云歌》：

KEI MEN RAN KEI
KIU MAN MAN KEI
TITSU GETSU KO KWA
TAN FUKU TAN KAI(C49：p.245)

庞德如此标新立异，自然让人读不懂了，只好转读原诗：“卿云烂兮，纠缦缦兮。日月光华，旦复旦兮。”(沈：7 页)庞德的做法的确出奇出格。别人读不了他的《卿云歌》不等于说他也不懂这首古诗。庞德有费氏直译和意译两种注释笔记参考，又有儒学深厚湖南籍的曾女士为他解说过“潇湘八景”。庞德对这首古诗的蕴意是十分清楚的：首先与之关联的就是帝舜禅位的事迹。沈德潜注：

> 《尚书大传》。舜将禅禹。于是俊乂七百工，相和而歌《卿云》。帝倡之，八伯咸稽首而和，帝乃载歌。(沈：7 页)

又注：“‘旦复旦’，隐寓禅代之旨。”(同上)由此可见，在中国文学传

---

① 参见 Pound：*Guide to Kulchur*，p.184；参见 Terrell：*A Companion to The Cantos of Ezra Pound*，p.180，Berkeley and London：University of California Press，1993.

统中《卿云歌》的蕴意就是尧舜禹相禅。庞德是否知晓这首古诗的蕴意呢？可能性是十分大的。他的资料来源是费氏笔记。我们知道，费诺罗萨当年从东京帝国大学汉学家森槐南教授学习中国古典诗。森槐南教授讲解，再由当年做研究生的有贺长雄口译英语，费诺罗萨做笔记，再加以整理①。森槐南教授是日本当时的汉学权威，汉学功底深厚，他的确讲解了《卿云歌》的相关背景，费诺罗萨也的确做了笔记，庞德应该是研究过的。费诺罗萨在自己1901年7月14日的笔记中记下了当时森槐南讲解《卿云歌》的情形。现将有关段落转引如下：

> 上次讲到舜和他的九州。讲舜最后决定如尧禅位给他一样禅位给禹……禹首次以一个名字统称九州为“夏”……今天讲的这首诗就属于那个时代。据说是舜在禅位时亲自作的。②

无论《卿云歌》为舜作与否，这首古诗的意义和生命力就在于颂扬上古圣王，任人唯贤，尧舜禹相禅的高尚人格。这就是儒家为何要将尧舜奉为最完美的国君，乃至成为亦圣亦王的象征。这一意义在中国文学传统如此，传到日本汉学传统也如此，再传到费诺罗萨那里，再传到庞德，这首古诗的意义仍然如此。在儒家看来，尧舜的精神应与日月同辉，与天地长存：“日月光华，旦复旦兮”。这就是庞德引用这首古诗意义，虽然没有用英文直接表达这一层意义，却用他惯用的隐喻和形象（视觉暗示）手法委婉传达了这层意蕴。为何要用日语音表现《卿云歌》？庞德一直相信费诺罗萨的看法：“日本保留的中国古音比屡遭北方异族侵扰的中国更多更长久。”③因此，保留日语发音对庞德来说就是保留地道的中国古音。这或许也是他用日语音呈现这首古诗的一个缘由。庞德在上半部创作的“山水诗”，整体上营造的就是一个日月同辉的意境，寄托的是尧舜那样福泽天地的“圣王”治国的理想，同时也暗合了《潇湘八景》和《卿云歌》有关尧舜的潜文。

---

① 森槐南（Mori Kainan，1863～1911）是费诺罗萨在东京帝国大学任教期间该校的汉学教授，并是日本当时中国古典诗的权威专家。有賀長雄（Ariga Nagao，1860～1921）后来成为一位国际法教授。此注由 Tony Prince 博士提供，在此致谢。

② 转引自 Kodama：“The Eight Scenes of Sho-Sho”，*Paideuma*，1977(1)，p.142.

③ Carpenter：*A Serious Character*：*The Life of Ezra Pound*，p.267，London and Boston：Faber and Fabe，1988.

四、尧舜与“圣王”原型

庞德刻意在“七湖诗章”隐寓圣王治国的题旨，这一用意是十分确凿的，进而引用《击壤歌》也是出自同样的目的。《击壤歌》被沈德潜录为“古逸”首篇，并引《帝王世纪》注：“帝尧之世，天下太和，百姓无事，有老人击壤而歌。”（沈：7 页）于是，这首古民谣又与帝尧联系起来，歌颂太平和美，呈现一种逸然自得、简朴平和的农家生活，表现没有任何王政干预的古朴社会的生存状态。诗的蕴意仍然是圣王功绩，师造化而治、无为而治的理想王政。费氏笔记中有这首古诗，同样有对它的直译和意译注释。庞德认真读过费氏笔记，并且还对这首诗作了批注：“耕而食，显然是对那个帝王致敬，对民谣致敬。”[①]毫无疑问，庞德已经注意到《击壤歌》与帝尧的关系。此外，翟理思也在其《中国文学史》选译了这首古诗，但是他的翻译解释性过强，而且加进自己的意见，文体矫揉造作。庞德一直不满翟理思对中国古典诗的译法，此时对中国古诗的把握已经相当准确，明白什么是地道的中国古诗韵味。他对这首诗的处理同样显示了要保留它原汁原味的意图。我们不妨略作比较：

日出而作，
日入而息，
凿井而饮，
耕田而食，
帝力于我何有哉！（沈：7 页）

费氏逐字对译：

Sun go out and work
sun enter and rest
dig well and drink
till field and eat

① 转引自 Kodama：“The Eight Scenes of Sho-Sho”，*Paideuma*，1977(1)，p.144.

Emperor's might/power for we what is?[①]

《诗章四十九》第六节：

Sun up; work
Sundown; to rest
dig well and drink of the water
dig field; eat of the grain
Imperial power is? and to us what is it? (C49:p.245)

相比之下，庞德在这里已经识得中国古诗的真谛，根本不会走翟理思的路子，翻译中国古诗自有主见。首先，庞德不再顾忌有无句子主语，不再用"我"或者"我们"一类的人称代词。其次，不愿再用连词，连原文的"而"字都省略了。再次，甚至不愿用英文冠词一类的虚词(a or the)，也不愿用英文的倒装疑问句式，已经逾出正常英语句法，而接近汉语句法。他虽然在三、四句加上了宾语，目的是消解原结构的单调重复，增添一点英诗的意味。改动最大的是最后一句，但有他的特殊用意(留到后面再谈)。整体上，庞德保留了《击壤歌》古朴、简洁、原始的结构和韵味，其目的是要保留沈德潜说的"帝尧以前，近于荒渺"那种近似原始无治的远古生存状态。这是中国历代文人幻想的王政乌托邦，也是庞德因反感现代工业化社会而幻想的政治乌托邦。

分析至此，我们已经能清楚地看出《诗章四十九》由"潇湘八景"诗、《卿云歌》、《击壤歌》演化的词语下面都关联到帝尧帝舜，故而与他们相关的传说、典故实际上构成了联结这首诗章全篇的深层结构和潜在文本。这是理解"七湖诗章"的关键所在。庞德之所以这样设计安排并非偶发奇想，而是与他创作《诗章》长诗的整体构思、设想密切关联。作为表达思想的一个书写整体，长诗《诗章》对庞德来说，不仅只是一种诗歌创作，而更是一种他所说的"paideuma"式的学术探索，一种思想和精神的世界漫游，在无国界的文化海洋上探寻具有世界意义的认知。无论庞德政治倾向如何，在

① 转引自 Kodama："The Eight Scenes of Sho-Sho"，*Paideuma*，1977(1)，p.144.

这一点上，《诗章》表现的是屈原那种“吾将上下而求索”的文化精神。与艾略特一样，庞德当时深受弗雷泽(Frazer，1854～1941)神话原型说的影响。这种影响从前面第四章对希腊神话问题的讨论已可略窥一斑。庞德在这里如此热衷发掘尧舜的文学意蕴实际上是探索中国圣王原型形象与儒家伦理及其文学表现的关系。他探索的理论依据就是弗雷泽在其《金枝》(*The Golden Bough*)里论述的西方“圣王”(sacred kings)原型。E. Bruce 指出，庞德开始对弗雷泽理论发生兴趣时，恰巧也开始专注儒家学说和中国诗歌的研究。庞德之所以对帝尧帝舜感兴趣旨在寻求“对儒家传统至关重要的王者与弗雷泽在《金枝》中描述的那些西方新石器时代王者之间在特征和行为方面的类同”①。联系庞德这一动机来解读，《诗章四十九》可以说是庞德在西方圣王原型的参照下，对中国圣王原型的探讨与表现，是他探索东西方文化中圣王原型类同的文学实践，故而也是他以后在《诗章》中反复表现尧舜圣王形象和主题的序曲。

五、清静：第四维度与儒家伦理

毋庸置疑，尧舜圣王形象与儒家传统息息相关。庞德依弗雷泽理论把中国圣王原型与儒家伦理的文学表现联系在一起，因此尧舜原型形象作为潜文本贯穿了这首诗章的前后两部分。儒家的仁治思想，圣王依造化而治的理想不仅是《卿云歌》和《击壤歌》的题旨，也是上部分“八景”山水诗的意蕴，只不过为隐晦的表现遮盖而已。《诗章四十九》整体表达的是儒家以德治国的理想。这就是结尾两句的含意：“第四，清静的维度。/ 和抑制野兽的力量。”由于表达省略含蓄，这两句，如“stillness”(清静)这个词一样，成为理解这首诗的关键所在。Kenner 在其著作《庞德诗歌》(*The Poetry of Ezra Pound*，1951)中指出，“清静”的概念不仅对《诗章四十九》至关重要，而且对《诗章》整体都具有一定意义。他认为《诗章四十九》是《诗章》全篇情感平和的一个关键点，因而是“这部长诗的一个轴心点”②。此外，《诗章四十九》表面的参差——上部分宁静和美的山水与下部分政治经济题旨的相悖——也引起种种不同的解释。例如：Pearlman 试图从“still”这个词的双

---

① Bruce：“Yao and Shun in *The Cantos*：Chinese Emperors Placed in the Context of Frazer's *The Golden Bough*”，*Paideuma*，1988(2～3)，pp.69～73.

② Kenner：*The Poetry of Ezra Pound*，p.326，London：Faber and Faber，1951.

重意义来解释题旨。他说："从时间概念看，still 的意思是'永无停止'，所以给人永恒的印象。从空间概念看，那条运河本身是'静止'(still)的，但是又促成了运动。"他由此推论，"still"主要指时空概念的永恒与静止，因而是理解庞德的"清静的维度"的前提；静与动的悖论就是"儒学中那个中庸概念的不动而动者，也就是庞德译作'不摇摆的中轴'"①。Pearlman 在这里以中庸概念的悖论解释，已经切中了《诗章四十九》的儒家要旨，但囿于词语的双重性，观点较为狭隘。A. Woodward 则相反，企图从整体上理解庞德的精神实质，认为造成这首诗章文本参差相悖的主要原因是庞德双重性格的矛盾：一个儒家式的公共庞德与一个道家式的个人庞德的矛盾。他说："真正的庞德——《诗章四十九》的诗人——精神上是一个道家，尽管他在'中国'诗章对道家态度粗鲁；但是他的儒家思想最深处却是儒家的道者：'圣者乐水。'"②这个见解比 Pearlman 的更为开阔，看出了庞德"七湖诗章"中寄寓的一种"圣者"的精神实质，并道出了儒道相通的一面。他的解读应是受到"内圣外王"一类言说的影响。用南怀谨的话说就是"内用黄老，外示儒术"，而且南教授还把这一点看作是中国历代盛世帝王治国的"秘诀"③。无论以"中庸"的非动之动的辩证观念还是以"内道外儒"的悖论，这两位西方学者皆以庞德本人涉及的中国传统哲学观念透过《诗章四十九》的表面相悖探讨了其内在儒学题旨本质。

我在这里要强调的是《诗章四十九》首先是以儒家伦理为主要题旨，对于它的解读应该联系庞德在《诗章十三》建构的儒学母题。如果我们从《诗章》的儒家伦理主干主题的视角看问题，就不难发现这两首诗章有着内在的儒家伦理联系，一脉相承地指向儒家以德治国的政治理想。《诗章四十九》说到底并没有什么儒道相悖的矛盾，有的只是前部分山水诗的抒情，后部分中国古民谣的抒情，以及庞德自己的隐晦陈述。虽然这三种表达在文体上参差不一，但整首诗的深层表达都是统一的儒家以德治国的思想。再者，更为重要的是，我们不能把"八景"山水诗传达的和美、清静简单归结于道家思想。"清静"其实也是儒学中极其核心的一个概念。例如《大学》

---

① Pearlman：*The Barb of Time*：*On the Unity of Ezra Pound's Cantos*，pp.207～208，New York：Oxford University Press，1969.

② Woodward：*Ezra Pound and the Pisan Cantos*，p.48，London，Boston and Henley：Routledge and Kegan Paul Press，1980.

③ 南怀谨：《老子他说》，4 页，上海，复旦大学出版社，1996。

开章明义的第一句就是“大学之道在明明德，在亲民，在止于至善”(朱熹：1 页)。这三大“纲领”，最为重要是最后一纲中的“止”字。朱熹注：

> 止者，必至于是而不迁之意。至善，则事理当然之极也。言明明德、亲民，皆当止于至善之地而不迁。盖必其有以尽夫天理之极，而无一毫人欲之私也。(朱熹：2 页)

由此可见，“止”是一种静止不动的概念，传达类似“中庸”的不偏不倚的思想境界。故后面数语强调的都是“止”与“得”的关系。“止”是明明德与亲民的终止，又是儒家修炼的开始。只有“知止”才能有“定、静、安”，尔后才能有“虑”有“得”。不仅如此，在儒家看来，“知止”甚至是认知的根本起点。故而“知所先后，则近道矣”。依此推论，我们可以把“知止”看作摈弃一切功利欲念，让思想心灵进入一种高度安宁清静状态，尔后才能格物致知，才能有所思想收获。因此，“清静”的概念不但没有与儒家基本原则相悖矛盾，反而是接近儒家之“道”的必经之途。难怪乎老子要说“清静为天地之正”①。这也可以看作是老子对儒家“知止”的旁注。

第一节对《诗章十三》的分析表明，庞德认真研读过《大学》“明明德”这一节，并运用过其他儒家基本概念。再者，庞德早至 1927 年就翻译过《大学》，1945 年又重译一遍。庞德必定认真揣摩过“止于至善”的含义，才会对“止”的蕴意认识如此深刻，以致后来在《诗章》中一用再用，例如，直接用“止于至善”一语，用《论语》孔子语“黄鸟止”表达其蕴意，或只用“止”一汉字作为意象等。事实上，“止”字已经成为庞德在《诗章》中反复使用次数最多的一个“汉字意象”。再举一例，艾略特有一次当众问：“庞德先生相信什么?”庞德回答：“我相信《大学》。”②可见庞德对《大学》纲领之推崇备至。总之，无论我们用汉语的“清静”描述也罢，用英语的“stillness”描述也罢，主导庞德《诗章四十九》创作的核心概念是儒家“止于至善”的概念，是“止”的蕴意。这其实也是他在上半部用山水诗表达的蕴意，再用双关词“清”委婉传达的含义，再用出现在南北两极的“光”暗示的“天理之极”，再

---

① 任继愈：《老子新注》，153 页，上海，上海古籍出版社，1985。

② 转引自 Nolde：*Blossoms from the East*：*The China Cantos of Ezra Pound*，p. 191，Orono：The University of Maine Press，1983.

用两首远古民谣隐喻尧舜对“止”的体现，最后用结尾二句表达一个完整的意思。这两句其实是对上句设问的应答：“帝力是什么？对我们来说那是什么?”答曰：那是“第四(维度)：清静的那一维度。/和抑制野兽的力量”。此时的庞德不再是一个唯美主义者，而是一个把诗歌看作改造世界的工具的诗人。在他看来，“清静”的力量就是道德的内在控制力，是比军事、法律更强大、更有效的控制力，故而是他用《诗章》传达的一种诗教力量。因此，“帝力”(imperial power)就是帝尧帝舜那样的圣王权力；第四维度就是清静无为的维度，是由道德控制内在精神世界的维度，所以有别于三维空间的物理维度。只有这个维度才真正具备控制人之兽性的力量。第一次世界大战已经见证了现代文明制度的失败，而第二次世界大战的恐怖阴影也正在步步逼近现代世界。这是庞德写作《诗章四十九》的时代背景，也是这首“七湖”山水诗的政治意蕴。所以，这层以儒家伦理治国平天下的蕴意也就很快延伸到庞德的“中国诗章”(53～61)，他以尧、舜、孔子的传说和中国历史创作的一组诗章，延伸到中国古代圣贤在以后诗章中不同形式的复现。

六、山水与政治

《诗章四十九》是庞德继《诗章十三》后主要运用中国题材创作的实例，对他长诗中儒学题旨的发展具有特殊意义。这首诗章不仅是隐晦表现儒家伦理的首创模式，而且标志出庞德诗歌写作中运用中国题材的第四个阶段，即继《净化节》的仿中国诗、《中国诗集》的再创作翻译、《诗章》第一辑(1～16)初稿的自由发挥之后的进一步发展。与前面的写法不同，《诗章四十九》表现的是隐晦表达题旨的精微艺术。庞德从1928年请曾女士口译“潇湘八景”组诗，到1937年发表42至51这一辑诗章组诗，延宕约9年。其间他一直在研读《四书》。对儒家伦理的信仰也日愈深化。《诗章四十九》发表于20世纪30年代末期，时值全球危机四伏、政治纷争，战争在欧、亚、非洲此伏彼起，法西斯主义、军国主义势力上升，第二次世界大战迫在眉睫。这一时期，庞德一直住在意大利，对英国美国政治局势相当陌生，却变得日愈关心政治、经济问题，写文章议论社会信誉、经济制度，谴责高利贷，抨击英美金融体制，甚至批评罗斯福，讽刺犹太人[①]。面对日愈恶

---

① Nolde：*Blossoms from the East*：*The China Cantos of Ezra Pound*，p. 20，Orono：The University of Maine Press，1983.

化的世界局势，庞德从中国古籍中获得了一种精神慰藉与政治幻想，越来越坚信儒家学说与信仰，视儒家伦理为医治西方现代文明弊病的良方。这种思想倾向明显反映在他当时发表的一系列文章中。庞德 1937 年发表了《急需孔子》（"Immediate Need of Confucius"），1938 年发表了《孟子（孟子伦理）》（"Mang Tsze'The Ethics of Mencius'"），居然声称"孔孟伦理是一种日耳曼的伦理"[①]。同年出版了《文化导向》一书，其中一章是《论语》章节的改写，另一章用"孔子"（Kung）作标题。这些文章都用来宣扬他理想的伦理、政治，用来对比、批判当时西方的文明制度。因而《诗章四十九》也是庞德当时儒学题旨的诗歌表达，不过蒙上了一层恬静的"八景"山水画面而已。这首诗章其实是《诗章》全篇的儒学题旨的滥觞所在，或者说是一个"中轴点"，上承《诗章十三》的儒学题旨，下启紧随的庞德浓缩中国文化历史的一组"中国诗章"。《诗章四十九》之后，中国文化内容开始大量出现在《诗章》之中，同时庞德也开始从《四书》摘取片语、汉字用作他的"文字意象"。例如《诗章五十一》用"正名"，《诗章五十二》用隐喻"止于至善"的"止"，《诗章五十三》用"尧舜禹"、"新，日日新"、"夏"、"周"、"仲尼"等；以后便一发不可收，零零星星一直用到他 60 年代末的诗章写作。正是在这个过渡的意义上，Kenner 和 Nolde 都将《诗章四十九》看作《诗章》全诗中的一个情感"轴心点"（pivot）。相对庞德 30 年代末发表的散文和诗章而言，这是唯一让读者感到宁静和美的一首诗："只有在'七湖'（诗章）我们才感到片刻的宁静。"[②]

那么，我们不禁要问"七湖诗章"为何具有这样的阅读效果？原因主要有二：其一，儒家讲求仁爱、和平，讲求以德而治、师造化而治的仁政意蕴；其二，庞德摹仿中国山水诗和古民谣的表现方法。前面分析多集中于第一个原因，不再赘言。以下对第二个原因略作分析。庞德与中国文化的关系，总体上，亦可分两条思路考察：一是他对儒家思想和伦理的接受，二是他对中国传统诗学的接受。前面第四章的分析表明，庞德从设计《诗章》蓝图开始，就注重中国传统审美及中国古典诗歌的表现方法，刻意追

① Nolde：*Blossoms from the East*：*The China Cantos of Ezra Pound*，p. 20，Orono：The University of Maine Press，1983.

② Nolde：*Blossoms from the East*：*The China Cantos of Ezra Pound*，p. 20，Orono：The University of Maine Press，1983.

求陶潜、王维、李白的朦胧美和含蓄表现。这里亦然。他的“七湖诗章”主要采用的就是中国传统山水诗的写法，其显著特征是以景物寄寓思情，最大限度地排除人的主观介入。这首诗章共 42 行，上部分 32 行，为主体，完全是景物表现，没有诗人的介入，以至产生“无人”的感觉。对于这一点，庞德比他的同时代诗人要更谙中国传统诗学，故而开章明意说“by no man these verses”，他的意思是这些韵文是由“山水”所作，而非人作，更不是他的诗歌代言人奥德赛。在这里联想名为“无人”的奥德赛实为牵强附会，因为这首诗章并没有以希腊神话为主，而以中国圣王尧舜的传说为主。

再者，以“山水”寄寓思情（儒家伦理），庞德突出的是个“静”字（stillness）。这个“静”的概念，如前面所析，无论于道家于儒家，都是极为核心的概念。“静”于儒家是进入认真思考的开始，是认知的起点，故而是接近“道”的前提；而“道”又可以说是静观自然的结果。无论说“道”于儒家是自然“比德”的显现，还是说于道家，“道”是物（客观世界）的体现[①]，二者禅悟“道”的过程都离不开“静”的心境。即使我们把“静”放到相关诗学范畴考虑，它也是一个核心概念。山水诗的表现主要涉及写境与造境，依王国维的观点，造境又分“有我”与“无我”二类，分别表现不同的审美：

> 无我之境，人唯于静中得之。有我之境，于由动之静时得之。故一优美，一宏壮也。[②]

依此而论，“七湖诗章”的美感属于“优美”一类，而“优美”则取决于纯然静观物象，进入一种“无我”的状态，达到庄子说的“物我相忘”、“物我为一”的境界，方能营造“无我之境”。因此诗人能否进入静观的心境是写作这一类诗的关键。我们可以推想，这种心境就是庞德当年身置危机四伏的欧洲，观赏他的“潇湘八景”画诗而进入的那种心境，才创作了这首备受赞誉的“优美”诗章。即使他的“八景图”是日本文人临摹的复制品，但“八景”组诗的内容全是中国潇湘的景致，连典故（山阴人）都没有变，而且“八景”母题和表现风格为宋迪开创，故而“七湖诗章”的“清静”和“优美”仍是

---

① 张伯伟：《禅与诗学》，157～163 页，杭州，浙江人民出版社，1996。

② 王国维：《人间词话新注》（滕咸惠编注），36 页，济南，齐鲁书社，1989。

宋迪山水诗画的间接影响。然而，它的“无我”静美，在下段被打破了。当庞德由冥想转到现实，思考欧美社会现状，抑制不住自己，抨击起西方的文明体制：“这就是丑闻，这就是吉里昂(妖魔)。”幸好后面两首中国古诗又抑制了他的情绪，使之复归平静，这首诗章才得以和美含蓄结尾。

山水景物是否具有传达儒家伦理的功能呢？从文化批评的角度看，这是完全可能的。W. Mitchell 在《风景与权力》(*Landscape and Power*)一书的序言中说，“我们建议，风景(landscape)不仅指涉或象征权力关系，而且是一种文化权力工具，或许甚至是那种(常代表自己)作为独立于人的意志之外的权力的代理者”[①]。他是在谈论“风景”(山水)画，但诗画都有“文化媒介”的作用，都有不同的视觉艺术功能。这个观念也可用来解释上面的问题。“七湖诗章”的主要题旨是道德，是师造化而治理天下的最高权力。这是庞德从《四书》感悟的一个儒家概念，并以他的话总结为：“最好的政府是管治最少的政府。”(the best government is that which governs the least[②])前面分析表明，“潇湘”组诗和两首古诗都具有指涉帝尧帝舜的作用，经庞德的创作发挥呈现在诗中，“八景”和美的景象和《击壤歌》勾勒的自然怡得的生活画面便成了“无为而治”的权力的能指代理。庞德一旦完成他的创作，这些山水景物便成为某种文化权威的代理，脱离他的意志，任由读者解读、接受，因此才产生对这首诗章的种种评说。

此外，在 Mitchell 教授看来，作为文化媒介，风景(山水)的表现还可以“同化(naturalise)某一文化和社会的结构，再现一种仿真的世界，似乎不可避免地为我们呈现”[③]。从这个观点来看，我们可以说“七湖诗章”表现的山水景物和意境在呈现一个“仿真的”中国潇湘八景和上古生活画面时，也“同化”了中国上古和宋代的文化、社会结构。是否如此，尚待读者判断。值得指出的是，庞德在为西方读者营造那个“仿真世界”时，确实被中国传统诗学同化。同《诗章十三》一样，《诗章四十九》的总体结构主要是他以中国传统诗学在《诗章四》建构的“会意”集合模式，其显著特征是散片并置、意象无联结并列。对庞德来说，这种中国传统表现形式的同化萌发于

---

① Mitchell：*Landscape and Power*，p.1，Chigaco and London：University of Chicago Press，1994.

② 转引自 Kodama：“The Eight Scenes of Sho-Sho”，*Paideuma*，1977(1)，p.144.

③ Mitchell：*Landscape and Power*，p.2，Chigaco and London：University of Chicago Press，1994.

《中国诗集》(1915)，确立于《诗章四》(1919)，此后便成为他的常用模式。举例在下：

Surprised. Desert turmoil. Sea sun(*Cathay*:p.137)

Gilt rabters above black water,
Three steps in an open field,
Gray store-posts leading... (Canto 4:p.16)

Rain; empty river; a voyage, (Canto 49:p.244)

Moon, cloud, tower, a patch of the battistero (Canto 79:p.504)

这类意象并列的例子在《诗章》中多不胜举，有的给人感觉简直就是对马致远《天净沙》句式的模仿。“枯藤老树昏鸦。小桥流水人家。古道西风瘦马。夕阳西下。断肠人在天涯。”[①]这倒不是说西方诗歌传统中没有这种表达形式，而是说这样全诗无一联结，从头至尾皆由意象并列、意境并置的组合的表达方式确实有悖于英诗诗律，有悖于英文句法。这种独特的并列并置结构取决于汉字的独立性，取决于中国自《诗经》以来的历代诗律演进与沉积，可以说是中国诗艺的国粹表现。王国维举马致远《天净沙》作例，意在说明此法“深得唐人绝句妙境”[②]。庞德也未必读过马致远，但他研究过《诗经》、《楚辞》，研究并翻译过陶潜、王维、李白、白居易等诗人的作品，借助费诺罗萨逐字对译的注释，庞德完全可能领悟中国古典诗特有的无联结意象并列结构。这种并列、并置形式在中国古典诗中比比皆是，甚至在眼下讨论的“潇湘八景”组诗中也是俯拾皆是：“冻云黏雨湿黄昏”，“一竿酒旆斜阳里，数簇人家烟嶂中”。这类诗句就是“七湖诗章”中相同句式的原型。正是在这些原型句式的启发影响下，庞德才写出自己的并置诗句。例如：

---

① 马致远：《天净沙》，转引自王国维：《人间词话新注》(滕咸惠编注)，104页，济南，齐鲁书社，1989。

② 王国维：《人间词话新注》(滕咸惠编注)，104页，济南，齐鲁书社，1989。

Rein; empty river; a voyage,

Fire from frozen cloud, heavy rain in the twilight

Under the cabin roof was one lantern. (C49:p.244)

这样的句式无疑与英诗诗律远，而与汉诗诗律近。以此为例，说庞德的诗学观念与写诗方法在一定程度上已经“汉化”(Sinicized)并不为过，尤其是他对《击壤歌》的处理：

Sun up; work
sundown; to rest
dig well and drink of the winter
dig field; eat of the grain
Imperial power is? and to us what is it? (C49:p.245)

日上；劳作
日下；休息
凿井而饮其水
挖田；食其粮
帝力是？于我们那是什么？

这样整首诗完全以断句、意象并置组合，全诗不用一个主语，显然不符合英诗的规范和传统。不用说，这对一般英美诗人而言是极为反常的写法，即使对1915年改译《中国诗集》的庞德本人，这也是不能接受的，但是对于1937年的庞德，对于这个与中国文化相濡以沫逾20年的诗人，这种典型的中国式句式却成为他得心应手的表现手法。庞德在这里不仅要保存这首中国古诗古朴的风格，也想显现他已经中国化的写诗方法。庞德对《击壤歌》的处理的另一特征是“隔”的效果。以首二行为例，“日出”、“日落”与“作”、“息”之间都用了“隔”，就是说景物与人事之间有“隔”。这应是中国传统“兴喻”结构的启发。我在第二章谈过，景物与人事之间的“隔”是“兴喻”表达的特征，也是最典型的中国诗学特征。庞德对这一特征已感悟较深，开始较有意识地运用这一方法。综观他的“七湖诗章”，上段“潇湘”景物描写与下段的政治关怀之间有“隔”；《击壤歌》改写与结尾两句有“隔”；这两句中，句中有“隔”，句间又有“隔”。正是这种“隔”才造成“七湖诗章”的非确定性，才引起论者的种种评说，其效果与“兴喻”相似。《诗章四十九》的断句并列、意群散片并置，景物与人事相隔等预示了庞德在《诗章》后部的抒情表现特征，越到后来越是如此。

《诗章十三》与《诗章四十九》对庞德的长诗写作都具有不同的始创性、母题性意义。前者建构了长诗的儒学母题，后者是这一母题的延续与发展，尤其是儒家以贤举人、以德治国这一题旨。《诗章四十九》以山水、自然景物隐喻儒家伦理为他的长诗创作建构了一种“无人”的抒情模式。这首貌似表现山水“优美”的抒情诗其实寄寓了浓郁的政治意味。“七湖诗章”不仅是《中国诗集》(53～61)中中国文化在庞德笔下的真正滥觞，而且催生了《诗章》创作最高典范的“比萨诗章”(74～84)以景物抒情的表现模式。

附　　录

附录一　文中常用引文缩写

（详见参考文献目录）

庞德著作

ABCR	*ABC of Reading*
C	*The Cantos of Ezra Pound*
CP	"*Chinese Poetry*"（1918）
CSP	*Collected Short Poems*
GB	*Gaudier—Brzeska*：*A Memoir*
GK	*Guide to Kulchur*
LE	*Literary Essays of Ezra Pound*
SL	*The Selected Letters of Ezra Pound*：1907～1941
SP	*Selected Prose*：1909～1965
SR	*The Spirit of Romance*
3C	*Three Cantos* Ⅰ～Ⅲ（1917）

其他著作

CT	Carroll F. Terrell. *A Companion to The Cantos of Ezra Pound*
FP	Ernest Fenollosa. *The Chinese Written Character as a Medium for Poetry*, *ed. by Ezra Pound*

金　　　　　　金启华《诗经全译》
沈　　　　　　沈德潜《历代诗歌别裁集》
朱熹　　　　　《四书章句》

附录二　《诗章三首》中译

诗章　四

宫殿烟火弥漫
特洛伊只剩一圈冒烟的城石
阿纳克西福敏吉斯！奥兰库蕾亚！
倾听我。金船头的卡德摩斯！

那一面面银镜照住光亮的岩石熠熠发光，
晨曦，唤醒我们，飘进那碧绿清凉的光；
雾霭弥蒙，草丛里，苍白的脚踝匆匆。
砰砰，嘭嘭，嗡嗡，嘣，在柔软的草坪上，
　　　在那些苹果树下回响，
精灵在合唱，山羊蹄与苍白的脚步交替；
湛蓝的海湾，绿滢滢的金子躺在浅滩，
一只黑公鸡在海沫上鸣唱；

那张鹰爪狮头的雕花躺椅，
　　　在它弯曲的脚旁，坐着一位老人
低沉单调地讲着……：
　　　　　　哎叮！
泪流不止，哎叮，哎叮！
她走向窗户，跃下去，
　　　这期间，这期间，燕子一直叫唤：
哎叮！
　　　“这盘里是伽伯斯丹的心。”

“这盘里是伽伯斯丹的心?”
“什么味道也换不了这道菜。”
于是她朝窗户走去，
白薄石条
砌成的双拱；
坚毅的手指抓住坚硬的白石；
悠荡片刻，
罗德兹高原的风
扬起她的双袖。
…… 燕子在啼叫：
蒂斯！蒂斯！艾蒂斯！
亚克提安……
还有一个山谷，
那山谷长满树，密密的树叶，树叶，
那阳光闪烁，闪烁在顶上，
像鱼鳞般的屋顶，
像普瓦蒂埃的教堂屋顶，
宛如黄金。
在下面，在下面
没有一线光，没有漏进一束阳光，也没有一片阳光，
照亮那幽黑的泉水；
游浴的身体，仙女的，仙女的，还有狄安娜，
山林的仙女，她身旁一片白色，那空气，空气，
颤抖，女神照亮的空气，
黑暗中飘散她们的长发，
飞呀，飞呀，倏地转向：
象牙跃进银潭，
一层叠一层的影子
象牙跃进银潭，
没有阳光的斑块，没有阳光的碎片，
然后，亚克提安：维达尔，

维达尔。这是老维达尔在讲，
　　在树林里趔趄，趔趄前行，
没有一片光，没有漏进一缕阳光，
　　只有女神浅黄的长发。

那些猎犬扑向亚克提安，
　　“这里，这里，亚克提安，”
森林里的花斑牡鹿；
金黄，金黄，一束头发；
　　像一束麦秸浓厚，
在阳光里闪耀，迸发光芒，
　　那些猎犬扑向亚克提安。
蹒跚，在树林里蹒跚向前，
嘀咕，奥维德在嘀咕：
　　“佩尔格萨……水泉……水泉……伽尔盖非亚，
水泉……萨尔玛西斯的水泉。”
　　那只天鹅飞走时那副空铠甲还在颤抖。

于是，天光倾注，阳光飞泻，光泻如雨
那液状的、飞泻的水晶
　　在这些神祇的膝下。
一重叠一重，闪亮的水波；
溪流的水帘载着白色的花瓣，
本州的那棵松树
　　同依势的松树一起长！
那溪水在泉口旋起白亮的沙
“看那生命之树！”
枝杈顶上，犹如燃烧着白莲。
　　一重叠一重
水滩波涌浪涨
　　在这些神祇的膝下。

火炬汇成耀眼的火焰
　　点燃墙角的鸡舍，
蓝玛瑙追逐天空（如在古尔东的那个时辰）
　　松脂喷溅，
橘红拖鞋，橘红花瓣，纤细的脚：许门，嗨啦！
　　许门，嗨啦许门！奥兰库蕾亚！
一朵猩红的花抛在苍白的岩石。

　　然后宋玉，说：
“这风，先生，是王风，
　　这风是王宫的风，
摇动王家的水喷。”
　　襄王，解开衣领：
“这风呼啸于土囊中，
　　急速平息荡水。”
无风是王风。
　　让每头母牛养育她的牛犊吧。
“这风缠止于罗帷……”
　　无风是王风……

赶骆驼的商人坐在楼梯的转角
　　望着埃克巴顿城里规整的街道，
“达那厄！达那厄！
　　什么风是王风？”
烟雾笼清溪，
桃树闪亮的叶子纷落溪水，
水声在晚霭中回荡，
　　野渡传来犬吠，
镀金的木筏浮上黑水，
　　旷野露出三级石阶，
一排灰色的石柱通向……

亨利·杰克斯神父将与那个仙人谈话，在艋舺，
在岩石和杉树之间的草山①上，
波尔霍纳克，
当盖吉斯端着色雷斯的餐盘布置筵宴，
伽伯斯丹，帝留斯，
　　这盘里是伽伯斯丹的心，
维达尔，或者埃克巴顿，在埃克巴顿城的金塔上
躺着神的新娘，一直躺着，等待那金雨。
加龙河畔。“嗨喔！”
那条加龙河像油画一样浑厚，
庆典队列，——“嗨喔，嗨，嗨喔，女皇！”——
像一条蚯蚓，在人群中穿行。
阿迪杰河，一片意象的薄膜，
跨过阿迪杰河，斯蒂芬诺的画，小花园里的玛多娜，
就像卡瓦尔坎蒂看见她那样。
　　那人马兽的蹄深陷大地的浮土，
我们坐在这里……
　　坐在那里，在角斗场上……

诗章　十三

孔子走来，
经过王朝的庙宇，
穿过柏树林，
然后来到下流河畔，
身后跟着求、赤
　　还有细声说话的点
“我们都不出名呀，”孔子说，
“你愿去驾战车？

① 原文“Rokku”，Terrell 注为误译，并解释为“台北”（Taipeh）。故从此说意译为台北旧称“艋舺”和“草山”。见 Terrell：*A Companion to The Cantos of Ezra Pound*，p.15，Berkeley and London：University of California Press，1993.

　　　那么你就会出名了，”
“也许我应该去驾战车，去当弓箭手？
　　或者去演习公开讲演？”
子路说，“我愿去整顿国防，”
求说，“假如我是一个郡主，
我会把这个郡治理得比现在更好。”
赤说，“我宁愿有座小山庙，
把祭祀主持得有条不紊，
　　　按礼举行仪式，”
然后点说，他的手拨弄着瑟弦
轻柔的音乐响着，
　　　然后抬起手来，
那乐声像轻烟升起，散在树叶下，
他的目光追随着那音乐：
　　　“那个游泳的老水塘
有的男孩在跳板上扑腾，
有的坐在矮树丛里弹曼陀林。”
　　　孔子对他们都报以微笑，
曾皙想知道：
　　　“谁回答得对？”
孔子说，“你们答得都对，
就是说，各适其性。”
孔子举起手杖对着原壤，
原壤年纪大了，
原壤坐在路边，
　　　假装领悟智慧。
孔子说
“你这个老傻瓜，别再发愣啦，
站起来去做点有用的事。”
　　　孔子说
“从孩子吸入第一口气，

就尊重孩子的天性，
但是一个五十岁的人什么也不知道
　　　不值得人尊敬。”
“亲王把所有臣子和艺术家
都招纳在身边时，他的财富才能用其所值。”
孔子讲过，还在竹简写下：
　　　假如一个人内心没有法度
他就不能以法度感化他身边的人；
他的家人也不会按适当的法度行事；
　　　假如一个亲王内心没有法度
他就不能在他的城邦推行法度。
孔子讲了两个字“治”
和“悌”，
对“死后的生活”只字未提。
孔子说：
　　　“任何人都会逾越，
射箭容易越过界标，
坚守在正中很难。”

他们说：假如一个人犯了谋杀，
　　　他父亲应不应该袒护他，掩藏他？
孔子说：
　　　他应该掩藏儿子。

孔子把女儿嫁给公冶长，
　　　尽管他被监禁。
他把侄女嫁给南容，
　　　尽管南容被免了职。

孔子说：“王怀柔而治，
　　　在他的时代，王国治理得很好，

我甚至记得
史官在史书中留下空白的那个时代，
我是说因为他们什么也没听说，
但是那个时代似乎正在流逝。”
于是孔子说：“没有人格，
　　　你就不能弹奏那个乐器，
或者弹出的音乐也合不上《诗》。”
这杏树盛开的花朵
　　　从东方飘到西方，
我已尽力不让这杏花落散。

诗章　四十九

致这七湖，并无人所作韵文：
(黏)雨；空江；孤旅，
火光现冻云，疾雨落黄昏
茅棚顶下一渔灯。
芦苇重重；弓垂；
那(斑)竹低语似泣。

秋月；山丘升出平湖
背映夕阳
晚暮像一道云帘
轻笼漪涟；那桂树的
长尖枝杈刺破暮云，
一声冷曲发自芦丛。
山后响起僧钟
载上晚风。
帆船四月经过这里；应是十月返
船行淡化入银；悠缓；
太阳独自在江上炽燃。

酒旗攫位夕阳的地方
几缕炊烟乱斜光

时过境迁，雪花纷扬江上，
一个白玉覆盖的世界，
小船漂游像一盏渔灯，
流水似冻如凝。在山阴
他们是一群悠乐的人。
大雁掠降沙汀，
云聚遮蔽舱孔
水荡荡；大雁一行逐秋去，
乌鸦呱咕渔灯上，
一道光游动在北方的天际；
那里有男孩拨弄滩石捕虾。
十七世纪“清”来到这片山湖。
一道光游动在南方的天际。

创造财富的国家应该因此负债吗？
这就是丑闻；这就是吉里昂①。
这条运河依然静流到杭州②
尽管那老王为享乐才修建了运河。

KEI MEN RAN KEI
KIU MAN MAN KEI
TITSU GETSU KO KWA
TAN FUKU TAN KAI③

---

① 吉里昂(Geryon)是希腊神话中一个三体相连长翼的妖魔。庞德用它特指高利贷吃人，是高利贷金融体制的象征。

② 原文 Ten Shi 指大运河流经的一地名，因无从确定具体名称，姑且按意译为“杭州”。参见 Terrell：*A Companion to The Cantos of Ezra Pound*，p.180，Berkeley and London：University of California Press，1993.

③ 庞德按日语发音照抄《卿云歌》。

（卿云烂兮，
纠缦缦兮。
日月光华，
旦复旦兮。）

日上；劳作
日下；休息
凿井而饮其水
挖田；食其粮
帝力是？于我们那是什么？

第四：清静的维度。
和那抑制野兽的力量。

参考文献

(一)中文部分

1. 毕桂发，张连第，漆绪邦编. 精选历代诗话评释. 郑州：中州古籍出版社，1988.

2. 曹础基. 庄子全注. 北京：中华书局，1990.

3. 曹顺庆. 中西比较诗学. 北京：北京出版社，1988.

4. 郭建中编. 当代美国翻译理论. 武汉：湖北教育出版社，2000.

5. 郭绍虞. 中国文学批评史. 上海：商务印书馆，1947.

6. 郭维森，包景诚编. 陶渊明集全译. 贵阳：贵州人民出版社，1992.

7. 胡适. 白话文学史. 香港：应钟书屋出版，1959.

8. 贺新辉等. 古诗鉴赏词典. 北京：中国妇女出版社，1988.

9. 蒋伯潜，蒋祖怡. 经与经学. 上海：上海书店出版社，1997.

10. 金启华. 诗经全译. 杭州：浙江古籍出版社，1993.

11. 金性尧注. 唐诗三百首新注. 上海：上海古籍出版社，1981.

12. 李泽厚. 历史本体论. 北京：三联书店，2002.

13. 李泽厚，刘纪纲主编. 中国美学史(1—3卷). 北京：中国社会科学出版社，1984.

14. 刘俊田，林松，禹克坤. 四书全译. 贵阳：贵州人民出版社，1991.

15. 刘开扬. 唐诗论文集续集. 上海：上海古籍出版社，1987.

16. 刘勰. 文心雕龙. 北京：中国书店，1988.

17. 陆侃如，冯沅君. 中国诗史. 上海：商务印书馆，1935.

18. 南怀瑾，徐芹庭. 白话易经. 长沙：岳麓书社，1988.

19. 南怀瑾. 易经系传别讲. 上海：复旦大学出版社，1996.

20. 南怀瑾. 老子他说. 上海：复旦大学出版社，1996.

21. 钱穆. 中国文学论丛. 北京：三联书店，2002.

22. 任继愈. 老子新注. 上海：上海古籍出版社，1985.

23. 沈德潜等. 历代诗歌别裁集. 济南：山东文艺出版社，1995.

24. 汤炳正，李大明等. 楚辞今注. 上海：上海古籍出版社，1996.

25. 唐圭璋，周汝昌等编. 唐宋词鉴赏辞典. 上海：上海辞书出版社，1988.

26. 陶潜. 陶渊明集全译(郭维森、包景诚，注译). 贵阳：贵州人民出版社，1992.

27. 滕咸惠编注. 人间词话新注. 济南：齐鲁书社，1989.

28. 王济亨，高仲章编. 司空图选集注. 太原：山西人民出版社，1989.

29. 王瑶，周扬，钱仲联等编. 中国文学史通览. 北京：东方出版社，1994.

30. 吴广平. 宋玉研究. 长沙：岳麓书社，2004.

31. 萧涤非，程千帆等(编). 唐诗鉴赏词典. 上海：上海辞书出版社，1983.

32. 萧华荣. 中国诗学思想史. 上海：华东师范大学出版社，1996.

33. 辛小征，靳大成. 中国二十世纪文艺学学术史：第二部(上卷). 上海：上海文艺出版社，2001.

34. 徐传礼，董康成. 古今名赋析注. 合肥：安徽文艺出版社，1987.

35. 袁行霈. 中国诗歌艺术研究. 北京：人民出版社，1987.

36. 叶庆炳. 中国文学史(3 卷). 台北：学生书局，1987.

37. 游国恩. 楚辞概论. 上海：上海商务出版社，1923.

38. 余冠英，陶文鹏，韦凤娟编. 中国山水诗鉴赏词典. 南京：江苏古籍出版社，1989.

39. 余虹. 中国文论与西方诗学. 北京：三联书店，1999.

40. 乐黛云，陈跃红，王宇根，张辉. 比较文学原理新编. 北京：北京大学出版社，2000.

41. 乐黛云. 比较文学与中国现代文学. 北京：北京大学出版社，1987.

42. 张伯伟. 中国诗学研究. 沈阳：辽海出版社，2000.

43. 张伯伟. 禅与诗学. 杭州：浙江人民出版社，1996.

44. 张少康. 司空图及其诗论研究. 北京：学苑出版社，2005.

45. 张育英. 禅与艺术. 杭州：浙江人民出版社，1996.

46. 赵则成，陈复兴，赵福海编. 中国古代文论译讲. 长春：吉林人民出版社，1984.

47. 钟嵘. 诗品. 北京：中国书店，1988.

48. 朱谦之. 中国哲学对于欧洲的影响. 福州：福建人民出版社，1983.

49. 朱熹. 四书章句. 济南：齐鲁书社，1996.

(二)英文部分

1. Ayers, David. 2004. *Modernism: A Short Introduction*. Malden and Oxford: Blackwell.

2. Alexander, Michael. 1979. *The Poetic Achievement of Ezra Pound*. London and Boston: Faber and Faber.

3. Bornstein, George, ed. 1985. *Ezra Pound Among the Poets*. Chicago and London: The University of Chicago Press.

4. Breslin, James E. B.. 1984. *From Modernism to Postmodernism*, 1945—1965. Chicago and London: The University of Chicago Press.

5. Brinks, Ellen. 1990. "On Pound's Fourth Canto." *Paideuma* (19, 1—2), pp. 137—144.

6. Brooker, Peter. 1979. *A Student's Guide to the Selected Poems of Ezra Pound*. London and Boston: Faber and Faber.

7. Brooks, David G.. 1981. *A Critical-Textual Study of Cantos* Ⅰ-ⅩⅥ *of Ezra Pound*. (PhD dissertation submitted to the University of Toronto).

8. Bruce, Elizabeth. 1988. "Yao and Shun in *The Cantos*: Chinese Emperors Placed in the Context of Frazer's *The Golden Bough*." *Paideuma* (17, 2—3), pp. 69—92.

9. Bush, Ronald. 1976. *The Genesis of Ezra Pound's Cantos*. New Jersey: Princeton University Press.

10. ——. 1985. "Pound and Li Po: What Become a Man." *Ezra Pound among the Poets*, ed. George Bornstein. Chicago and London: the University of Chicago Press.

11. Carpenter, Humphrey. 1988. *A Serious Character: The Life of Ezra Pound*. London and Boston: Faber and Faber.

12. Chapple, Anne S.. 1988. "Ezra Pound's *Cathay*: Compilation from the Fenollosa Notebooks." *Paideuma* (17, 2—3), pp. 9—46.

13. Chisolm, Lawrence W.. 1963. *Fenollosa: The Far East and American Culture*. New Haven: Yale University Press.

14. Clement, Robert J.. 1978. *Comparative Literature as Academic Discipline*. New York: The Modern Language Association of American.

15. Childs, Peter. 2000. *Modernism*. London and New York: Routledge.

16. Cookson, William. 1985. *A Guide to The Cantos of Ezra Pound*. London and Sydney: Croom Helm.

17. ——, ed. 1973. *Ezra Pound: Selected Prose* 1909—1965. London: Faber and Faber.

18. Culler, Jonason. 2000. *Literary Theory: A Very Short Introduction*. Oxford University Press.

19. Dasenbrock, Reed Way. 1985. *The Literary Vorticism of Ezra Pound and Wyndham Lewis: Towards the Condition of Painting*. Baltimore and London: The John Hopkins University Press.

20. Davie, Donald. 1965. *Ezra Pound: Poet as Sculptor*. London: Routledge and Kegan Paul.

21. Deeney, John J., ed. 1982. *Chinese-Western Comparative Literature: Theory and Strategy*. Hong Kong: The Chinese University of Hong Kong Press.

22. De Nagy, Christoph N.. 1969. "Pound and Browning." *New Approaches to Ezra Pound: A Co-ordinated Investigation of Pound's Poetry and Ideas*, ed. Eva Hesse. Berkeley and Los Angeles: University of California Press.

23. Derrida, Jacques. 1976. *Of Grammatology*, trans. Gayatri Chakravorty Spivak. Baltimore and London: The John Hopkins University Press.

24. Dyson, A. E., ed. 1986. *Poetry Criticism and Practice: Developments since the Symbolism*. London: MacMillan Education.

25. Eliot, T. S.. 1918. "A Note on Ezra Pound." *To-Day* (4, 19, London), pp. 3—9.

26. ——. 1917. "Ezra Pound: His Metric and Poetry." *Ezra Pound: A Criticial Anthology*, ed. J. P. Sullivan. Harmondsworth: Penguin, 1970.

27. ——. 1920. *The Sacred Wood: Essays on Poetry and Criticism*. Rpt. London: Mathuen, 1932.

28. ——. 1934. *Selected Poems*. San Diego, New York and London: Harcourt Brace Jovanovich; rpt. 1964.

29. Elliott, Angela. 1992. "The Eidolon Self: Emerson, Whitman and Pound." *Ezra Pound and America*, ed. Jacquline Kaye. New York: St. Martin Press.

30. Fenollosa, Ernest. 1936. *The Chinese Written Character as a Medium for Poetry*, ed. Ezra Pound. San Francisco: City Lights.

31. Flory, Wendy Stallard. 1980. *Ezra Pound and The Cantos: A Record of Struggle*. New Heaven: Yale University Press.

32. Fogelman, Bruce. 1988. *Shapes of Power: The Development of Ezra Pound's Poetic Sequences*. London: University of Michigan Research Press.

33. Foster, John L.. 1966. "Pound's Revision of Cantos Ⅰ—Ⅲ." *Modern Philology* (63, February), pp. 236—45.

34. Froula, Christine. 1984. *To Write Paradise: Style and Error in Pound's Cantos*. New Heaven and London: Yale University Press.

35. Furbank, P. N.. 1985. *Pound*. Milton Keynes and Philadelphia: Open University Press.

36. Géfin, Laszlo K.. 1982. *Ideogram: Modern American Poetry*. Milton Keynes: The Open University Press.

37. Gibson, Andrew, ed. 1993. *Pound in Multiple Perspective: A Collection of Critical Essays*. London: MacMillan Press.

38. Giles, Herbert A.. 1901. *A History of Chinese Literature*. Rpt. New York: Grove Press, 1957.

39. ——. 1884. *Gems of Chinese Literature*. Rpt. New York: Paragon and Dover, 1965.

40. Goodwin, K. L.. 1966. *The Influence of Ezra Pound*. London: Oxford University Press.

41. Harper, J. W., ed. 1975. *Robert Browning: Men and Women and Other Poems*. London: J. M. Dent and Sons.

42. Hesse, Eva, ed. 1969. *New Approaches to Ezra Pound: A Co-ordinated Investigation of Pound's Poetry and Ideas*. Berkeley and Los Angeles: University of California Press.

43. Homer. 1990. *Illiad*, trans. Robert Fagles; introduced and annotated by Bernard Knox. New York: Viking Penguin.

44. Jost, François et al, eds. 1990. *Aesthetics and the Literature of Ideas: Essays in the Honor of A. Owen Aldridge*. Newark: University of Delaware Press.

45. Juan, E. San Jr., ed. 1972. *Critics on Ezra Pound*. Florida: University of Miami Press.

46. Kaye, Jacquline, ed. 1992. *Ezra Pound and America*. New York: St. Martin Press.

47. Kayman, Martin A. 1986. *The Modernism of Ezra Pound: The Science of Poetry*. London: MacMillan Press.

48. Kearns, George. 1989. *Ezra Pound: The Cantos*. Cambridge and New York: University of Cambridge Press.

49. Kenner, Hugh. 1951. *The Poetry of Ezra Pound*. London: Faber and Faber.

50. ——. 1971. *The Pound Era*. Berkeley and Los Angeles: University of California Press.

51. ——. 1973. "More on the Seven Lakes Cantos." *Paideuma* (2, 1), pp. 43—46.

52. Kodama, Sanehide. 1977. "The Eight Scenes of Sho-Sho." *Paideuma* (6, 1), pp. 131—145.

53. Korn, Marrianne. 1983. *Ezra Pound: Purpose/Form/Meaning*. London: Middlesex Polytechnic Press.

54. Kronick, Joseph G.. 1984. *American Poetics of History: From Emerson to the Moderns*. Baton Rouge and London: Louisiana State University Press.

55. Legge, James, trans. 1893. *Confucius: Confucian Analects, The Great Learning and The Doctrine of the Mean*. Oxford: Clarendon Press. Rpt. New York: Dover, 1971.

56. ——, trans. 1895. *The Woks of Mencius*. Rpt. New York: Dover, 1970.

57. Liu, James J. Y. 1975. *Chinese Theories of Literature*. Chicago: The University of Chicago University Press.

58. ——. 1982. *The Interlingual Critic: Interpreting Chinese Poetry*. Bloomington: Indiana University Press.

59. Longenbach, James. 1987. *Modernist Poetics of History: Pound, Eliot, and the Scene of the Past*. Princeton: Princeton University Press.

60. Mack, Maynard et al, eds. 1987. *The Norton Anthology of World Masterpieces* (5th edition). New York and London: Norton and Company.

61. Makin, Peter. 1985. *Pound's Cantos*. London, Boston and Sydney: George Allen and Unwin.

62. Martin, Graham and P. N. Furbank, eds. 1975. *Twentieth Century Poetry: Critical Essays and Documents*. Milton Keynes and Philadelphia: Open University Press.

63. Materer, Timothy, ed. 1991. *The Selected Letters of Ezra Pound to John Quinn*: 1915—1924. Durham and London: Duke University Press.

64. Miner, Earl. 1990. *Comparative Poetics: An Intercultural Essay on Theories of Literature*. Princeton: Princeton University Press.

65. Mitchell, W. J. Thomas. 1986. *Iconology: Image, Text, Ideology*. Chicago and London: The University of Chicago Press.

66. ——, ed.. 1994. *Landscape and Power*. Chigaco and London: University of Chicago Press.

67. Miyake, Akiko. 1991. *Ezra Pound and the Mysteries of Love: A Plan for The Cantos*. Durham and London: Duke University Press.

68. Murray, Penelope and T. S. Dorsch. 2004. *Classical Literary Criticism*. London: Penguin Books.

69. Nietzsche, Friedrich. 1997. "On the Use and Disadvantage of History for Life." *Untimely Meditations*, ed. Daniel Breazeale; trans. R. J. Hollingdale. Cambridge: Cambridge University Press.

70. Nolde, John J. 1983. *Blossoms from the East: The China Cantos of Ezra Pound*. Orono: The University of Maine Press.

71. Owen, Stephen. 1981. *The Great Age of Chinese Poetry: The High T'ang*. New Haven and London: Yale University Press.

72. Paige, D. D., ed. 1982. *The Selected Letters of Ezra Pound*: 1907—1941. London: Faber and Faber.

73. Palandri, Angela Jung. 1974. "The 'Seven Lakes Cantos' Revisited." *Paideuma* (3, 1), pp. 51—54.

74. Pearlman, Daniel D.. 1969. *The Barb of Time: On the Unity of Ezra Pound's Cantos*. New York: Oxford University Press.

75. Perkins, David. 1976. *A History of Modern Poetry: From the 1890s to the High Modernist Mode*. Cambridge and London: Harvard University Press.

76. Pound, Ezra. 1934. *ABC of Reading*. Rpt. London: Faber and Faber, 1973.

77. ——. 1997. *The Cantos of Ezra Pound*. New York: New Directions Books.

78. ——. 1918. "Chinese Poetry." *To-Day* (Vol. 3, April/May), pp. 54—57; pp. 93—95.

79. ——, trans. 1954. *The Classic Anthology Defined by Confucius*. Cambridge and Massachusetts: Harvard University Press.

80. ——. 1968. *Collected Short Poems*. London: Faber and Faber, 2nd ed.

81. ——, trans. 1933. *Confucian Analects*. London: Peter Owen.

82. ——, trans. 1969. *Confucius: The Great Digest, The Unwobbling Pivot, The Analects*. New York: New Directions.

83. ——. 1916. *Gaudier-Brzeska: A Memoir*. Rpt. New York: New Directions, 1970.

84. ——. 1938. *Guide to Kulchur*. Rpt. New York: New Directions, 1970.

85. ——. 1954. *Literary Essays of Ezra Pound*, ed. T. S. Eliot. Rpt. New York: New Directions, 1968.

86. ——. 1935. *Make It New*. Rpt. New Haven: Yale University Press, 1971.

87. ——. 1950. *The Selected Letters of Ezra Pound* 1907—1941, ed. D. D. Paige.

New York: New Directions.

88. ——. 1933. *Selected Poems*, ed. with an introduction by T. S. Eliot. Rpt. London: Faber and Faber 1968.

89. ——. 1973. *Selected Prose* 1909—1965, ed. William Cookson. London: Faber and Faber.

90. ——. 1910. *The Spirit of Romance*. Rpt. New York: New Directions, 1953.

91. ——. 1917. "Three Cantos Ⅰ—Ⅲ." *Poetry* (X, 3), pp. 113—121; 180—188; 248—254.

92. ——, trans. 1953. *The Translations of Ezra Pound*, ed. Hugh Kenner. London: Faber and Faber; rpt. 1970.

93. ——. 1915. "Webster Ford." *The Egoist* (Vol. 2, January), pp. 11—12.

94. Prawer, S. S.. 1973. *Comparative Literary Studies: An Introduction*. London: Duckworth.

95. Qian, Zhaoming. 1995. *Orientalism and Modernism: The Legacy of China in Pound and Williams*. Durham and London: Duke University Press.

96. ——. 2000. "Pound and Chinese Art in the 'British Museum Era'." *Ezra Pound and Poetic Influence*, ed. Helen Dennis. Amsterdam and Atlanta: Rodopi Press.

97. Read, Forrest. 1981. '76, *One World and the Cantos of Ezra Pound*. Chapel Hill: The University of North Carolina Press.

98. Rule, Paul. 1990. "Was Confucius a Taoist." *The Journal of the Oriental Society of Australia* (Vol. 22—23, 1990—1991), pp. 147—155.

99. Ruthven, K. K.. 1990. *Ezra Pound as Literary Critic*. London and New York: Routledge.

100. Slatin, Myles. 1963. "A History of Pound's Cantos Ⅰ—Ⅲ, 1915—1925." *American Literature* (35, 2), pp. 183—195.

101. Stock, Noel. 1970. *The Life of Ezra Pound*. New York: Pantheon Books of the Random House.

102. Sullivan, J. P., ed. 1970. *Ezra Pound: A Critical Anthology*. Harmondsworth: Penguin.

103. Tao, Naikan. 2001. "'The Law of Discourse': Confucian Texts and Ideograms in *The Pisan Cantos*." *Paideuma* (30, 1—2), pp. 21—68.

104. ——. 2000. "Canto Ⅳ and the 'Peach-Blossom-Fountain' Poetic." *Ezra Pound and Poetic Influence*, ed. Helen Dennis. Amsterdam: Rodopi Press, pp. 114—29.

105. ——. 2001. "Ezra Pound's Comparative Poetics." *Comparative Literature and Culture Web Journal* (No. 3—4).

106. Terrell, Carroll F. 1984. *A Companion to The Cantos of Ezra Pound*. Berkeley and Los Angeles and London: University of California Press; rpt. 1993.

107. Totosy, Steven de Zepetnek. 1998. *Comparative Literature: Theory, Method, Application.* Amsterdam and Atlanta: Rodopi Press.

108. Tryphonopoulos, Demetres P.. 1990. "'The Fourth Dimension of Stillness': D. P. Ouspensky and Fourth Dimensionalism in Canto 49." *Paideuma* (19, 3), pp. 117—21.

109. Waley, Arthur, trans. 1954. *The Book of Songs (Shi jing)*. Rpt. London: George Allen and Unwin.

110. Wellek, René and Warren, Austin. 1961. *Theory of Literature*. London: Lowe and Brydone.

111. Weisstein, Ulrich. 1973. *Comparative Literature and Literary Theory*, trans. W. Riggan. Bloomington: Indiana University Press.

112. Wilhelm, James J.. 1977. *The Later Cantos of Ezra Pound*. New York: Walker Press.

113. Witemeyer, Hugh. 1981. *The Poetry of Ezra Pound: Forms and Renewal, 1908—1920*. Berkeley: University of California Press.

114. Woodward, Anthony. 1980. *Ezra Pound and the Pisan Cantos*. London, Boston and Henley: Routledge and Kegan Paul.

115. Yip, Wai-lim. 1969. *Ezra Pound's Cathay*. Princeton: Princeton University Press.

116. Yu, Pauline. 1987. *The Reading of Imagery in the Chinese Poetic Tradition*. New Jersey: Princeton University Press.

后　记

记得在南大读书时，外教中有个叫魏尔克的，美国来的，讲英语带着坚硬的德语腔，蓝眼虬须，夏天穿件衬衫，冬天套上一件厚呢长大衣，从来不刮胡子，不修边幅。他给我们上西方文学课，讲过庞德，但嘴很笨，动半天吐不出几句话，就在黑板上写上一气。张子清先生告诉我，魏尔克是研究庞德的，不会教书。从此庞德就和魏尔克那副神秘古怪的样子连在一起，吸引我读了一点有关庞德的书。后来到悉尼大学攻读学位，写了个野心很大的提纲，打算把庞德与中国传统的关系梳理一遍。等到做进去了，才知道这是办不到的，太多太复杂，论文越写越乱。多亏有布鲁克斯(D. G. Brooks)、普林斯(T. Pince)两位导师指点，修改章节，帮我理出头绪，写完了论文。毕业后，一直想把论文再写成中文，也有朋友劝我早点把它写出来好发表，余虹兄还为我出过一些主意，但一直感到自己就是没有时间，做不了这件事。两年前在悉尼的一个会议上有幸遇到乐黛云先生，听了她有关文化对话的演讲，触动了这件积压多年的心事。以后发邮件向她探询写这样一本书能否出版。没想到乐先生很快就复信，肯定了提纲，鼓励我尽快把书写出来，并为我联系了首都师范大学出版社，寄来了合同。箭就这样放在了弦上，只好鼓起勇气，搁置起一切能搁置的事，腾出时间来对付这本书。若无乐先生的支持，这本书大概还只是一个想法。幸好新南威尔士大学现代语学院也给我一些时间做研究，多有了点写此书的时间。写书期间，不断得到乐先生的关心、敦促、指点。再就是与首都师大出版社的编辑王红梅反复通邮件，商量有关修改、出版的事宜，有间隔，但从未断过联系，深感她的负责、认真与耐心。亲朋的支持帮助也是少不了的，电脑一有麻烦就由赵晓春、王建贵帮我解决，徐特辉、丁丽忙中抽空帮我录入文字。

这本书即将付梓之际，想起台湾的刘墉说过的一句话，大意是，我们的生活、工作离不了别人的帮助，但是该谢的人谢不了，谢得了的大多是不该谢的，所以中国人每做完一件事，爱说谢天谢地，以示感谢众人。此话不无道理，真正要谢人是很难的，不是酬报、礼物，更不是客套可以谢得了的。也许我们心里的感恩与谢意是唯一可以表达感谢的方式。这就是我在此对帮助过我的老师、亲人、朋友、编辑、出版社和学校的致谢！

陶乃侃

2006 年 12 月于悉尼